네 마음을
보여 줘

네 마음을
보여 줘

박현경 소설

문이당

작가의 말

　작고하신 소설가 L선생님께 소설 창작을 배우러 다닐 때의 일이다. 어떤 날인가 아기 엄마가 된 후로 좀처럼 모습을 볼 수 없었던 M이 모처럼 강의를 들으러 나왔다. 선생님은 깜짝 놀라시며 아기는 어떻게 하고 나왔느냐고 물으셨다.
「옆집 할머니한테 맡기고 왔습니다.」
　그러자 선생님은 거의 정색을 하고 말씀하셨다.
「어린애가 중요하지 소설이 중요하냐?」
　어쩌면 그 한마디가 L선생님의 철학을 대변한다고 해도 틀리지 않으리라고 본다. 생각해 보면 역시 그분다운 말씀이셨다.
　결국 문학은 약한 것을 지키는 것이며, 생명보다 더 귀한 것은 없다,는 것이 L선생님의 가르침이었다. 내가 글을 쓰게 된 계기도, 글쓰기를 통해 궁극적으로 표현하고 싶은 것도 그것이리라. 강한 것을 따르기보다 약한 것을 지켜 나가기가 더 힘든 법이다……. 살아갈수록 그 말씀의 깊이를 헤아리며 절로 고개 끄덕이게 된다.
　책을 내주신 문이당과 평론을 써주신 문홍술 선생님께 진심으로 감사드린다.

멀리서 또는 가까이에서 항상 과분한 사랑을 나눠 주며 나를 응원해 주는 내 영혼의 마니또들! 당신들이 아니었으면 어찌 오늘의 내가 있을 수 있겠는가. 두 조각의 빵 중 하나는 수선화와 바꾸라는 말을 떠올리며, 내가 바꾼 꽃 한 송이를 부끄러운 마음으로 여러분 앞에 바친다.

2006년 10월

박 현 경

차례 / 네 마음을 보여 줘

4   작가의 말

9   네 마음을 보여 줘

35   문 고치는 남자

61   도둑

89   모치코 케이크를 산 것은 네 잘못이 아니다

119   자루

151   숨어 있는 눈

177   요트 하우스

205   소리 나는 꿈

233   섬 안의 섬

259   구름 위의 집

297   해설 : 끔찍한 생의 구멍과 내면의 심안 / 문흥술

네 마음을 보여 줘

    국이 데워지는 동안 그는 황 씨의 휴대폰에다가 전화를 걸었다. 월세가 벌써 넉 달째 밀려 있었다. 가게는 전철 변의 목 좋은 상가의 1층이다. 아무리 불황이라고 해도 장사가 아주 안 되는 곳이라고 할 수는 없는데 어쩌다 통화를 하면 곧 입금시키겠다는 말만 하고 그만이니 이게 무슨 경우인지 모르겠다. 아무래도 소문이 사실인 것 같다. 황 씨는 며칠째 휴대폰을 받지 않고 있다. 황 씨가 벌여 놓은 속옷 가게로 진작 뛰어가 보았으나 종업원만 가게를 지키고 있을 뿐이었다.
    휴대폰에다 목소리를 남기는 일 따위는 하고 싶지 않았지만 그것 외에 달리 방법이 없었다.
    「이봐요, 나는 여러 소리 하는 거 딱 질색이야. 당장 가게를 비워 줘요.」
    전화기를 내려놓으면서 그는 황 씨에게 너무 심하게 대한 것이 아닌가 하는 생각을 잠깐 했다. 그런지도 모른다. 하지만 없는 사람일수록 뼈가 부서지도록 일해야 하고 어려운 일이 닥쳤을 때일수록 이를 악물고 살아야 하는 법이다. 그 또한 그런 정신으로 살아왔다. 그러지 않았더라면 그는 가슴이 터질 것 같은 고통에서 살아남지 못했을 것이다.

그는 국을 뜨다가 하마터면 델 뻔했다. 등 뒤에서 볶아치듯 요란하게 울리는 전화벨 소리 때문이었다. 황 씨일까. 흥, 그렇게도 뺀질거리며 피해 다니더니 가게 비우라고 하니 전화를 하는구먼. 새삼 부아가 들끓어서 그는 전화기를 들자마자 호통을 치려고 했다. 뜻밖에도 귀에 익은 젊은 여자의 목소리였다.

「저어…… 윤성이 엄마예요. 아주머니 안 계신가요?」

언제 들어도 조심스러운 목소리다.

「집사람은 지금 막 나갔어요.」

「늦게 오시나요?」

글쎄…… 아마 그럴 거요, 라는 그의 말에 그녀는 어떡하나 하며 짧은 한숨을 토해 내었다. 모른 척하고 끊으려는데 젊은 애 엄마의 한숨 소리가 왠지 마음에 걸렸다.

「집사람은 무슨 일로……?」

「실은 윤성이 아빠가 조금 아까 공사장에서 사고를 당했대요.」

「저런…….」

「많이 다친 건 아니니 걱정 말라고 하지만……. 당장 가봤으면 싶은데 병원 응급실이라서 애를 데려갈 수가 없어서요. 혹시 계시면…… 아주머니께 윤성일 좀 맡기고 후딱 갔다 오려구요.」

물어본 것이 후회되었다. 한숨을 쉬든 말든 아무것도 묻지 말고 그냥 끊었어야 하는 건데……. 하지만 생각과는 달리 전혀 엉뚱한 말이 튀어나왔다.

「데리고 와요. 잠깐 봐줄 테니.」

「네? 윤성일 봐주시려고요? 아휴, 고마워서…… 저…… 서너 시간이면 될 거예요.」

전화기를 내려놓고 나니 그제야 제정신이 들었다. 어쩌려고 그런 말을 했던 걸까. 잠시 무엇에 씌었던가. 얼떨결에 치른 선심을 그는 이미 후회하고 있었다.

지난 4월이었을 것이다. 그가 약수터에서 물을 저가지고 돌아오니 현관문은 열려 있는데 아내가 집에 없었다. 잠깐 쓰레기를 버리러 나간 모양이었다. 한심한 여편네, 도둑이라도 들면 어쩌려고……. 천하태평이라고 해야 할까, 어수룩하다고 해야 할까. 세월이 갈수록 아내는 점점 더 천치가 되어 가는 것 같았다. 다리미를 꽂아 놓고 나가지를 않나 가스 불에 국솥을 올려놓고 잠들지를 않나……. 물통을 내려놓고 무심코 방으로 들어서던 그는 놀라서 뒤로 넘어질 뻔했다.

대여섯 살쯤 되었을까. 웬 남자 아이가 침대에 큰대 자로 누워 있었다. 아니, 훈이가? 그는 훈아, 하고 부르며 달려가다가 우뚝 서서 아이를 자세히 내려다보았다. 동글동글한 머리통에 흰 살결, 통통하고 오목조목한 것이 제법 귀염성 있게 생긴 그 아이는 훈이와 닮긴 했지만 훈이는 아니었다. 하긴 훈이일 리가 없었다. 아가, 넌…… 누구냐? 어디 살아? 하고 물었으나 아이는 멀뚱하니 천장만 올려다보고 있었다. 인석아, 어른이 물으면 대답을 해야지. 아이는 여전히 들은 척도 하지 않았다. 혹시 청각 장애아가 아닐까 싶어 어깨를 흔들며 다그쳐 물었으나 마찬가지였다. 아이는 혼자 뒹굴거리면서 무슨 노래인가를 흥얼거렸다. 왠지 이 세상의 아이 같지 않다는 생각이 들었다.

뒹굴던 아이가 벌떡 일어나더니 거실로 뛰쳐나갔다. 아이는 TV를 켜서 볼륨을 쩌렁쩌렁 울리도록 키워 놓았고, 거침없이 베란다로 뛰어나가 두 손으로 벤자민 줄기를 잡고 마구 흔들어 댔다. 그는 이놈! 하고 호통을 쳤으나 아이는 막무가내였다. 그때 아내가 들어왔다. 아내는 눈을 휘둥그레 뜨고 물었다. 쟨 누구예요? 그는 볼멘소리로 대답했다. 내가 묻고 싶은 말이야. 도대체 문은 왜 열어 놓고 나간 거야? 아이는 화분에서 돌과 흙을 한 움큼 퍼내어 바닥에다가 아무렇게나 뿌리고 다녔다. 도대체 말을 타지 않는 아이였다. 어디 사는 앤지 당신 진짜 몰라? 그가 언성을 높이자 아내는 주눅이 들어 우물거렸다. 글쎄…… 처음 보는 애 같기도 하고 어디서 본 애 같기도 하고……. 때마침 관리실의 안내 방송이 흘러나왔다. 줄무늬 티셔츠에 남색 멜빵바지를 입은 여섯 살짜리 남자 아이를 찾고 있다는 내용이었다. 화분 옆에 서서 흙 묻은 손을 죽죽 빨고 있는 저 아이가 틀림없었다. 그는 안도의 한숨을 쉬었다.
　연락을 받은 아이 엄마가 허겁지겁 뛰어 들어왔다. 그녀는 윤성아, 하고 이름을 부르며 아이에게 나는 듯이 달려가 엉덩이를 소리 나게 때리고 버둥거리며 빠져나가려는 아이를 부둥켜안은 채 울음을 터뜨렸다. 이삿짐을 풀다 보니 어느새 아이가 없어졌더라고 했다. 그날 일을 계기로 아내는 윤성이네와 왕래를 하고 친해지게 되었다. 요즘 들어 아내는 윤성이 엄마를 딸이라도 되는 것처럼 일일이 챙겼다.
　윤성이를 보는 일은 결코 쉬운 일이 아니다. 퇴직 후 변두리에서 부동산 중개업을 하는 친구 사무실에 간혹 나갈 뿐인 그는 시간적 여유가 많아 수시로 드나드는 윤성이네 모자와 자주 마주치는 편이었지만 이제껏 혼자서 윤성이를 돌본 적은 없었다. 지금이라도 무슨 핑계를 대어 전화를 할까. 애 엄마는 달리 아이를 맡길 만한 데가 없는 눈치던데……. 그는 망설임 끝에 마음을 굳혔다. 종일도 아니고 겨우 몇 시간인데 설마 그걸 못하랴. 그는 부랴부랴 집 안을 치우기 시작했다. 우선 콩이나 구슬 같은 게 집 안에 굴러다니지는 않는지 그것부터 살폈다.
　두어 달 전이었다. 그가 외출했다가 돌아왔을 때 아내와 윤성이 엄마는 김치를 버무리고 있었고, 윤성이는 한 손에 장난감 자동차를 든 채로 이리저리 뛰어다니고 있었다. 그러다 아이가 킁킁대며 손가락으로 콧구멍을 후벼 파는 것을 수상하게 여긴 윤성이 엄마가 겅중거리는 아이를 잡아 앉힌 뒤 콧구멍을 들여다보았고 이내 사색이 되었다. 어느 틈에 쑤셔 넣었는지 아이의 양쪽 콧구멍에는 검은콩이 서너 개나 들어 있었던 것이다. 윤성이 엄마는 아이를 들쳐 업고 뛰었고 아내는 허둥지둥 그 뒤를 따랐다. 동네 병원은 이미 문을 닫은 뒤라 택시를 잡아타고 대학 병원 응급실로 향했다. 아내의 말에 의하면 의사가 윤성의 코에서 맨 나중에 꺼낸 콩은 그새 퉁퉁 불어서 원래보다 두 배나 커져 있었다고 했다.

윤성이 엄마가 아이를 데리고 왔다. 후리후리한 키에 야윈 편인 윤성이 엄마는 오늘따라 더 수척하고 그늘져 보인다. 아이는 현관을 들어서자 마치 자기 집처럼 뛰어 들어왔다. 윤성이 엄마는 현관에서 낮은 목소리로 그에게 속삭였다.
「저요, 애랑 조금 놀아 주다가 살짝 나갈게요.」
떼를 쓰기 시작하면 끝이 없는 윤성이에게는 그 방법밖에 없었다. 윤성이 엄마는 소파에 앉아 테이블에 잡지를 펼쳐 놓고 들여다보는 척했다. 윤성이는 처음엔 제 엄마 곁에서만 맴돌더니 얼마 안 가서 맨발로 베란다를 드나들기 시작했다. 그러다가 베란다의 한쪽 구석에 쌓아 놓은 헌 신문 더미를 풀어헤치고서 자동차 광고가 있는 지면을 바닥 가득 펼쳐 놓았다. 언제나 그렇듯 자동차 사진을 들여다보기 시작하면 아이는 다른 것은 안중에도 없다. 애 엄마는 그 순간을 놓치지 않고 그에게 말없이 머리를 조아리고는 순식간에 현관을 빠져나갔다. 낌새를 챘는지 윤성이는 고개를 쳐들고서 제 엄마가 앉아 있던 곳을 바라보았다. 잠깐 방심한 사이에 엄마를 놓친 아이는 놀란 얼굴로 엄마를 찾아다니기 시작했다.

「윤성아, 이리 와. 엄마는 아빠를 만나러 갔어요.」

아이는 엄마를 부르면서 집 안을 뛰어다녔고 화장실이며 베란다의 창고까지 일일이 다 뒤져 보았다.

「엄마 금방 오실 게야. 그동안에 할애비하고 같이 놀자.」

아이는 섧게 울었다. 달래는 말을 귀담아 듣지 않을뿐더러 보듬으려 해도 잔뜩 엉버티며 품에 안기지를 않았다. 점점 더 팔다리를 뻗대면서 큰소리로 울었다. 한참을 그러다가 갑자기 무슨 생각이 들었는지 벌떡 일어나서 베란다로 나가더니 유리창을 열고 문턱 위에 날름 올라섰다. 순간 그는 아찔한 생각이 들었다. 엊그제 뉴스였던가, 네 살짜리 꼬마 애가 엄마가 잠깐 자리를 비운 사이에 의자를 놓고 올라가서 장난을 치다가 아파트 13층에서 떨어져 죽었다는 이야기가 떠오른 것이다. 그는 아이 뒤에 바짝 붙어 서서 아이의 키 높이쯤 되는 철제 난간을 힘주어 밀어 보았다. 난간은 끄떡도 하지 않았다. 그는 순간적이나마 불길한 상상으로 몸을 떨었던 스스로가 경망스럽게 느껴졌다.

「어마아 빠리 와아, 어마아 빠리 와.」

아이의 목소리에는 딸꾹질이 섞여 있다. 마치 저 엄마가 저 아래 있기라도 한 듯 이리로 오라고 부르는 소리 같았다. 달래도 듣지 않는 아이를 어떻게 해볼 도리가 없어서 그는 옆에 쭈그리고 앉아 아이의 눈길을 따라가 보았다. 아이의 시선은 앞마당에 얌전히 세워진 서너 대의 자동차들에 닿아 있었다. 커다란 두 눈은 아직도 물기에 젖어 있고, 희고 맑은 얼굴에 코만 유독 빨갛다. 무슨 생각을 하고 있는 걸까. 여섯 살, 짧은 몇 마디의 말로도 충분히 대화를 나눌 수 있는 나이건만 이 아이와는 그것이 안 된다.

「윤성이요, 정말 다른 애들이랑은 좀 다른 것 같아요.」

아내가 처음 그런 말을 했을 때 그는 그게 무슨 뜻인지를 금세 알아차리지 못했다.

「주변에서 자꾸만 애가 좀 이상하지 않느냐고 하고, 다른 애들하고 하는 짓이 달라서 애 엄마가 소아 정신과엘 데려갔대요. 세 군데나 갔다 왔는데 의사들 말이 다 똑같더래요. 유사 자폐증이라나……. 난 처음에 그게 폐에 무슨 문제가 생긴 병인 줄 알았다우. 자폐증인지 뭔지, 그건 원인이 뭔지 어떻게 치료를 해야 하는지를 모른다면서요?」

그 후로 가만히 보니 아이는 말이 매우 늦은 것 외에도 눈을 통 맞추려 들지 않았다. 눈을 똑바로 쳐다보며 말을 시키면 도리질을 해대거나 눈길을 다른 데로 돌렸다. 식구들하고도 마찬가지라고 했다. 살붙이처럼 귀애하는 아내가 안아 줄 때에도 팔다리를 버둥대며 품 안에서 빠져나가려고만 들었다. 언젠가는 느닷없이 박치기를 되풀이해서 아내를 놀라게 하기도 했다. 아이는 잘 놀다가도 벌떡 일어나 까치발을 한 채로 벽으로 달려가 머리를 힘껏 들이받곤 했다. 쿵 소리가 날 만큼 세게 부딪친 다음 제자리를 한 바퀴 빙그르르 돌았다. 그러고 나서 쪼르르 맞은편 벽으로 뛰어가 또다시 머리를 소리 나게 들이받고 뱅그르르 돌았다. 아이는 빙글빙글 웃으며 그 짓을 반복했다. 아내가 말리지 않았다면 아이의 그 짓은 머리에 피가 나도록 계속되었을지도 몰랐다.

「어마아 빠리 와아, 어마아 빠리 와아.」

아이의 말은 힘없이 길게 늘어진다. 그는 다가가서 여전히 창가에 매달린 채로 몸을 위태롭게 흔들고 있는 아이를 번쩍 안아 올렸다. 아이는 끼익끼익 기성을 내지르며 철제 난간을 두 손으로 더 꽉 붙들고 늘어졌다. 그는 별수 없이 아이를 그 자리에 도로 내려놓고 한 발짝 뒤로 물러섰다가 다시 아이에게 다가서며 속삭였다.

「윤성아, 할아버지랑 엄마 오나 밖에 나가 볼까?」

그저 한번 떠보았을 뿐인데 아이는 단박에 문턱에서 내려오더니 현관으로 뛰어갔다. 그러고는 두 손으로 현관문의 손잡이를 잡은 채로 늘어졌다. 신발을 신기고 문을 열어 주기가 무섭게 아이는 뛰어 달아났다. 그는 서둘러 문을 잠그고 아이의 뒤를 쫓았다.

아이는 화단가에 박힌 큼지막한 돌덩이를 넘어 풀밭을 가로지르더니 앞 동의 출입구 쪽으로 뛰었다. 그는 아이가 이리 뛰면 이리로,

저리 뛰면 저리로 겅둥거리며 따라가기에 바빴다. 아이는 층층의 바위와 바위 사이를 팔짝팔짝 뛰어내린다. 그때마다 그는 눈앞이 아뜩아뜩해진다. 저러다가 넘어지면 어쩌나, 다치면 어떡하나…….

산부인과의 대기실에서 딸아이 하영의 순산을 기다리는 동안 그는 여러 번 공포에 휩싸였다. 혹시라도 잘못되면 어떡하나……. 하영은 열여덟 시간째 난산을 겪고 있었고 그는 하나뿐인 딸의 순산을 빌고 또 빌었다. 하영이 그토록 긴 산통을 겪은 것에 비하면 제왕절개 수술은 정말 잠깐인 것 같았고 아기가 무사히 태어났다는 소식을 들은 지 불과 몇 분 뒤에 신생아가 실려 나왔다. 그는 너무나 떨려서 신생아를 똑바로 쳐다볼 수조차 없었다. 투명한 유리관 속에 자그마한 보퉁이처럼 흰 타월로 꼭꼭 여며 누여 놓은 갓난쟁이. 연한 갈색 머리털은 촉촉이 젖어 있고 한쪽 눈만 겨우 빠끔히 뜬 그 한 줌 핏덩이를 들여다보는 순간 그는 자신도 모르게 고맙습니다, 고맙습니다 하고 되뇌었다. 훈이는 이렇게 그의 곁으로 왔다.

윤성이는 아파트 마당에 주차된 자동차 사이를 다람쥐처럼 뛰어다니며 이 차 저 차를 일일이 다 만져 보고 들여다본다. 다행히 난간을 붙들고 선 채로 처량하게 제 엄마를 부르며 울던 좀 전의 모습은 어디에도 없다. 먼지가 뽀얗게 쌓인 보닛 위에 네 활개를 편 채 엎드렸다가 이 차 저 차의 알루미늄 휠 커버를 일일이 쓰다듬기도 하고 헤드 램프와 안개 등을 주먹으로 두들겨 보기도 하고 머플러 트림에 손가락을 넣어 보기까지 한다. 돌배기 때부터 다른 장난감은 안중에 없고 그저 자동차만 갖고 놀았다는 녀석은 지금도 역시 그렇다. 노는 방식도 그때나 지금이나 하나 달라지지 않았단다. 트럭이든 경찰차든 오토바이든 바퀴 달린 것은 두엇이든 뒤집어엎어 놓고 끊임없이 바퀴를 굴리면서 팽그르르 돌아가는 바퀴를 혼이 빠져나간 듯 마냥 들여다보는 것이다.

「오늘도 윤성이 때문에 몇 번이나 가슴을 쓸어내렸는지 원······.」

밥상머리에서 아내가 자냥자냥 쏟아 내는 말은 대개 윤성이 얘기였다.

「글쎄 맞은편에서 차가 달려오는데 갑자기 애가 두 팔을 활짝 벌리고는 앞으로 뛰어들지 뭐예요. 접때는 쇠파이프가 잔뜩 실린 화물 트럭 뒤꽁무니를 바짝 붙어 쫓아가더니······. 얼마나 놀랐던지 오늘은 나도 볼기짝을 때려 줬어요. 애는 지가 왜 야단을 맞는지도 모르는지 그냥 멀뚱멀뚱하더라구요. 데구······.」

그는 윤성이 일로 마음을 쓰는 아내가 영 마뜩지 않았다. 아내는 윤성이네 일이라면 뭐든 참견하려고 들었다. 백화점에서 세일을 한다면서 외출복이나 한 벌 살까 하고 나가더니 윤성이의 옷과 장난감만 사들고 돌아온 적도 있었다. 형편이 뻔한 집이에요. 윤성이 특수 교육인지 뭔지 때문에 쪼들리는 눈치고······. 아내는 그의 표정을 살피며 주절거렸다. 그는 아내의 말이 끝나기도 전에 공연히 쓸데없는 짓을 한다며 면박을 주고 말았다. 상대가 누구든 정으로 끈끈해지는 관계가 싫었다. 어쩌면 아내가 윤성이를 훈이로 착각하는지도 모른다는 두려움 때문일지도 몰랐다.

아이는 흙먼지투성이인 타이어 바퀴를 온몸으로 끌어안으려 들었다. 그는 겨우 아이를 떼어 냈고 손을 꽉 잡고는 놀이터로 이끌었다. 녀석은 엉덩이를 잔뜩 뒤로 뺀 채 자꾸만 자동차가 있는 뒤를 돌아다보았다. 아프리카에는 자폐가 없다고 했던가. 자폐 성향이 있는 아이에게는 수영이나 모래 놀이가 특히 좋다는 말에 윤성이 엄마는 근처 복지관에서 함께 수영을 배우고 시간이 날 때마다 놀이터에 데리고 나가 모래 놀이를 한다고 들었다. 그에게 다행스러운 일은 무릎 관절이 좋지 않아 고생을 하던 아내도 그들과 어울려 수영을 다니면서 건강이 좋아졌다는 사실이다.

놀이터 앞에 도착하자 아이는 그의 손아귀에 들어 있던 손목을 잡아 빼면서 꼼짝하지 않고 서 있었다. 그는 부러 씨억씨억 모래밭 한가운데로 들어와 퍼더버리고 앉으며 아이를 불렀다.

「윤성아, 어여 이리 와! 할아버지랑 같이 집짓기 놀이하자.」

그래도 녀석은 무엇에 뒤틀린 듯 고개를 외로 꼰 채 서 있다. 윤성이도 이리 와서 할아버지처럼 두꺼비집 지어 봐. 그는 모래 구덩이를 파서 손을 묻으며 아이를 끌어들이려 하지만 녀석은 신발에 모래 닿는 것도 싫은지 상을 잔뜩 찌푸린 채 모래밭 가장자리의 경계목 위에 멀뚱멀뚱 서 있을 뿐이다. 그는 언젠가 아내가 했던 말을 어렴풋이 기억해 냈다.

「애가 둔한 게 아니라 지나치게 깔끔하고 예민해요. 모래밭에서 놀다가 양말 속으로 모래가 조금만 들어가도 그걸 못 견뎌 해요. 꼭 제가 다니던 길로만 가려고 하고, 입는 것 먹는 것도 저가 좋아하고 익숙한 것만 고집해요. 다들 자폐아들은 둔감한 게 아닌가 생각할 테지만 나는 아주 예민한 애들이라고 봐요. 틀림없어요.」

그때 그는 여기 아동 심리학 박사 났군, 하고 빈정거렸지만 아내는 좀처럼 자신의 의견을 굽히지 않았다.

「예민하니까 불안감도 큰 거예요. 게다가 의사소통이 안 되니 이 애들은 그걸 행동으로 드러내는 것 같아요. 자기 머리털을 한 움큼씩 쥐어뜯기도 하고, 피가 나도록 벽에 제 머리를 들이박기도 하고, 몸을 계속 앞뒤로 까부르고, 낯선 사람들 앞에서 끼악끼악 비명을 지르며 달아나고…… 그게 다 불안하고 낯설고 두려워서 그런 거 아니겠어요.」

아내가 윤성이에 대해 말할 때마다 부러 시큰둥한 표정을 지었던 그였다. 그러나 그때만큼은 의견의 옳고 그름을 떠나서 어쨌거나 아내는 애정 어린 관찰 끝에 나름의 일가견을 갖춰 가고 있다는 생각을 했다. 그러기에 아내가 뒤에 희미하게 덧붙이던 말은 그에게 긴 여운을 남겼다.

「나는요…… 인간은 누구나 다 조금씩은 자폐 성향이 있다고 봐요.」

이제 그는 아이가 저 가고 싶은 대로 가게 내버려 두고 그림자처럼 따라다녔다. 그들은 진작 아파트 단지를 벗어났다. 아이는 팔랑팔랑 잘 걷다가도 차만 보면 홀린 듯이 그쪽으로 뛰어갔다. 그러면 그도 따라서 뛰어야 했다. 혈압 약을 복용하고서부터였을까, 아니 그 일을 겪은 후부터일 것이다. 그는 뜀박질이 안 되었다. 조금만 뛰면 어지럽고 왼쪽 가슴이 심하게 조여드는 듯한 통증에 고통스러웠다. 이따금 그가 비탈길의 굴렁쇠처럼 거침없이 내달리는 아이의 이름을 부르며 허덕허덕 쫓고 있노라면 행인들은 의아스러운 눈초리로 힐끔거렸다.

「안 돼, 차는 위험해! 따라가면 안 돼. 자, 할아버지가 업어 줄게.」

아무래도 그 편이 나을 것 같았다. 아이가 천지사방으로 뛰어다니는 데다가 달리는 자동차가 위험하다는 것을 모르니 그로서는 단 한순간도 마음을 놓을 수가 없다. 순순히 업혀 준다면 업은 채로 다니면서 지칠 때까지 자동차를 보여 주고, 문방구에 가서 미니카도 하나 사주리라. 그는 아이 앞에 쪼그리고 앉아 등을 돌려 댔다. 끼이응끼응― 아이는 괴상한 소리를 내지르며 두 팔을 마구 휘둘렀다. 어린것의 주먹이 그의 머리와 어깨를 사정없이 내리쳤다. 그는 뒤로 뻗은 두 팔로 아이를 끌어당기며 어서 업히라고 한 번 더 얼러 본다. 녀석은 여전히 괴성을 지르고 막무가내로 뻗대면서 몸부림을 친다. 그가 양보할 기색을 보이지 않자 잠깐 숙진 듯한 태도를 보이던 녀석의 고물고물한 손가락이 그의 겨드랑이 밑을 파고들더니 살을 한 줌 틀어쥐고는 사정없이 비틀었다. 엉겁결에 그는 나동그라지듯 주저앉고 말았다.

「맛있니? 우리 윤성이가 그 아이스크림을 좋아하는구나.」

 대체 동네를 몇 바퀴나 돈 것일까. 겨우 따라잡은 녀석의 손을 행여 놓칠세라 그러쥐고는 구멍가게에 들어가서 아이스크림을 골랐다. 초코바 땅콩바 등 줄줄이 퇴짜를 맞고 결국 제가 골라 든 바닐라 아이스크림을 하나 사서 물린 뒤 한갓진 공터로 끌고 왔다. 얼기설기 박은 큼직한 바윗돌에 엉덩이를 걸치고 앉은 그는 손수건을 꺼내 땀을 훔친다. 엊그제 백로를 지냈고 추석이 내일모레건만 날은 어찌나 더운지 등판이 흠뻑 다 젖었다. 녀석도 지친 걸까. 아이스크림을 다 먹고도 그냥 쪼그리고 앉아 있어 그로서는 여간 다행스럽지 않다. 멍한 시선으로 아이를 내려다보고 있는데 누리끼리한 나방 한 마리가 그들 주위를 맴돈다.

 아이는 두 무릎 사이에 얼굴을 묻은 채 꼼짝하지 않는다. 완만하게 휜 동그란 등이 어쩐지 완강하고 고집스러워 보인다. 마치 자궁 속의 태아처럼 두 무릎을 제 가슴팍에 모으고 잔뜩 웅크린 아이의 모습은 네 활개를 벌리고 뛰어다니던 때와 달리 작고 외로워 보인다. 그는 웅크린 아이에게서 고집과 딱 그만큼의 외로움을 본다.

 인간은 누구나 얼마간의 자폐 성향을 갖고 있는 거라던 아내의 말은 틀리지 않을 것이다. 내성적이고 예민하고 자존심이 강한 사람일수록 더 그럴지도 모른다. 애당초 아내의 그 말은 그를 빗댄 것이었으리라. 그 일이 있은 후 그는 누구도 만나고 싶지 않았다. 말도 하고 싶지 않았다. 때로는 아내를 마주하는 것조차 고통스러웠다. 늦은 밤 불면의 시간 속에서 그는 곱씹곤 했다. 무슨 일이 벌어진 걸까. 어떻게 이런 일이 있을 수 있나. 훈이는 세상 무엇과도 바꿀 수 없는 하나밖에 없는 손자였는데……. 그는 그저 반가움에 손을 흔들었던 것일 뿐인데……. 그는 훈이가 그 일을 당한 것도, 딸의 일도, 모두 자신의 탓으로 여겨졌다.

 왜 하필 자신에게 그런 일이 일어난 것일까. 어린이 유괴범 강간범 연쇄 살인범 악질적인 사기꾼 등등 이 세상에는 정작 사라져야 할 나쁜 인간들이 얼마나 많은데, 왜, 왜 하필이면 그런 일이 자신에게 일어난 것일까. 반평생 공무원으로 밥벌이를 하면서 살아오는 동안 스스로에게나 남에게 부끄러운 짓을 한 적이 없었다. 남을 해코지한 일도 없었고 남을 밟고 올라서려고 한 적도 없었으며 하다못해 누군가에게 큰소리 한 번 친 적이 없었다. 그만하면 착하게 살아왔다고 자신 있게 말할 수 있었다. 그런데 왜 이런 고통을 겪어야 하는 것일까. 정녕 신이 존재한다면 그는 신에게 물을 것이다. 그리고 요구하리라. 당신의 감추어진 그 속마음을 보여 달라고.

 그 일이 있고부터 그는 남의 말을 듣지 않고 자신의 속마음을 내보이지도 않으며 점점 더 고집스럽고 강퍅한 늙은이가 되어 갔다. 당연한 일인지도 몰랐다. 낙이 없는 세상이었다. 더 이상 인생에 어떤 의미를 부여하고 싶지도 않았고 누군가를 동정하거나 덧 정을 들이는 수고도 하고 싶지 않았다.

그는 휘휘 손을 저어 나방을 쫓고 화단의 잡풀 가운데에서 강아지풀을 뽑아 들었다. 문득 어떤 궁금증이랄까 기대감이랄까, 평소 안 해보던 짓을 아이에게 해보고 싶어진다. 그는 엎드린 윤성의 목덜미에다 대고 강아지풀을 뱅글뱅글 돌려 본다. 반소매 티셔츠 아래 드러난 아이의 뽀얀 목덜미와 흰 팔은 아직도 젖먹이의 살처럼 여리고 보드라워 보인다. 녀석은 간지러워 참을 수 없다는 듯 두 어깨를 움찔거리고 자라처럼 목을 안으로 움츠리면서 머리를 설레설레 가로젓기만 한다. 여섯 살, 간지러우면 간지럽다고 좋으면 좋다고 싫으면 싫다고, 의사 표현을 할 법한 나이이건만 녀석은 말을 하지 않는다. 말해 보렴 간지럽다고. 싫다고 소리쳐 보렴. 그러지 말라고 화를 내봐! 그는 돌연 쭈그려 앉은 채로 침묵하고 있는 어린것의 어깨를 재우쳐 흔들고 싶다. 와락 아이를 일으켜 세우고서 매서운 기세로 아이의 눈동자를 쏘아보면서 외치고 싶다. 이 녀석아 너는, 살아갈 날이 창창한 너는 그래서는 안 돼. 어서 말해 봐, 네 마음을 말해 봐!

휴대폰 벨 소리가 꽤 여러 번 울렸던 모양이다. 겨우 알아차리고서 바지 주머니에서 휴대폰을 꺼내 귀에 갖다 댔을 때 그는 전화를 건 사람이 황 씨라는 것을 금세 알아차리지 못했다. 황 씨가 기어 들어가는 목소리로 통사정을 했다.

「영감님 면목 없습니다. 그간 좀 복잡한 일이 있었습니다만 곧 해결될 것 같아요. 죄송해서 입이 안 떨어집니다만…… 이왕 이렇게 된 거 조금만 더 기다려 주시면 어떨까요…….」

이렇게 나오면 물러설 줄 알고 얕은꾀를 쓰는 것일까. 잠시라도 틈을 보여서는 안 된다고 그는 곱다짐하며 일부러 언성을 높였다.

「이봐요, 황 씨. 소문을 듣자니 얼마 전에 새 차를 샀다면서요?」

「아, 그게 사실은…….」

「헛소문은 아니구먼. 그러면서 나한텐 어떻게 이럴 수가 있소?」

「중고 화물차였어요. 아우 놈 사정이 워낙 딱해서…….」

둘러대는 말일 것이다. 말을 더듬으며 당황해하는 꼴이 수상쩍기도 하거니와 아우 탓을 하며 빠져나가려는 것이 더욱 거슬릴 뿐이다.

「여러 말 듣고 싶지 않아요. 당장 가겔 비우도록 해요.」

그는 거위침을 모아 거침없이 내뱉었다. 가게를 비우지 않고 계속 뭉개려 든다면 법적 대응도 불사하겠다는 엄포를 놓은 뒤 거칠게 플립을 달아 버리던 그는 불현듯 윤성이가 보이지 않는다는 사실을 깨달았다.

이 녀석이 어디를 갔지? 통화가 그리 길었던 것도 아닌데 잠깐 사이에 홀연 아이가 사라졌다. 주변을 두리번거리던 그는 대로변 앞까지 뛰어나가 사방을 둘러보았다. 긴 군청색 반바지에 흰 티셔츠를 입은 아이는 눈에 띄지 않았다. 골목에 있을까. 그는 바로 앞의 주택가 골목으로 뛰어들었다. 자전거를 타고 노는 아이가 둘 있었다. 그러나 윤성이는 아니었다. 저 모퉁이를 돌아가면 거기 윤성이가 있을 게야. 그는 긴 골목을 목이 터져라 아이의 이름을 부르면서 달렸다. 가슴팍이 조여들면서 패는 듯한 통증이 엄습했다. 그는 있는 힘을 다해 가슴을 짓누르면서 모퉁이를 돌았다. 눈앞이 아득해지면서 온몸에서 힘이 죽 빠졌다. 인적 없는 골목길 끝에는 두 갈래의 또 다른 골목길이 이어지고 있었다.

재래시장을 끼고 있는 이 주택가 골목이 미로 같다는 것을 그는 잠시 잊고 있었던 것이다. 이 골목으로 갔을까. 아니, 저 골목일까. 어디로 가야 할지 종잡을 수 없었다. 윤성아, 윤성아, 어디 있니, 어딨어? 입이 바싹 탔다. 바로 옆 골목에서 자지러지는 아이의 울음소리가 들려왔다. 온몸에서 피가 좍 빠져나가는 것 같았다. 그는 정신없이 뛰었다. 골목은 씻은 듯이 비어 있었다. 아이는커녕 지나가는 개 한 마리도 없었다. 다닥다닥 붙은 다세대 주택의 어느 집 창문에선가 자다 깬 어린애의 울음소리가 흘러나오고 있을 뿐이었다.

팔다리가 후들거리며 제멋대로 놀았고 눈앞이 어찔어찔하며 땅이 출렁거리는 것이 꼭 허방을 딛는 것만 같았다. 그는 목이 쉬도록 윤성이를 소리쳐 부르며 골목을 돌고 또 돌았다. 새로운 골목으로 접어들 때마다 그는 가슴이 뛰었다. 모퉁이를 돌자마자 거기에서 아이가 확 튀어나올 것 같았다. 눈앞에 보이는 저 담까지만 가면, 그 담을 돌아서기단 하면, 거기에 틀림없이 윤성이가 쪼그려 앉아 있을 것만 같았다. 하지만 아이는 없었다. 그는 미로를 뱅글뱅글 수백 번도 더 돌았다.

아무도 윤성이를 보았다는 사람이 없었다. 어떻게 이렇게 감쪽같이 없어질 수가 있을까. 영감님, 얼른 파출소에 가서 미아 신고를 하세요. 지나가던 아기 엄마가 안쓰러운 눈으로 바라보며 충고했다. 하지만 그는 그 자리를 떠날 수가 없었다. 그가 자리를 떠나면 지금 울면서 그를 찾아다니고 있을 아이와 길이 어긋나게 되고, 그러면 정말 아이와 만나지 못하게 될지도 모른다는 생각이 들었다.

파출소에 가서 신고를 한 뒤 그는 다시 그 자리로 돌아왔다. 그는 이제 목이 쉬어 아이의 이름을 제대로 부를 수도 없었다. 찾을 수 있어. 여기 어딘가에 있을 거야. 분명히 있어······. 그는 몰려드는 두려움을 잊기 위해 끊임없이 중얼거렸다.

날은 점차 어두워지고 있었다. 아이를 찾기는커녕 비슷한 아이를 보았다는 사람조차 없었다. 누군가 유괴해 간 것은 아닐까, 혹시 뺑소니 사고를 당한 것은 아닐까, 아아, 이러다가 아이를 영영 못 찾게 되면······. 머릿속엔 오직 나쁜 생각만이 쉴 새 없이 끼어들었고 그럴수록 그는 더욱 미친 듯이 동네를 헤매었다. 시간이 얼마나 흘렀는지, 지금 어디에 있는 것인지, 그는 아무것도 생각할 수 없게 되었다. 저 영감님이 아직도 애를 못 찾으셨나 보네. 그러게 끌끌끌······. 시장에 갈 때 호기심 어린 눈으로 그를 쳐다보았던 여자들이 장바구니를 들고 돌아오면서 넋이 빠져서 돌아다니는 그를 보며 딱한 표정으로 수군거렸다. 아이를 잃어버려? 그는 어금니를 앙다문 채로 고개를 절레절레 흔들었다. 아니, 그건 있을 수 없는 일이야. 또다시 그런 일이 있어서는 안 돼!

아직 신고 들어온 게 없는데요……. 어질어질한 채로 파출소를 들어서던 그는 다리에 힘이 풀려 풀썩 주저앉을 수밖에 없었다. 집엔 가보셨어요? 요즘 애들 여섯 살이면 충분히 집 찾아와요. 자신 있게 말하던 담당자의 말이 그럴듯했다. 그 말을 믿고 싶었다. 허둥거리며 집으로 가는 동안 그는 조금 기운이 나는 것도 같았다. 그러나 역시 아니었다. 녀석이 혼자서 집을 찾아올 수 있을 거라고 믿었던 자신의 착각이 더욱 미련스럽게 느껴졌다. 윤성이는 보통의 아이들과는 조금 다른 아이라는 것을 잠깐 동안 잊었던 것이다. 그는 황 씨와 통화를 하면서 격한 감정에 빠져 있었던 것을 후회했다. 아이스크림을 산 뒤 곧장 집으로 돌아가지 않은 것을 후회했다. 아이를 데리고 집 밖으로 나온 것을 후회했다. 애초에 아이를 봐주겠다고 한 것을 후회했다. 뒷갈망도 못할 내가 왜 애를 봐주겠다고 했을까. 어쩌자고 덜컥 허락을 했을까. 애 엄마한테 애를 잃어버렸다는 말을 어찌 하나. 무슨 낯으로 쳐다보나. 애 엄마는 얼마나 놀랄 것이며, 얼마나 나를 원망할 것인가. 아이는 지금 얼마나 놀라 울고 있을 것인가. 그는 눈이 매워져서 뜰 수가 없었다.

그때 누군가가 그의 팔을 잡았다. 영감님, 하고 그를 부르며 팔을 흔들었다. 한 청년이 다급하게 말을 쏟아 냈다. 영감님 빨리 저기

고물상 뒤편으로 가보세요. 거기 어떤 꼬마 애가……. 그는 청년의 말이 끝나기도 전에 청년이 가리키는 곳으로 내달았다.

뚜껑이 활짝 열려진 맨홀 앞에 사람들이 웅성거리며 모여 있었다. 윤성이는 작업복 차림의 남자의 품에 안긴 채 엉엉 울고 있었다. 아이를 받아 안는 순간 목구멍 저 너머로 뜨거운 것이 왈칵 올라왔다. 사람들의 말소리가 그의 머리 위를 날아다녔다. 애가 맨홀 속에 떨어져 있었대. 아니 맨홀이 왜 열려 있었대요? 공사한다고 열어 놓고 자릴 비웠던가 봐……. 그는 물기에 젖어 있는 아이를 힘주어 안았다. 가슴이 손풍금 접히듯 꽉 조여지는 것 같았다. 그것이 기쁨으로 인한 고통인지 자책에서 오는 통증인지 헤아릴 수조차 없었다.

그는 서둘러 병원으로 향했고, 무릎과 팔꿈치 등의 찰과상 이외에는 아무 이상이 없다는 의사의 소견을 들은 후에야 비로소 깊은 안도의 숨을 내쉴 수가 있었다.

「어마, 허니머트, 비와씨, 하냉!」

등에 업힌 채로 허공에 대고 외치는 아이의 말은 무슨 암호문 같다. 무슨 말일까. 알 수 없다. 아무튼 이번에는 별 저항 없이 그의 등에 단짝 몸을 누여 준 아이가 그는 고맙다. 녀석이 빠끔히 문을 열고 제 마음을 조금 보여 준 것만 같아 만사가 다 거늑하다. 깍지를 끼어 맞잡은 손바닥 위로 아이의 엉덩이 살이 느껴진다. 따뜻하고 부드러운 아이의 살, 등허리를 누르는 아이의 무게, 웅얼웅얼 귓전을 울리는 아이의 말소리, 이 모든 것이 그에게는 눈물겹도록 고마울 뿐이다.

「허니머트 허허, 허어니머어트 음, 비와씨, 수퍼마케, 에—에—.」

아이는 같은 단어를 서너 번쯤 반복하여 읊조린다. 중간 중간에 허밍을 넣어 마치 노래 같은 아이의 언어. 높낮이가 터무니없는 간극으로 벌어지고 앞뒤가 전혀 연결되지 않는 이 알 수 없는 단절음들은 아이가 사용하는 유일한 이 세상의 언어다. 허니머트 허허, 허어니머어트 음, 비와씨, 수퍼마케……. 그는 이 이상스러운 단어들, 아무런 연결 고리도 없어 보이는 아이의 말을 토씨 하나 빠뜨리지 않고 그대로 따라해 본다. 마치 무슨 주문이라도 되는 듯이 말이다. 어느 별의 언어일까. 이렇게 아이의 말을 따라하다 보면 언젠가는 아이의 말을 알아들을 수 있게 되지 않을까. 언젠가는 소통이 이루어지지 않을까. 이런 희망을 슬쩍 품어 보기도 한다. 짙은 남보랏빛의 서쪽 하늘에 걸린 초저녁달이 유난히 새치름해 보인다. 무언가를 중얼거리던 아이는 이제 아무런 말이 없고 그가 걸음을 옮길 때마다 머리가 맥없이 흔들거리고 자꾸 밑으로 처진다. 잠이 든 모양이다.

「왜 이제야 오시우?」

아파트 입구에서 서성거리고 있던 아내는 그를 보자 한달음에 달려왔다. 반나절 만에 다시 보는 아내의 얼굴이 이토록 반가웠던

적은 없었다. 아내는 곰살가운 그의 미소를 영문 몰라 하면서도 용건이 바빴다.

「좀 전에 윤성이 엄마 전화를 받았어요. 다행히 애 아빠가 많이 다치지 않아서 의사가 통원 치료를 해도 된다고 했대요. 퇴원 수속 밟아서 같이 오느라고 시간이 좀 걸린다네요. 아, 그리고 황 씨 안사람이 전화를 했습디다. 들어 보니 사정이 딱하더라구요. 황 씨 동생이 사기를 당해서 빚더미에 올라앉고 식구들이 오갈 데 없는 신세가 되었다지 뭐유. 그 뒤치다꺼리하느라고 황 씨가 똥끝이 탔나 봐요.」

「그래……? 그럼 황 씨 말이 맞는 모양이구먼.」

그는 고개를 끄덕이며 중얼거렸고 뚜걱뚜걱 걸음을 옮기며 말을 이었다. 실은…… 윤성이 이놈을 잃어버렸다가 겨우 찾았어. 서너 시간 동안에 그가 겪은 지옥을 옮기는 동안 아내는 우뚝 걸음을 멈추기도 하고 도리질을 하기도 하고 울먹거리며 되묻기도 했다. 그러다가 그가 말을 마칠 무렵에 이르러서는 잠든 아이의 엉덩이를 거듭 쓸어내리며 뼛속 깊은 곳에서부터 흘러나오는 것 같은 뜨거운 숨을 내쉬었다.

「다친 데가 없다니 천만다행이에요.」

「응…… 녀석을 품에 안는 순간 나도 모르게 감사의 기도가 절로 나오더구만.」

등에 업힌 아이에게서 고른 숨결이 느껴졌다. 작고 따뜻한 몸, 어리고 연약한 더 아이가 아무 생각 없이 내달리다가 나락 같은 구덩이로 떨어지는 순간 얼마나 놀랐을까. 캄캄한 데 갇혀 있는 동안 얼마나 무서웠을까. 뚜껑 열린 맨홀. 거기 그런 구멍이 있을 줄이야……. 그가 맞닥뜨린 끔찍한 생의 구멍도 또한 그와 같았다. 그날 그는 손자 녀석 훈이가 보고 싶어서 딸네 집으로 가고 있었다. 그 무렵 초등학교에 입학한 훈이는 얼마나 의젓하고 잘생겼는지……. 입학식 때도 그렇게 많은 아이들 가운데 유독 그 애 얼굴만 빛이 나는 것 같았다. 두불자손이 더 귀엽다더니 그래서일까. 버스 정류장에 내렸을 때 그는 길 건너에 있는 훈이를 보았다. 그는 반가워서 손자의 이름을 목청껏 불렀다. 훈이는 누가 제 이름을 부르는 소리에 주위를 휘휘 둘러보다가 횡단보도 건너편에 서 있는 그를 보자 깡충깡충 뛰면서 좋아했다. 그는 아이가 행여 그에게로 뛰어올까 봐 걱정이 되었다. 고래고래 소리를 질렀다. 훈아, 거기 그냥 있어! 그의 목소리는 소음에 섞여 아이에게 채 전해지지 않은 것 같았다. 그는 두 손을 번쩍 치켜들고서 오지 말라고 힘껏 내저었다. 마침 신호등이 바뀌었다. 그러자 아이는 앞뒤 살피지 않고 찻길로 뛰어들었다. 고막을 찢을 듯한 급브레이크 소리를 들은 것과 눈앞에서 훈이가 용수철에 매달린 인형처럼 공중으로 튀어오른 것은 거의 동시였다. 아이는 그의 손짓을 어서 이리 오라는 신호로 받아들였던 모양이었다.

둘째 아이를 임신 중이던 하영은 훈이를 잃은 충격 속에서 사산

했고 그 후로 정신이 오락가락했다.

　언젠가 그는 딸애가 노래하는 모습을 본 적이 있다. 요양원에서였다. 나는 보았네 황금빛 수선화가…… 호숫가 나무 밑에서 미풍에 한들한들 춤추는 것을……. 하영은 아무 근심 걱정이 없던 여고 시절로 돌아가 있는 것 같았다. 거기에 머무를 수 있으면 언제까지고 거기에 머물라고 하고 싶었다. 그러나 하영은 금세 다른 세상으로 들어가 버렸다.

　소슬한 바람 한 줄기가 그의 목덜미를 스쳐 간다. 아내가 천천히 입을 열었다.

　「좀 전에 요양원에서 전화 왔어요. 하영이가 오늘은 옛날 얘기를 다 하고……. 내가 만든 약식이 먹고 싶다는 말까지 했어요.」

　검푸른 수풀 사이에서 우윳빛 외등이 빛나고 불빛 주위에 모여든 하루살이들이 회색의 먼지처럼 뿌옇다. 그는 멀리서 작고 희미하게 빛나는 별을 아득히 바라보며 아내에게 묻는다.

　「약식 만드는 거 어렵지 않지? 내일…… 갑시다.」

문 고치는 남자

어머니는 그즈음에 장지문의 창호지를 새로 발랐다.

그것은 해마다 가을이면 우리 집 연중행사 중의 하나였다. 어머니는 문지방에서 문짝을 떼어 내 낡고 색이 바랜 창호지를 북북 찢어 낸 후 문살을 말끔하게 닦았다. 그런 다음 묽게 쑨 풀로 새 한지를 바르고서 그늘에 세워 말렸다. 풀기가 거의 말라 갈 때쯤 어머니는 손잡이 부근에 국화 꽃잎과 잎사귀 몇 장을 얹은 뒤 멋을 부려 오려 낸 한지 조각을 덧대어 발랐다.

그 무렵에 어머니가 거르지 않는 일이 또 하나 있었다. 청양에 사는 큰 이모네 동네에 가서 양념거리들을 사오는 일이었다. 해마다 늦가을이면 어머니는 그곳에 가서 김장할 때와 그 이듬해까지 쟁여 두고 쓸 고추며 마늘 등속을 사왔다.

내가 초등학교 3학년이었던 그 당시에 우리 집은 잡화 도매상을 하고 있었다. 가게는 시장과 학교로 통하는 난달인 데다가 극장 바로 앞이어서 늘 번잡스러웠다. 도매상이라 아버지는 근처 소매점으로 물건을 배달하는 일도 해야 했다. 때문에 가게 일은 아버지가 혼자 꾸려 가기에는 힘에 부쳤다. 사정이 이러니 어머니는 집을 여러 날 비울 수가 없었다. 마장동에서 시외버스로 이모네 집에 가서 하룻밤을 묵고 그 이튿날 오후에 곧바로 귀경하는 빠듯한 일정을 잡을 수밖에 없었다.

겨우 이틀 동안 집을 비우는 일인데도 어머니는 떠나기 네댓새 전부터 그 일을 준비하는 것 같았다. 옷가지며 이불 홑청이며 베갯잇에 이르기까지 조금이라도 때가 탄 것은 죄다 벗겨 빨고 풀을 먹여 새로 시쳐 놓는가 하면 그다음 날은 우리 삼남매를 공중목욕탕으로 몰아갔다. 물장난만 치려 드는 우리를 하나씩 불러 옆구리에 끼고서는 머리를 감겼고 구석구석 씻기고 나서 말끔하게 헹구어 탈의실로 먼저 내보낸 뒤 찬물 한 사발을 벌컥벌컥 들이켜고 난 후에야 비로소 당신 몸을 닦기 시작했다.

떠나기 전날에는 장을 보러 갔다. 언제나 그렇듯이 어린 동생들과 놀고 있는 나를 불러 앞장세웠다. 시장은 그다지 멀지 않았다. 길 건너 쪽으로 약간 비탈진 길을 따라 1백 미터쯤 내려가면 학교로 가는 길과 아랫동네가 시작되는 양 갈래 길목쯤에 자리 잡은 회색의 단층 건물이 있었는데 여기가 시장이었다.

건물 입구 위에 붙은 '영진 시장'이라는 커다란 간판은 멀리서도 쉽게 눈에 띄었다. 시장 안은 노상 질척거리고 어두웠으며, 흐린

날에는 대낮에도 촉수 낮은 알전구가 공중을 가로지르는 끈과 전깃줄 사이에 대롱대롱 매달린 채 희미하게 빛났다.

장을 볼 때마다 어머니는 습관적으로 시장 안을 두어 번 돌았다. 처음에는 사지도 않으면서 이 집 물건 저 집 물건을 넘겨다보면서 물이 좋냐는 둥 왜 비싸냐는 둥 지나가는 말을 던지고는 했다. 다시 한 바퀴를 돌면서부터는 눈여겨보았던 물건을 골라 들고서「저쪽 집에서는 더 싸게 부르던데……. 그 값에 줄 테면 사고 아니면 다음에 사지 뭐」하는 말을 던진 후 상인의 반응을 보아 가며 흥정을 해서 매번 원하는 값에 물건을 샀다.

어머니가 맨 마지막으로 들르는 곳은 출입구 쪽에 있는 '고향 청과 상회'였다.

그 가게는 어머니가 주로 김칫거리나 남새, 제철 과일 등을 사는 곳이었다. 그즈음에 나는 가끔 시장으로 어머니 심부름을 갔다. 그럴 때마다 어머니는 야채나 과일을 꼭 그 할머니의 가게에서 사오도록 당부했다. 그것은 어머니만의 의리는 아니었던 듯싶은 것이, 할머니는 우리 어머니라면 물건을 조금이라도 싸게 주었고, 외상을 장부에 적지도 않고 주었다. 그리고 그 가겟집 할머니가 우리 가게로 물건을 사러 오면 어머니도 또한 그렇게 하는 것 같았다.

가겟집 할머니는 장성한 막내아들과 함께 일했다. 아들은 물건을 팔거나 도매 시장에서 물건을 떼어 오는 일을 했으며, 손님이 산 물건을 자전거에 실어 배달해 주는 것도 온전히 그의 몫이었다.

자그마하고 마른 체구의 할머니는 손님들에게 이 말 저 말 건네며 수다 떨기를 좋아하는 반면 걸때가 큼직하고 푼더분한 얼굴에 더벅머리인 그는 무뚝뚝하고 말이 없었다. 때로는 있는지 없는지 그 존재조차도 느껴지지 않는 사람이었다.

「아, 서울 상회 왔나? 오늘은 뭐 좀 주꼬?」

「이거부터 받으세요. 저번에 김칫거리 샀던 날 떨어뜨린 돈이에요. 배달 왔을 때 주려고 했는데 총각이 뒤꼍에다 물건 부려 놓고는 쏜살같이 가 버렸더라구요.」

「그랬나? 가가 바빠서 그랬구마는.」

그날도 어머니는 외상값을 갚고 나서 이것저것 찬거리들을 샀다. 어머니는 집을 비우는 이틀 동안 큰댁에 계신 할머니를 모셔다가 우리 식구의 끼니를 챙겨 달라고 부탁할 참이었다. 그러니 식구들 반찬은 물론 할머니가 좋아하는 슴슴하고 물렁한 나물 반찬을 빼놓을 수 없었던 것이다. 장에서 돌아온 어머니는 음식을 만드느라고 한참 분주했다. 이 모든 일을 일사불란하게 해놓은 다음 어머니는 해거름에 할머니를 모셔 왔다. 그러고는 다음 날 새벽같이 길을 나섰다.

입동 무렵이어서 조석으로는 꽤 쌀쌀했다.

이른 아침에 펌프질을 해서 양은 세숫대야에 물을 받아 놓으면 하얀 김발이 섰다. 나는 그 얼음 같은 물에 손을 담그기가 싫어 손끝만 퉁기면서 꼼지락거렸다. 길 건너 극장 앞에는 어느새 발 빠른 군밤 장사와 호떡 장사가 나와 있었다.

우리 가게 주변에는 양화점, 이발소, 금은방, 지물포 등 십여 채의 점포들이 성업 중이었다. 상점들은 애초에 같은 평수와 구조로 지어진 공동 상가였다. 대로변 쪽부터 차례로 점포, 방, 부엌이었으며 출입구나 겉모양새까지도 똑같았다.

그중에서 우리 가게가 여타의 가게들과 달라 보였던 것은 아마 간판 때문이었을 것이다. 다른 가게들은 죄다 회백색의 생 함석판에 페인트로 상호를 쓴 간판이었으나 우리 가게만 유독 전구가 들어오는 아크릴 간판이었다. 아버지는 신새벽이면 가게 문을 열었고, 자정 무렵에야 영업을 끝냈다. 어둑발이 내릴 무렵 아버지는 간판과 연결된 스위치를 눌렀다. '서울 상회'라는 넓고 흰 아크릴 간판에 불이 들어오면 우리 가게 주변은 다른 어느 가게보다도 환했다.

가게와 부엌 사이는 방이었다. 방 앞에는 폭이 좁고 기다란 공간이 있어 부엌과 가게를 오가는 통로 역할을 했다. 대여섯 평의 네모반듯한 방에는 가게 쪽으로 난 자그마한 창 하나와 통로 쪽으로 한 짝짜리 미닫이가 있을 뿐이었다.

겨우 시늉만 낸 세수를 마치고는 부엌을 지나 방으로 돌아왔을 때 할머니는 그 미닫이문을 온몸으로 닫으면서 한걱정을 하고 있었다.

「아니 이놈의 문짝이 왜 이 모양인고…….」

내 기억 속의 그 방문은 언제나 반쯤 열려 있었다. 날씨가 쌀쌀해지면서부터 어른들은 아이들에게 문 좀 꼭 닫고 다니라고 성화였다. 그러나 애들 셋이 하도 들락날락하니 방문이 온전히 닫혀 있을 새가 없기도 하려니와 그즈음에 문에는 확실히 문제가 좀 있었다. 이상하게도 창호지를 새로 바른 다음부터 유난히 뻑뻑해졌던 것이다.

사실 문이 그렇게 된 데에는 나만 아는 곡절이 있었다. 어머니가 문짝을 떼어 뒤꼍에 세워 놓고 젖은 걸레로 문틀을 깨끗하게 닦아 놓으라고 시켰을 때, 나는 잔꾀를 부린답시고 바가지로 물을 죽죽 끼얹었던 것이다. 그 뒤로 식구들은 문을 여닫을 때마다 문고리를 잡은 채 씨름을 하다시피 했다. 어머니는 가게에 있다가도 문단속을 하고 나오면서 아버지에게 이르곤 했다.

「언제 저 방문 좀 손보시구려. 허구한 날 열어 놔서 불을 때도 방이 썰렁허니 삼청 냉돌 아니우.」

그러나 아버지는 도무지 그럴 겨를이 없었다. 손님이 좀 뜸한 시간에는 어김없이 배달을 가야 했다. 자전거 뒤에 술을 서너 궤짝씩 포개어 싣고 발로 스탠드를 젖힌 후 천천히 밀고 가다가 자전거를 몸 쪽으로 슬며시 기울인 다음 안장 위로 훌쩍 올라탔다. 그러고는 페달을 밟아 힘차게 내달렸다. 그럴 때면 아버지 등 뒤에 실은 소주 궤짝이나 간장 궤짝에서는 연신 출렁거리는 소리가 났다.

아버지가 그처럼 배달을 가고 나면 어머니는 가게를 보면서 짬

짬이 부엌일을 했다. 어머니는 끓어 넘치는 밥솥을 들어낸 뒤 연탄 집게를 벌려 올려놓고 뜸을 들였고, 그렇게 해놓고 나오면서 우리들이 방 안에서 무얼 하는지 슬며시 들여다보기도 했다.

그날 아버지는 돈을 많이 벌었다.
어머니가 새벽에 이모네 집으로 떠난 바로 그 토요일 말이다. 어른들이 말하는 소위 '반공일'이었는데 이상스러울 만큼 손님이 많았다. 평소에 비하면 곱절의 매상이었다. 아버지가 배달 간 사이에도 전화 주문이 밀려들어 나는 물론 어린 동생들까지 가게를 봐야 할 정도였다.
극장의 마지막 프로가 시작되어 더 이상 한꺼번에 몰려오는 손님도 없을 듯하자 아버지는 우리를 불러 호떡을 사다 먹으라고 20원을 쥐여 주었다. 우리는 할머니에게도 하나 건네고 나서, 뜨거운 호떡에서 새어 나오는 달콤한 설탕물을 흘리지 않으려고 양손에 번갈아 쥐면서 연신 핥아먹기까지 했다.
아버지는 보통 때보다 약간 이른 듯싶게 가게 문을 닫았다. 그러고는 송판으로 짜서 니스 칠을 한 금고를 열었다. 금고 안에는 돈이 수북했다. 아버지는 꼬깃꼬깃하게 접혀 있거나 반쯤 찢어져 너덜거리는 돈을 한 장 한 장 펴서 추렸다. 앞뒷면에 첨성대와 거북선이 박힌 10원권은 거스름돈으로 쓰기 위해 다시 나무 금고에 넣어 두고, 탑골 공원과 무궁화 문양의 50원권, 세종대왕 초상과 한

국은행이 그려져 있는 100원권, 남대문과 거북선이 있는 500원권은 각기 따로 모아 다발을 지은 후 얇고 가느다란 미농지 띠를 두르고서 그 위에 조그맣게 금액을 적어 놓았다.

　장부 정리를 마친 아버지는 옆의 양화점 아저씨와 포장마차에 가서 약주 몇 잔을 함께 나눈 뒤에 돌아왔다. 그러고는 할머니가 초저녁부터 깔아 놓은 이부자리에 몸을 뉘었다.

　아버지에게는 고단하기 짝이 없는 하루였다. 아이들에게 가게를 맡기고 배달을 갈 때면 마음이 급해 더욱더 힘을 주어 페달을 밟아야 했다. 그러나 어쨌든 하루 일과가 끝났다. 매상은 다른 어떤 때보다도 좋았고, 술기운이 흐뭇하게 퍼져 가는데다 방바닥은 알맞게 따뜻했다. 아버지는 베개에 머리 대기가 무섭게 코를 골기 시작했다.

　아마 새벽 3, 4시쯤이었을 것이다.

　나는 오줌이 마려워서 잠을 깼다. 반쯤 눈을 감은 채 일어나 어둠 속에서 한쪽 팔을 위로 치켜들고 휘저었다. 형광등 전선 끝에 달린 메추리알만 한 스위치가 손아귀에 잡혔다. 중간쯤에 있는 짧은 플라스틱 꼭지를 반대쪽으로 밀었다. 껌벅껌벅 하더니 이내 불이 들어왔다. 눈이 부셨다. 나는 낯을 잔뜩 찡그린 채 눈으로 요강을 더듬었다. 푸른색 모란꽃 무늬가 있는 흰 사기요강은 막냇동생의 머리맡에 있었다. 나는 꾸벅꾸벅 졸면서 볼일을 보았다. 그러고 나서도 거기에 그냥 걸터앉아 있었다.

그것은 내 오래된 나쁜 버릇이었다. 초등학교 입학 전후로 나는 전에 없던 야뇨증을 보였고, 오줌을 누고도 요강 위에서 냉큼 일어나지 않은 채 미루적거리며 앉아 있곤 했다. 그 때문에 어머니에게 꾸지람도 숱하게 들었다. 얼마 후 야뇨증은 시나브로 없어졌으나 요강에 오래 앉아 있는 버릇만은 쉽게 고쳐지지 않았다. 한동안은 그러지 않았는데 공교롭게도 그날 밤에는 예의 그 못된 버릇이 도졌던 모양이다. 나는 엉덩이를 까 내린 채 끄덕끄덕 졸면서 허벅지를 죽죽 긁고 불두덩을 만지작거리는 손장난까지 하고 있었다.

그때 무심결에 방문 쪽을 돌아보니 거기에 웬 사람이 하나 서 있는 게 아닌가.

20대 초반의 남자였다. 그는 3분의 1쯤 열린 방문 뒤에 우뚝 서서 이편의 나를 말끄러미 지켜보고 있었다. 더벅머리의 그는 얼굴이 넙데데하고 눈이 둥그스름하니 커 보였다. 그는 한쪽 손에 망치를 들고 있었고, 다른 한 손은 방문의 모서리를 잡고 있었다.

졸음이 확 깨었다. 그제야 나는 얼핏 내 모양새를 의식했다. 언젠가 어머니의 지갑에서 10원짜리 한 장을 훔칠 때처럼 가슴이 벌렁거렸다. 벌떡 일어섰다. 허옇게 드러난 내 궁둥이……. 그는 그런 나를 여전히 빤히 보고 있었다. 나는 팬티가 둘둘 말려지거나 말거나 붉은 엑스란 속바지를 대충 끌어올리고는 엉겁결에 그쪽을 다시 돌아다보았다. 나와 눈이 마주치자 그는 기다렸다는 듯이 입매를 실그러뜨리며 씨익 음충맞게 웃었다.

나는 후닥닥 자리로 돌아와 누웠고 머리 위까지 이불을 뒤집어 썼다. 그렇게 내 몸을 감추었어도 끈적끈적한 그의 눈길은 여전히 나를 따라붙는 느낌이었다. 이불 속에서도 되록되록한 그의 눈이 어른거렸고, 두 눈을 꽉 감았어도 이상야릇한 그의 미소는 좀처럼 사라지지 않았다. 그의 표정은 마치 '난 너의 거시기를 다 보았다' 고 말하는 것 같았다.

조금 뒤에 나는 통— 통— 희미하고도 둔탁한 울림을 들었다. 그가 합판으로 된 방문의 징두리 판을 망치로 띄엄띄엄 약하게 두드리는 소리였다. 그러면서 그는 문을 조금씩 열고 있는 것 같았다. 순간 내 머릿속에 떠오른 것은 '저 아저씨가 방문을 고치고 있구나' 하는 생각이었다. 방문은 너무나 뻑뻑했고 어머니는 아버지에게 방문을 좀 고치라고 노상 당부하지 않았던가.

그렇게 생각하고 보니 그가 문 앞에 서 있는 까닭이나 그의 행동이 제법 그럴듯했다. 그는 망치로 장지문의 아래쪽을 조심스럽게 쳐 본다. 문에서 나는 소리를 귀 기울여 들은 후 같은 행동을 되풀이한다. 나무판자에서 울리는 여운을 듣고 고장 난 곳을 찾아내는 '문 고치는 아저씨'. 내게는 그의 행동이 부자연스럽거나 어색하지가 않았다. 나는 차츰 쏟아지는 잠에 감겨들면서 문지방 위로 올라서는 그의 기척을 어렴풋이 들은 것도 같았다.

'그런데 참 이상하지. 아저씨는 왜 하필 밤중에 문을 고치러 왔을까? 낮에 와서 고쳐도 될 텐데……' 아주 짧은 순간이지만 나는 그게 좀 이상하다는 생각까지 했었다. 그러나 곧 의식이 가물가물 희미해져 갔다. 한밤중에 문을 고치는 아저씨 따위는 의식의 저편으로 완전히 밀려났다.

노인들은 잠귀가 밝은 편이다. 우리 할머니 또한 예외는 아니었다. 문 앞에서 자던 할머니는 잠결에 인기척을 느끼자,「아범이냐? 어디 가니?」하고 웅얼웅얼 물었다고 한다. 아무런 대꾸가 없어 아닌가 하고 다시 선잠에 빠졌는데 이번에는 눈앞에 무엇인가가 어른거리더라는 것. 어렴풋이 눈을 떠보니 환한 방 안에 웬 장정이 옷장 앞에 서서 장대 끝에다가 옷가지들을 걸치고 있고, 방문 앞에도 사내 하나가 서 있는 게 아닌가.

할머니는 몸을 일으키며 있는 힘을 다해 소리를 질렀다.

「도, 도, 도둑, 도둑이야!」

그 소리에 아버지가 눈을 번쩍 떴다. 놈은 문을 가로막고 있던 할머니를 메어꽂듯 쓰러뜨리고는 번개같이 튀어 달아났다. 할머니는 비명을 지르며 자리에 나뒹굴었다. 아버지는 윗목에 있던 방비를 거꾸로 움켜쥐고 부리나케 쫓아나갔다.

「도둑이야- 도둑! 도둑놈 잡아라!」

아버지의 외침은 깊디깊은 어둠과 싸늘한 정적 속에 길게 메아리쳤다. 신새벽, 맑은 물에 헹구어 꽂아 놓은 듯이 초롱초롱한 별들만이 높직이 내려다보고 있을 뿐 귀잠에 빠진 이웃들은 숨결 하나 기침 소리 하나 흘리지 않았다. 어디선가 개가 요란하게 짖어

대자 잠귀 밝은 집의 창부터 하나 둘 불이 켜지기 시작했다.

한참 만에 아버지가 돌아왔다. 한 손에 방비를 움켜쥔 채로. 허탕이었다. 아버지는 우선 가게 안부터 휘둘러보았다. 진열된 물건들은 거의 그대로였다. 철제 책상으로 다가가 허리를 굽힌 채로 안쪽의 수납장을 열어 보았다. 비싼 양주 몇 병은 그곳에 갈무리해 두었기 때문이었다. 다행히 손을 타지 않았다. 몸을 일으키다가 책상 옆에 둔 나무 금고를 보았다. 두꺼운 나무 두 쪽을 나란히 잇대어 만든 뚜껑이 활짝 젖혀져 있었다. 그 속은 마치 물로 씻어 낸 것 같았다. 한쪽에 가지런히 모아 둔 10원짜리 지폐는 물론 5원, 1원짜리 동전까지 싹 쓸어 갔다.

아버지는 허리를 채 펴기도 전에 돈뭉치를 떠올렸다. 간밤에 다발을 지어 둔 그 돈……. 보통 때는 은행 문을 닫기 전에 입금하곤 했는데 그날은 도무지 그럴 경황이 없어 가죽점퍼의 안주머니에 넣어 두었다. 점퍼에는 그것뿐 아니라 납품업자에게 수금해 줄 뭉칫돈까지 함께 들어 있었다.

장사를 하던 그 시절에 아버지는 혹간 큰돈을 집에 보관해야 할 때 돈뭉치를 적당한 두께로 방바닥에 흩어 놓고 그 위에다 요를 깔고 자곤 했다. 때문에 겨울철 아침이면 뜨끈뜨끈한 방바닥에서 지폐 다발을 챙기는 아버지를 보는 것은 어렵지 않은 일이었다. 그럴 때 나는 돈에서 김이 난다는 생각을 하기도 했다. 그런데 하필 그날 밤 아버지는 늘 하던 대로 하지 않고 점퍼에 넣어 두었던 것이다.

아버지는 얼른 방으로 들어와 점퍼를 찾았다. 없었다. 도둑은 벽에 걸어 두었던 아버지의 가죽점퍼는 물론, 캐비닛 옷장 속의 몇 번 입지 않은 양복과 오버코트까지 모조리 걷어 갔던 것이다.

아버지는 넋을 잃은 듯 우두망찰하니 그저 서 있기만 했다.

그때쯤 해서 이웃 가게의 아저씨들이 놀란 얼굴로 들어서기 시작했다.

「어떻게 된 거야?」

「한 놈이 아니었나 봐……. 최소한 두 놈은 들어온 것 같아.」

아버지는 힘없이 대꾸했다.

「아니 어디로 어떻게 들어왔지?」

아저씨들은 이것저것 물으면서 아버지와 함께 가게 안팎을 둘러보았다. 대로변 쪽으로 난 가게 문은 대여섯 개의 양철판 빈지문이었다. 문지방 골에 문짝의 아귀를 맞추어 걸어 넣은 후 가장자리로 밀고, 마지막 문짝은 가게로 들어온 후 안에서 끝어당기며 문지방에 걸었다. 그런 다음 두 개의 문짝을 가로지르는 쇠장대로 빗장을 걸었다. 그렇게 걸어 잠근 문은 밖에서 열 수가 없었다. 어른들은 부엌으로 몰려갔다. 뒷문의 빗장 근처에 주먹만 한 크기의 구멍이 뚫려 있었다.

「아니, 이놈들…… 귀신이 따로 없구만.」

「필시 여기를 드나들던 놈이었을 거라. 그렇지 않고서야 빗장이 요기쯤 있다는 걸 우찌 알았겠노?」

외여닫이인 그 뒷문은 전혀 틈새가 없었다. 채광 유리창이 달린 것도 아니고 루버 식의 통풍구가 있는 것도 아니었다. 문짝 전체가 베니어합판이었고 거죽은 빗물이 스며들지 않도록 함석판이 덧입혀져 있었다. 가장자리의 문틀과 쇠장대를 박아 놓은 가운데 부분만이 두꺼운 각목이었다. 때문에 밖에서는 절대로 안을 들여다볼 수가 없고, 잠금쇠가 어디쯤 있는지도 전혀 어림할 수가 없었다. 그런데도 도둑은 함석판으로 된 부분을 교묘하게 뜯고 구멍을 내어 빗장을 풀었던 것이다.

「그려 도둑놈들은 한 번이라도 가본 집을 턴다드라.」

「도망칠 구멍부터 만들어 놓고 도둑질을 한다더니 그 말이 꼭 맞구먼. 뒷문으로 들어와서 가게 문부터 열어 놓고 시작했구먼 그려.」

아저씨들은 도둑들의 행적을 맞춰 가면서 서로 맞장구를 쳤다. 아버지는 여전히 얼떨떨한 표정이었다. 아저씨들이 돌아가자 또 다른 이웃이 달려왔다. 아버지는 그들에게 전후 사정을 들려주었다. 앞서 아저씨들과 나눈 이야기의 반복이었다.

「파출소에 신고는 하셨어요?」

「으응, 순경이 다녀가긴 했는데…….」

「할머니는 좀 어떠세요? 많이 다치지는 않으셨어요?」

아버지의 안색은 몹시 어두웠다. 정정한 편이라고는 하나 아무래도 칠순 노인이었다. 게다가 할머니는 평소에도 허리와 다리가 시원찮았다. 허리가 심하게 꼬부라져서 몇 발짝 걷다가 한쪽 팔로 벽을 짚고 한참 동안 쉬었다가 다시 걸을 정도였다. 할머니는 우리들에게 아침밥을 차려 준 다음 내내 아랫목에 누워 계셨다. 간간이 앓는 소리를 흘리는 모양으로 보아 어딘가 심하게 다친 게 분명했다.

「아범아, 난 괜찮다, 괜찮어. ……아이구, 어쩌자구 내가 …… 집에 호랭이가 들어온 것도 모르고 잠만 잤을꼬…….」

할머니를 보살피던 아버지는 심란하기 그지없어 보였다. 이런 상황이었으므로 나는 입도 뻥끗할 수가 없었다. 그 도둑놈을 보았다는 말을 도저히 입 박에 낼 수가 없었다. 나는 하루 종일 아버지의 눈치를 보면서 밥을 먹으라면 먹고, 가게에 나와 있으라면 군말 없이 그렇게 따랐을 뿐이었다.

해질 무렵에 어머니가 돌아왔다.

머리에는 이불 보따리 정도 되는 짐을 이고, 한 손에는 커다란 보따리 하나를 들고 기우뚱거리면서도 가게 안으로 쑥 미끄러지듯이 들어섰다. 짐을 내려놓으면서 어머니는 신명 나는 어조로 말했다.

「어휴, 무거워서 혼났네. 언니가 뭘 이렇게 많이 싸 주는지…….」

집 안에 어머니의 목소리가 울리자 나에게는 무엇인지 모를 안도감이 찾아들었다.

「참기름 들기름에다. 내 편지 받고서 쌀을 담가 놨다나? 가래떡까지 해서 싸 주더라구요.」

아버지는 어머니가 몰고 온 들뜬 분위기를 가라앉히려는 듯이 묵직한 어투로 새벽에 도둑이 들었다는 말을 했다. 어머니는 놀라 입을 못 다물었다. 그러고는 아버지로부터 사건의 전말을 자세히 들었다. 아버지는 하루 종일 똑같은 말을 몇 차례나 반복한 터라 어느덧 주르르 하고 한 줄에 꿰었다. 어머니는 중간 중간에 혀를 차기도 하고 손바닥으로 허벅지를 내리치기도 했다.

그러나 이야기를 다 듣고 난 어머니는 이렇게 말하는 것이었다.

「여보, 손재수가 있으려니까 그런 일이 다 있었나 보우. 어떡하겠수? 그냥 액막이라고 칩시다. 그나저나 어머님 때문에 걱정이네……. 내일 당장 모시고 가서 의원한테 뵈 드려야겠어요.」

그럭저럭 저녁상을 물리고 나서 어머니가 우리들의 잠자리를 보아 줄 때에야 나는 어렵사리 말을 꺼냈다.

「엄마 나, 사실은…… 오줌 누러 일어났다가 그 도둑놈 봤다. 눈이 되게 큰 어른 남자였는데 망치를 들고, 문 아래쪽을 퉁- 퉁- 치면서 방문을 살살 열고 있었어!」

처음에 어머니는 도저히 납득할 수가 없다는 표정으로 내 말을 듣기만 했다. 잠시 후 어머니는 내 팔을 끌어당기며 속사포처럼 퍼부어 댔다.

「아이구, 이 망할 것아, 그래 그 도둑놈을 봤어? 증말루 봤단 말이야?」

나는 목덜미까지 벌겋게 달아올랐다. 아예 끝까지 입을 꼭 다물고 있을 양이었으면 모를까, 이미 말을 꺼낸 이상 이제 야단을 맞을 것은 불을 보듯 뻔한 이치였다. 어머니는 흥분하여 목소리를 높이면서 나를 몰아세웠다.

「세상에! 그러고도 가만히 있었어? 아니, 도둑놈을 보고도 어른들을 안 깨웠어?」

나는 자라목처럼 움츠린 채 방바닥만 뚫어져라 내려다보았다.

「이 맹추야, 그때 냅다 소리를 질렀더라면 좀 좋아? 에그, 쯧쯧쯧…….」

어머니는 밤새도록 혀를 차며 나를 구박할 기세였다. 그러나 한편으로 나는 어머니에게 그처럼 추궁을 당하고 야단을 맞을수록 마음이 조금씩 편해지기 시작했다. 도둑놈을 보고도 어른들을 깨우지 않은 것은 물론, 그 사실을 이제까지 말하지 않음으로써 결과적으로 어른들을 이중으로 속였다는 죄책감이 종일 나를 짓눌렀던 것이다. 겹겹으로 옥죄던 죄의식과 자책감이 그렇게 욕을 먹을수록 한 꺼풀씩 벗겨져 나가는 것 같았다.

그런데 차츰 시간이 흐르면서 어머니의 말도 조금씩 달라졌다.

「그놈이 망치로 문을 두드리면서 가만가만 열었던 것 같다구? 으음, 식구들이 자나 안 자나 보려고 그랬을 거야. 얼마나 깊이 잠들어 있는지 알아보려고 그랬겠지. 그때 네가 어른들을 깨웠더라면 어떻게 됐을까? ……아이구, 할머니를 그렇게 무지막지하게 쓰러뜨린 걸로 봐서 그 망치로 무슨 해코지는 못했겠냐? 아휴, 생각만 해도 끔찍하다.」

혼잣말로 그렇게 중얼거리던 어머니는 어쩌면 내가 어른들을 깨우지 않은 게 잘한 일인지도 모른다고 말했다. 비록 도둑은 맞았을망정 식구가 크게 안 다쳤으니 천만다행이라고도 했다. 주눅이 들어 힐끔거리며 눈치만 살피던 나는 어리벙벙한 얼굴로 어머니를 다시 쳐다보았다. 어머니의 그와 같은 말이 사실상 눈물이 날 만큼 고마웠기 때문이다.

할머니는 침을 맞고 탕약을 들면서 한 사나흘 누웠다가 곧 큰댁으로 가셨다. 아무래도 우리 집은 편치 않은 모양이었다. 가게와 붙은 단칸방이 번잡스러운 데다가 살림이 넉넉지 못한 작은아들네를 여러모로 안쓰러워하셨다. 할머니는 큰댁으로 가서도 영 자리에서 일어나지를 못했다. 하루가 다르게 근력이 떨어지면서 급속도로 쇠약해졌다.

곧 겨울 방학이 되어 가서 뵈었을 때 할머니는 간신히 벽에 기대어 앉아 큰어머니가 떠먹이는 죽을 겨우 한두 숟갈 넘길 뿐이었다. 그런 할머니 앞에서 나는 고개를 들 수가 없었다. 그리고 이듬해 목련이 지던 무렵의 어느 날 할머니는 결국 돌아가시고 말았다.

우리 식구나 동네 사람들은 우리 집에 도둑이 들었던 일을 점차 잊어 갔다. 그러나 나는 그렇지가 않았다. 시간이 가도 좀처럼 그 일이 잊혀지지가 않았다. 아니, 날이 갈수록 점점 더 그 기억이 생생해지는 것 같았다. 그리고 나는 끝없는 무섬증에 시달렸다.

부엌에 가서 밥공기 하나만 가져와라. 숟가락 좀 가져와라. 물 좀 떠오너라. 어머니 아버지는 내게 시도 때도 없이 부엌에 드나들어야 할 심부름을 시켰다. 나는 부엌에 가는 게 몸서리가 나도록 싫었다. 그곳은 도둑이 문을 따고 들어온 곳이 아닌가.

같은 구조로 지어진 이웃 가게들의 부엌도 결코 환한 편은 아니었지만 우리 집의 부엌은 유난히 더 어둠침침했다. 창고 구실을 겸했기 때문이다. 하나뿐인 자그마한 창은 소주와 맥주 궤짝, 층층이 쌓아올린 분유나 비누, 라면 상자 따위의 물건들로 가려져 아예 없는 것이나 다름이 없었다. 물건을 쟁여 두었으니 문을 열어 둘 수도 없어 늘 퀴퀴하고 역한 냄새까지 배어 있었다. 게다가 도둑을 맞은 다음부터는 드나들 때마다 문단속을 아주 철저하게 하여 노상 잠금쇠를 단단히 걸어 두었다. 때문에 환한 가게나 방에 있다가 그곳에 들어서면 정말 아무것도 보이지가 않았다.

나는 우선 백열전구가 있을 자리를 어림짐작해 그 아래로 가서 까치발을 하고 손을 머리 위로 휘둘렀다. 몇 번 헛손질을 하면 전구가 손아귀에 잡혔다. 스위치를 비틀었다. 그렇게 불을 켜는 순간 누군가가 바로 내 앞에 서 있다. 그는 오래전부터 이곳에 숨어 있었다. 내가 들어오기를 기다렸고, 전구를 찾으려고 팔을 내뻗는 것까지도 보고 있었다. 나는 전등을 켜고 나서 절대로 두리번거리거나 뒤를 돌아다보지 않았다. 베니어합판의 찬장 문을 부서져라 하고 열어젖힌 후 밥공기를 손에 잡히는 대로 몽땅 집어 들고는 총알같이 튀어

나왔다. 매번 불을 안 끄고 나와서 어머니에게 핀잔을 들었다.
「가서 연탄아궁이 좀 막고 와.」
 가게를 지키던 어머니가 그 일을 시키면 나는 한참 동안을 미루적거리다가 야단맞기 직전에야 겨우 일어섰다. 부엌 문지방에 서서 나는 몇 번이고 속다짐을 한다. 전구를 켜지 않은 채 잽싸게 불마개만 막고 나오리라. 눈을 감아도 눈을 떠도 한결같은 어둠 속에서 나는 아궁이 앞에 쪼그리고 앉는다. 시멘트 종이 뭉치를 찾기 위해 맨바닥을 더듬거린다. 저쪽 구석 어딘가에 그가 서 있을 것이다. 나를 보고 있다. 조바심이 나서 머리꼭지가 후끈거린다. 불 마개는 좀처럼 손에 쥐어지지 않는다. 그가 소리 없이 일어서고 있다. 가까스로 찾은 종이 뭉치, 그걸로 불구멍을 막아야 한다. 손은 자꾸 떨리고 숨이 턱밑까지 받친다. 번번이 실패한다. 그가 오고 있다. 깊디깊은 어둠을 한 자락씩 헤치며 내게로 다가오고 있다. 불구멍을 제대로 막았는지 어쨌는지 모른다. 나는 아무렇게나 쑤셔 박고 벌떡 일어나 겅중거리며 뛴다. 다리가 후들거린다. 걸음이 안 걸린다. 그가 팔을 뻗는다. 내 머리채를 잡으려 한다. 하얗게 질린 얼굴로 파들파들 떨면서 비명을 내지를 때쯤 나는 간신히 문턱을 넘어서고 있었다.
 방에 혼자 있는 것도 싫었다. 내가 혼자서 숙제를 하고 있을 때 그 사람, 문 고치는 남자는 인기척도 없이 다가와 스르르 방문을 연다. 방문 앞에 선 그는 느물느물하게 웃고 있다. 그날 새벽에 내

사타구니를 훑어보던 그 이상야릇한 표정으로. 나는 책을 올려놓은 소반을 돌려 문을 등진 채 앉는다. 그러나 한번 떠올린 이상 그 생각은 좀처럼 머릿속을 떠나지 않는다. 그는 줄곧 거기 서 있다. 내가 고개를 돌려 눈이 마주치게 될 그 순간까지. 내 가슴은 쿵덕쿵덕 널을 뛰기 시작하고 겨드랑이 밑에서는 바작바작 진땀까지 솟았다. 나는 아무것도 할 수 없었으며, 매번 불이라도 난 것처럼 방에서 튀어나가곤 했다.

그러나 나는…… 말을 할 수가 없었다. 아무에게도 그걸 털어놓을 수가 없었다. 그저 혼자 속으로만 앓았다.

시간은 계속 흘렀다. 겉으로 보기엔 그저 평화롭고 아무 일도 없는 듯한 날들이 이어졌다. 가게는 여전히 번잡했으며 장사는 그럭저럭 잘되었고 어머니는 시장에 갈 때마다 나를 꿀러 데리고 갔다. 그때마다 어머니는 으레 시장 안을 두세 바퀴씩 돌았고, 당연하다는 듯이 그 고향 청과 상회에서 찬거리들을 샀다.

그런데 어느 날인가부터 가겟집 할머니의 그 장성한 아들이 자꾸 내 눈에 들어오기 시작했다. 내 판단이 맞는 것도 같고 아닌 것도 같았다. 그러나 보면 볼수록 그 사람이었다. 그날 밤 방문 앞에서 망치를 들고 서 있었던 그 도둑!

전에는 그가 그다지 내 눈에 띄지 않았다.「우리 아가 요전 앞새촌에 갔데이. 그래서 배달이 안 되는데……」하는 가겟집 할머니의 말처럼 그는 고향에 갔거나 도매 시장으로 물건을 떼러 갔거나 배달을 갔기 때문에 가게에 없을 때가 많았다. 설령 있다고 해도 그를 정면으로 바라볼 일은 별로 없었다. 그는 늘 있는 듯 없는 듯 두부 상자와 콩나물시루를 나르거나 고개를 숙인 채 열무나 파 따위를 묶는 일 등을 하고 있었기 때문이다.

그런 그의 존재가 어느 날 어느 순간부터인가 도드라지기 시작했다. 그날 새벽 그 사람과 비슷한 키와 체구, 더벅머리에 너부데데한 얼굴, 짙은 일자 눈썹, 그리고 툭 불거진 방울눈. 특히 가겟집 할머니의 아들이 입고 있던 검게 물들인 미군 야전 점퍼를 보았을 때 내게는 소름이 끼칠 만큼 섬뜩한 기운이 스쳐 갔다. 그날 밤에 그 도둑도 그와 똑같은 옷을 입고 있었다는 사실이 아주 생생하게 되살아났다.

「우리 엄마가 순두부 사오래요.」

그는 말없이 그저 고개만 끄덕였다. 나는 한 발짝 떨어져서 그를 유심히 엿보았다. 영락없는 그 사람이었다. 물건 값을 치르다가 한 순간 그와 눈길이 마주쳤다. 도둑의 얼굴과 거듭 겹쳐졌다. 이웃집 아저씨들도 도둑은 분명 우리 집에 한 번이라도 와 봤던 사람일 거라고 하지 않았던가. 이 가겟집 아저씨 역시 배달 올 때마다 우리 집 뒷문으로 드나들었던 사람이었다.

나는 매순간 내 자신과 싸웠다. 가게에 갈 때마다 그를 세심하게 훔쳐보면서도 시치미를 떼고 짐짓 천연덕스러운 표정을 지었다. 때로는 죄 없는 사람을 도둑으로 몰고 있는 게 아닌가 하는 의문 때문에 곤혹스러웠다. 돈을 주고받을 때는 심장이 졸아드는 것 같았다. 거스름돈을 내주던 그가 내 손목을 확 움켜쥐고 얼굴을 바짝 들이대면서「너, 지금 날 의심하고 있지? 그렇지?」하고 으름장을 놓을 것만 같았다.

그러던 어느 날 가겟집 할머니는 어머니에게 막내아들이 며칠 전에 입대했다고 말했다.

「아가 없으니 인자 물건 띠가 오는 일하고 배달 가는 일하고 다 우째야 좋을지 막막하데이.」

그 말을 듣는 순간 나는 그동안 내 몸뚱이를 친친 감고 있던 굵은 오랏줄이 툭툭 풀려 나가는 것 같았다. 집으로 돌아오면서 나는 거의 1년 동안이나 나를 짓눌러 온 비밀을 비로소 어머니에게 털어놓았다.

「그 아저씨탕 정말로 똑같다. 몸집이랑 시커면 눈썹이랑 그 커다란 눈이랑……, 그리고 아저씨가 입고 있던 군인 잠바, 그것도 똑같았어!」

내 말을 듣는 동안 어머니의 표정은 진지했다 무언가 짚이는 게 있고, 마침내 한순간에 다 알아차린 사람처럼 고개를 끄덕이기도 했다. 내 말을 다 듣고 나서도 어머니는 무언가 깊은 생각에 빠진 사람처럼 침묵했다. 그러더니 거반 집 앞에 왔을 때쯤 걸음을 뚝 멈추고는 나를 지그시 내려다보며 나지막하게 일러 주었다.

「그럴 리가 있겠니? 그 아저씨가 얼마나 부지런하고 효잔데…….

세상에는 비슷한 사람도 아주 많아. 잠결에 봤으니까 네가 착각했을 수도 있어.」

나는 슬며시 도리질을 했다. 아니야, 엄마가 몰라서 그래. 문 앞에 서 있던 사람은 바로 그 사람이야. 그러면서도 한편으로는 어머니의 말을 부정할 수가 없었다. 엄마의 말이 맞을지도 몰라. 자다가 일어나서 얼떨결에 본 도둑의 얼굴, 비슷하기는 하지만 가겟집 할머니의 아들은 그런 사람이 아닐 것이다. 가겟집 아저씨는 누가 뭐래도 성실한 사람이고 효자다. 그런 사람이 도둑일 리가 없다.

세월이 흘렀다. 3년, ……10년, ……20년 이상이 지났다.
그처럼 세월이 흐르는 동안에도 나는 그 일을 잊은 것은 아니었다.
신혼 초, 책을 읽고 있던 나는 소리 없이 방문을 열고 반쯤 얼굴을 들이민 남편의 눈길과 마주치자 그만 들고 있던 것을 떨어뜨리고, 그 바람에 뜨거운 커피를 쏟고 컵을 깨는 등 한바탕 난리를 피운 적이 있었다. 남편은 농기 어린 면박을 주었다. 나는 무어라고 대꾸할 수 없어 그저 멋쩍게 웃었다.

언젠가 한 번은 누수 때문에 전문 업체의 기사를 집 안으로 불러들인 적이 있었다. 그는 기다란 누수 탐지기를 들고서 마당에서부터 부엌, 욕실에 이르기까지 집 안팎을 샅샅이 누비고 다녔다. 그러면서 자꾸만 힐끔힐끔 나를 곁눈질했다. 나는 까닭 모를 불안과 의구심이 솟구쳤다. 그날 나는 밤새도록 불면증에 시달렸다.

현관문의 자물쇠가 고장 나 급히 수리공을 불렀을 때였다. 수리공은 자물쇠를 교묘하게 뜯어냈다. 그러자 문에는 주먹만 한 구멍이 생겼다. 수리공은 새 자물쇠를 달아 준 후 열쇠 꾸러미를 건네주었다. 눈초리가 매섭고 어딘가 모르게 불온한 느낌을 주는 사람이었다. 그는 내 시선에 황급히 고개를 떨어뜨리고는 오토바이를 타고 쏜살같이 사라졌다. 나는 또다시 기억의 갈피 속에 깊이 묻어 둔 오래전의 그 일을 떠올리지 않을 수 없었다.

'문 고치는 남자'에 관한 나의 기억. 그것은 칙칙한 고무판에 새긴 각각 다른 두 장의 판화와도 같다.

한밤중에 망치를 들고 방문 앞에 서 있었던 그 남자는 판화 속의 양각이다. 내가 켜둔 형광등 불빛 아래 드러난 그의 얼굴. 그것을 나는 둥근 조각도로 모두 파낸다. 그의 둥글넓적하고 커다란 얼굴은 희게 찍힌다. 그는 가겟집 할머니의 아들이 아니다. 그저 우연히 우리 집에 도둑질을 하러 들어온 사람일 뿐이다.

짙은 어둠 속에 낮게 웅크린 또 다른 남자의 모습, 그것은 판화 속의 음각이다. 그는 바로 가겟집 할머니의 아들이다. 낮과 밤처럼 다른 그의 두 얼굴. 그는 오래전부터 우리 집의 뒷문을 잘 보아 두었고, 그날 어머니가 집을 비우리라는 것도 알고 있었다. 이슥한 밤 아버지가 빈지문을 닫아걸 때부터 기회를 엿보았으며, 요강에 앉아 있던 나와 마주치자 음충스런 미소를 지어 보였다. 그는 자기 어머니보다도 더 연로한 우리 할머니를 사정없이 밀어젖혔으며,

결국 돌아가시게 만들었다.

　나는 두꺼운 고무 판화 속에 음각의 그를 새긴다. 예리하고 뾰족한 조각칼로 그의 몸뚱이 선을 판다. 그는 어두컴컴한 부엌의 모서리에 숨어 있다. 내가 부엌으로 들어서는 모습을 빤히 지켜본다. 나는 예리하고 뾰족한 조각칼로 그의 몸뚱이, 그 테두리선만을 판다. 아주 가늘게 파낸다. 그는 깊고 무거운 어둠 속에 갇혀 있다.

　양각과 음각, 이 두 개의 판화 그림 중에 어느 것이 진실인지 나는 아직도 모른다.

　그러나 이렇게 세월이 많이 흐른 지금, 어머니가 돌아가시고 안 계신 지금에도 나는 어머니의 말을 잊지 못한다. 그럴 리가 있겠니. 세상에는 비슷한 사람이 얼마나 많은데……. 나는 어머니의 말을 믿는다. 설령 그것이 진실과는 전혀 다른 순진한 착각에 불과할지라도 그렇게 믿고 싶은 것이다. 그때 내게 그렇게 말한 어머니도 분명 나와 같은 마음이었을 것이다.

도둑

여자를 보는 순간 나는 숨을 멈추었다. 검은색 슈트에 같은 색의 벨벳 모자를 쓴 세련된 차림의 여자는 나를 향해 또각또각 걸어오고 있었다. 그러고는 곧 내 곁을 스쳐 지나갔다. 나는 그동안 까맣게 잊고 있었던 명 선배를 기억해 냈다. 어쩌면 저렇게 똑같을 수가 있을까. 등을 곧게 펴고 턱을 살짝 치켜든 채 걷는 걸음걸이까지도 같았다. 나는 고개를 들려 여자의 뒷모습을 망연히 바라보았다.

집으로 돌아오자마자 나는 베란다의 다용도실에서 일기장과 편지를 담아 놓은 박스를 찾아내어 통째로 엎었다. 명 선배의 노트는 거기 있었다.

며칠 뒤에 집 앞에서 그 여자를 또 보았다. 동그스름한 얼굴에 길게 샤기 커트를 한 머리, 청바지에 후드 점퍼 차림의 여자는 카 스테레오에서 흘러나오는 〈섬머 댄스〉를 흥얼거리며 차 트렁크에서 쇼핑백들을 한 무더기 꺼내어 아랫집으로 나르고 있었다.

아랫집에 새로 이사 온 여자임에 틀림없었다.

두 아이들을 재우고 나서야 낮에 택배로 도착한 물건을 확인할 수 있었다. 인터넷으로 주문한 책들이었다. 장 봐 온 것들을 냉장고에 쟁여 넣고 난 뒤처럼 든든하다. 손에 쥔 책을 읽느라고 시간 가는 줄 모르고 있다가 문득 너무 고요하다는 생각을 했다. 커튼을 살짝 젖히고 밖을 내다보았다. 롤 스크린이 내려져 있는 그 집의 2층 창이 밝은 빛으로 가득 채워져 있었다. 울짱 앞에 세워 놓은 여자의 빨간 티뷰론은 금방이라도 시동이 걸려 부르릉 떠날 것만 같았다. 가로등을 품은 플라타너스에서 이파리 하나가 소리 없이 떨어졌다.

탁상 달력을 한 장 넘긴다.

벌써 9월이다.

남편이 음주 운전을 하다가 면허 취소를 당했다. 평소 즐겨하지 않던 술을 먹은 것도 이해할 수 없는 일인데다 취한 상태에서 운전까지 했다니 믿어지지가 않았다. 다음 날 술이 깨고 나자 그는 몹시 후회하는 것 같았다. 나는 내 얼굴을 똑바로 보지도 못하는 남편을 다그쳐 자초지종을 물어볼 수가 없었다. 그저 막연히 회사에서 무슨 좋지 않은 일이 있었나 보다 짐작할 뿐이었다. 그날부터 남편이 몰던 차는 집 앞에 얌전히 세워 두어야만 했다. 내게도 운전 면허증이라는 것이 있긴 했지만 10년 전에 발급받은 뒤로 한 번도 사용한 적이 없었다. 남편은 주로 택시와 버스를 이용해서 출근했다.

며칠 뒤 남편이 진지하게 물었다.

「당신 운전면허 있지?」

「있으면 뭐 해. 장롱 면헌데.」

「연수를 좀 받지.」

「나 운전하는 거 싫은데…….」

「누군 좋아서 운전하나?」

「몰라, 난 운전하는 거 무섭단 말이야.」

「웬 겁이 그리 많아? 그럴 만한 일이라도 있었어?」

나는 고개를 저었다.

「겁내지 말고 해봐. 운전, 그거 아무것도 아니라구.」

남편은 내게 오늘부터 당장 연수를 시작하라고 몰아붙였다.

「운전 연수할 시간 없어. 그럴 시간 있으면…….」

그럴 시간이 있으면 글 쓰는 데 보태겠다는 말을 하려다가 말았다. 봄이 되면 꽃가루 알레르기 때문에 고통을 겪는 사람들처럼 가을이 오고 서서히 한 해가 저물어 가기 시작하면 나는 신춘군예 알레르기를 겪곤 했다. 그것은 해마다 어김없이 도지는 고질과도 같았다. 배 속에 든 아기가 쌍둥이라는 말을 처음 들었을 때 나는 눈앞이 노래졌다. 직장은 당연히 포기해야겠지. 앞으로 펼쳐질 내 인생의 많은 부분들이 내 의지와는 무관하게 흘러갈 테지. 나는 내심 기다렸던 임신이었음에도 불구하고 썩 기쁘지가 않았다. 작년에 쌍둥이들이 유치원에 들어가자 겨우 책을 손에 잡을 수 있었다. 나는 내가 꿈꾸었던 세계로부터 얼마만큼 멀리 와 버린 것일까. 뒤를 돌아다볼 때마다 더럭 두려운 마음이 들기도 했다.

아이들과 남편이 모두 잠든 밤이면 나는 모니터 앞에 앉아 자판을 두드렸다. 초고속 시대니 하이퍼 문화 시대니 하는 말들은 결코 괜한 것이 아니었다. 속도로 승부를 가리고 눈에 보이는 결과물로 모든 것을 판단하는 시대였다. 나는 느리게 나아가고 있으며 나의 작업은 성과가 전혀 보이지 않았다. 어쩌면 이것은 처음부터 무모한 사랑일지도 몰랐다. 또한 결코 이루어질 수 없는 어리석은 짝사랑인지도 몰랐다. 그래도 나는 믿었다. 내가 사랑하는 그 대상이 언젠가는 뒤돌아보고 나를 향해 웃어 주리라는 것을.

희망이 보인 것은 작년이었다. 내 작품이 A일보 신춘문예의 최종심에 올랐던 것이다. 나는 다른 어떤 때보다도 고무되어 있었다. 올해엔 기필코 꿈을 이루고 말리라. 내 머릿속에는 노상 작품에 대한 생각뿐이었다. 어느 때는 남편이 곁에서 여러 번을 불러도 듣지 못했다. 남편은 내가 무슨 생각을 하는지, 어떤 고민을 하는지 몰랐다. 그에게 내 속내를 드러낸 적이 없으니까. 설령 그가 안다고 해도 이해하지는 못하리라.

다국적 컨설팅 전문 회사에 다니는 그는 외국어 학습과 체력 단련을 가장 중시했다. 그의 말에 의하면 앞으로의 사회에서는 그것이 곧 경쟁력이고 살아남을 길이었다. 그는 그것을 위해 돈과 시간을 아끼지 않았다. 그는 드라마나 소설책을 좋아하지 않았고, 거기에 빠져 드는 사람을 이해하지 못했다. 언젠가 내가 읽다가 식탁에 놓아둔 소설책을 한번 쓰윽 훑어보고는 혼잣말로 중얼거렸다. 차라리 그 시간에 중국어를 배우지 그래? 다행히 그는 자기 생각을 남에게 강요하지는 않았다.

그날은 운전 연수를 하고 돌아와 보니 집에 있어야 할 아이들이 없었다. 운전 연수를 시작한 것은 남편을 위해서도, 남편이 하라고 해서도 아니었다. 다만 내 스스로 불편함을 느껴서였다. 대형 마트에서 쇼핑을 하고 난 후에도 절실했지만 주말 오후에 나들이를 갔다가 갑작스레 쏟아지는 비를 맞고 나서 두 아이가 모두 급성 폐렴에 걸리자 더 이상은 미룰 수 없다는 생각이 들었던 것이다.

나는 정신없이 아이들을 찾아다녔다. 꼭 거기 있으리라고 믿었던 주택 단지 입구의 비둘기 놀이터에도 문방구점의 게임기 앞에도 아이들은 없었다. 어쩐지 나갈 때부터 영 불안하더라니……. 시간을 조금만 앞당겨 잡았더라면 좋았을 것을 그 허릅숭이 같은 강사와 시간 맞추기는 왜 그리도 어렵던지. 겨우 합의를 본 것이 아이들이 유치원에서 돌아오는 바로 그 시간대였기에 날마다 조바심을 하며 헐레벌떡 뛰어와야 했다. 서른이 채 안 되었을 듯싶은 강사는 시간도 제 편한 대로 잡더니 첫 대면부터 호칭도 제멋대로였다. 사모님이랬다 아줌마랬다 두서없이 입에서 나오는 대로 부르는가 싶더니 다음 날부터는 아예 반말 수작에 누님이라고 불렀다. 게다가 은근슬쩍 몇 평짜리 집에 사느냐, 아저씨가 무슨 일을 하느냐고 캐어묻지를 않나, 정나미가 떨어져 가뜩이나 하기 싫은 운전 연수는 고역이 따로 없었다.

온 동네를 다 훑고 다녀도 아이들이 보이지 않았다. 다시 허둥지둥 집으로 돌아와 여기저기 전화를 걸고 있는데 아랫집 창 위로 새까만 머리통 두 개가 자맥질을 하듯이 위로 솟구쳤다가 아래로 가라앉곤 하는 것이 눈에 띄었다. 분명 우리 애들이었다. 나는 전화기를 팽개치고 달려가 벨을 눌렀다.

문이 열리자 경쾌한 댄스 곡이 쏟아지면서 동그란 얼굴이 생글생글 입가에 웃음을 가득 머금은 채로 나를 맞았다. 창가의 스툴에서 텀블링을 하던 두 녀석들이 번개처럼 날아와 안겼다.

「너희들 여기 있으면 어떡해? 잃어버린 줄 알고 얼마나 찾아다녔는지 알아, 엉?」

나는 화가 나서 소리부터 질렀다. 여자가 당황한 기색으로 변명했다.

「어머 미안해요. 애들 야단치지 마세요. 집 앞에서 놀겠다는 걸 제가 데리고 왔어요.」

「엄마, 아줌마가 햄버거도 사주고, 파인애플 셰이크도 만들어 줬어요.」

「우리랑 같이 총싸움도 했어요.」

「엄마, 아줌마네 집에 만화 영화 많다. '토토로'랑 '센과 치히로'도 있어.」

내 심정 따위는 아랑곳없이 녀석들은 기분이 한껏 좋아서 코를 벌름거리며 서로 먼저 이야기를 하려고 밀고 당기는 등 소란을 피웠다. 여자에게 고맙다는 인사를 하고서 데리고 나오려 하자 아이들은 거기서 더 놀겠다고 떼를 썼다.
「아줌마랑 쬐끔만 더 놀게요!」
「나두 나두!」
여자는 연신 생글거리고 있었다. 두 녀석이 경쟁이라도 하듯이 동시에 여자에게 찰싹 달라붙었다. 여자가 나를 돌아보며 애원하는 듯한 표정을 지어 보였다. 나는 못 이기는 척 허락했다. 두 녀석들은 환호성을 지르며 여자의 양팔을 잡아끌었다. 오토 도어 록이 미처 닫히기도 전에 나는 셋이 한 덩이가 되어 킬킬거리며 노는 소리를 들었다.

소영이 나를 언니라고 부르고, 아이들은 소영을 이모라고 부르기 시작하면서부터 이웃의 경계는 빠르게 허물어져 갔다. 부유한 집안의 막내딸인 그녀는 자립해서 혼자 사는 게 소원이었다고 한다. 아버지가 경매로 이 집을 사들인 것을 알고 단식 투쟁을 하다시피 하여 소원을 이룬 거라고 했다. 어학 전문 학원의 일어 강사인 소영은 낮에 시간이 많은 편이었다. 그녀는 우리 아이들이 갈 때마다 맛있는 것을 꺼내 주고 지칠 때까지 같이 놀아 주었다. 그런 그녀를 아이들이 마다할 리가 없었다. 두 꼬맹이들은 문방구에 드나드는 것을 딱 끊고, 신이 나서 아랫집을 시도 때도 없이 들락거렸다.

「언닌 참 좋겠다. 이렇게 이쁜 애들이 있어서…….」

고슴도치도 제 새끼가 함함하다면 좋아하고 범도 제 새끼 둔 골을 두남둔다더니 틀린 말이 아니었다. 알게 모르게 나 역시 소영에게 정이 쏠렸다. 종일 아이들의 뒤를 쫓아다니며 치다꺼리하기에 바쁜 나날을 보내던 내게 소영은 구원의 불빛과도 같았다. 언니 되게 피곤해 보이네. 내가 애들 봐줄 테니 한숨 자. 소영은 아이들을 제 집으로 몰고 가서 프라모델 조립을 같이 하기도 하고 동화책을 읽어 주기도 하고 카트라이더를 하는 아이 옆에 앉아 응원을 하기도 하고 땀을 뻘뻘 흘려 가며 태권도 동작을 받아 주기도 했다. 무슨 일을 하든 열정적이었다. 소영의 그런 모습을 보고 있노라면 잊고 있었던 그 사람이 다시 생각나곤 했다. 특히 소영이 흘러내린 앞머리를 쓸어 올리며 환하게 웃을 때면 영락없는 그녀였다. 명 선배.

명 선배는 대학 학보사 선배였다. 내가 학보사에 처음 들어갔을 때 그녀는 졸업한 지 2년이나 되었건만 여전히 화제의 중심에 있었다. J일보에 최고의 점수로 입사한 것뿐만 아니라 늘씬한 외모와 활달한 성격으로도 충분히 화제의 대상이 되었으며 오카리나를 잘 부는 것으로도 유명했던 모양이다. 가끔 비가 오거나 우울해지면 그녀는 오카리나를 꺼내 불었는데 마치 하멜른의 피리 부는 사나이처럼 그 오카리나 소리를 들은 사람은 누구나 마술에 걸린 듯 학보사로 모여들곤 했다는 것이다.

　소문으로만 듣던 명 선배를 직접 만난 것은 대학 신문의 취업 특집란에 실을 그녀의 원고를 받고 사진을 찍기 위해서였다. 그녀가 근무하던 J일보사 근처에서 저녁을 먹으면서 꽤 많은 이야기를 나누었다. 칵테일 바로 자리를 옮겼을 때 내가 물었다. 선배의 꿈은 뭐예요? 명 선배는 처음엔 대답 없이 빙그레 웃기만 했다. 그러다가 핑크빛으로 볼을 물들이며 천천히 말했다. 아무도 모르게 소설을 쓰고 있어. 마르케스를 능가하는 작품을 쓸 거야. 언젠가는 반드시 그 꿈을 이루고 말 테야.

　그때 나는 정체를 알 수 없는 어떤 불편한 감정을 느꼈다. 나는 명 선배를 선망했다. 명 선배를 통해서 나는 내가 갖고 싶은 것이 무엇인지를 알았다. 또한 나에게 결여된 것이 무엇인지도 알았다. 명 선배에게서 느꼈던 그 불편한 감정은 분명 질투였다. 명 선배는 내가 갖고 싶은 것들을 모조리 가진 것 같았다. 그녀가 안개와 소나기, 맺어지지 않은 인연, 그리고 언젠가 떠날 아프리카 여행에 대해 이야기할 때 나는 그녀에게서 뿜어 나오는 광채에 홀리지 않을 수 없었다. 그녀가 지니고 있던 여러 덕목 가운데에서도 나는 특히 그녀의 뛰어난 감수성을 질투했다.

　명 선배의 글이 실린 뒤 원고료를 전하기 위해 연락을 하자 그녀는 쾌활하게 웃으며 네가 내 대신 받아서 친구들하고 밥 사먹으렴, 하고 말했다. 나는 그 후로도 이따금 그녀와 연락을 하며 지냈다.

내가 졸업을 앞두고 취직을 준비할 때 그녀는 나를 불러 면접이라든가 포트폴리오 작성 요령 등을 자세히 알려 주기도 했다. 목표했던 여성 잡지사에 취직해 정신없이 바쁘던 중에 명 선배가 뇌종양으로 시한부 인생을 산다는 소문을 들었다. 한번 찾아가 봐야지 하면서도 초년 기자 생활은 좀처럼 시간을 낼 수가 없었다.
　그해 겨울의 어느 날 한밤중에 전화벨이 울렸다. 명 선배였다.
「너, 왜…… 원고 가지러 안 오니? 다 써놨는데…… 빨랑 와서 가져가…….」
　뒤통수를 한 대 세게 얻어맞은 듯한 기분이었다. 목이 쉴 대로 쉬어 겨우 쥐어짜듯이 흘러나오던 그 목소리를 듣고 있노라니 누가 내 목을 조르기라도 하는 것처럼 숨이 막혔다. 무슨 말을 했는지 언제쯤 전화를 끊었는지 하나도 생각나지 않는다. 며칠 뒤에 그녀의 부음을 들었다. 눈앞에서 불구덩이 속으로 사라지는 관을 보면서도 그녀의 죽음이 믿어지지 않았다. 결국 그녀의 꿈도 한 줌의 재가 되어 날아가 버렸다.

　어느 날 소영의 차가 고장 났다. 카센터에서 사나흘 걸릴 거라고 했다며 몹시 곤혹스러워하던 소영은 렌터카를 알아봐야겠다고 했다. 나는 남편에게 물었다.
「당신 차 며칠간 소영 씨에게 빌려 주면 어떨까?」
「글쎄……. 당신 좋을 대로 하지.」

그는 남에게 자기 차를 내주는 것이 썩 내키지는 않으나 내 체면을 봐서 그냥 허락하는 것 같았다. 돌아서려던 그는 마침 생각났다는 듯 물었다.

「어 참, 당신 운전 연수는 어때? 잘돼 가고 있어……?」

아직도 연수 중이었다. 나름 열심히 연수를 받고 있음에도 불구하고 나의 운전 실력은 좀처럼 나아지지가 않았다. 텅 빈 8차선 대로에서도 경운기 몰고 가듯 하는 나를 보면서 강사는 세상에는 두 부류의 사람이 있다고 했다. 운전을 해도 될 사람과 하지 말아야 할 사람. 누님은 차라리 기사를 두쇼. 무슨 큰 죄를 짓기라도 한 듯이 내 어깨는 잔뜩 움츠러들었다.

「역시 운전은 내게 안 맞는 거 같아.」

「소심해서 그래. 대범해져 봐, 겁날 게 뭐 있어?」

남편에게서 차 키를 직접 건네받자 소영은 고마워요…… 형부, 라고 말했다. 처음 들어 보는 형부라는 호칭이 어색했던지 남편의 얼굴에는 머쓱해하는 표정이 역력했다.

남편은 자기 차를 타고 출근하게 되었다. 그것은 소영의 제안이었다. 차를 빌려 준 것이 너무나 고맙고, 또 어차피 같은 방향이니 형부를 회사까지 태워다 주고 싶다고 했다. 남편의 회사에서 그다지 멀지 않은 곳에 소영의 직장인 외국어 학원이 있었던 것이다. 나흘 후에 소영은 수리를 마친 제 차를 찾아왔으나 카풀 제안은 여전히 유효했다. 다만 차가 바뀌었을 뿐. 남편은 아침마다 소영의 차를 타고 출근했다.

한번은 소영이 이런 이야기를 했다.

자기의 수강생 중에 Y와 K라는 두 대학원생이 있다. Y는 연애도 잘하고 운동도 열심히 하고 얼마 전에는 배낭여행도 다녀왔다. 물론 그는 공부도 아주 잘한다. 논문 준비도 순조로이 잘되고 있어서 얼마 후면 진행 중인 논문도 마무리가 될 것 같다.

문제는 K다. 그는 늘 시간에 쫓긴다. 항상 도서관에서 살지만 준비하고 있는 논문은 별로 진척이 없고 논문이 잘 안 되니 친구 만날 시간도 없다. 그러니 연애는 언감생심 꿈도 못 꾼다. 여자 만날 시간이 있으면 책을 한 장이라도 더 들여다보겠다는 것이 그의 진심이다. 그의 집은 지방 소도시로, 이를테면 대도시로 유학을 온 셈인데 그는 고향에 내려갈 여유조차 없다고 한다. 이런 판국이니 여행인들 갈 수 있으랴. 그도 누구처럼 배낭여행을 가고 싶지만 그건 기약 없는 꿈일 뿐이다. K는 늘 부르짖는다. 시간이 없다고. 자기는 시간이 없어서 정말이지 아무것도 할 수가 없노라고.

나는 왠지 K의 이야기가 남의 일 같지 않았다. 머뭇거리며 소영에게 물었다.

「그 두 사람의 차이가 뭐라고 생각해?」

「글쎄, 두뇌 아닐까. 요컨대 Y는 머리가 좋은 거야. 집중력, 사고력, 인지력, 기억력, 통찰력……. 머리가 좋으니 무얼 해도 쉽게 빨리 하는 거지. 가르쳐 보면 금세 알아. 하나를 가르쳐 주면 열개는 식은 죽 먹기지.」

「K야말로 고통스럽겠군.」

「왜?」

「천재는 이 세상 모든 둔재들의 선망이며 동시에 절망이기도 하지.」

그날 밤 나는 꿈을 꾸었다. 꿈속의 나는 아주 험한 산길을 가고 있었다. 누군가 나타나서 나에게 자전거를 태워 줄 테니 뒤에 타라고 했다. 나는 싫다고 했다. 꿈속이었음에도 불구하고 나는 자전거는 직접 운전해서 가는 것보다 뒤에 타고 가는 게 더 무섭다는 생각을 하고 있었다. 나는 자전거를 타고 달렸다. 거침없이 앞으로 내달렸다. 울퉁불퉁한 산길이었지만 자전거는 매우 빠른 속도로 계속 달리고 있었다. 곧 내 앞에 급경사의 내리막길이 나타났다. 어어, 입에서는 신음 소리가 터져 나왔으나 가속도가 붙은 자전거는 이미 내 의지와는 상관없이 비탈길을 내달리고 있었다. 나는 자전거와 함께 비탈길 저 아래에 처박히듯 고꾸라져 버렸다.

놀라 꿈을 깨니 작은방의 흔들의자 위였다. 간밤에 책을 읽다가 잠이 든 모양이었다. 눈을 뜨고도 잠시 그대로 앉아 있었다. 아직 이른 새벽이어서 밖은 어두웠다. 남편의 기척이 들렸다. 슬리퍼 끄는 소리. 그는 주방으로 가고 있다. 디스펜서에서 얼음을 받고, 곧이어 물 따르는 소리. 그는 서둘러 조깅화를 꺼내 신는다. 흰색 트레이닝복을 입은 그가 호숫가를 달린다. 그와 나란히 한 여자가 달리고 있다. 며칠 전부터 소영도 남편의 아침 운동에 따라나섰다.

　처음에 소영은 내게 같이 나가자고 졸랐다.

「됐어, 난 아침형 인간이 아니라서 새벽에 일어나는 게 힘들어.」

「웬만하면 같이 가자. 오해받는 게 싫어서 그래.」

「오해? 무슨……?」

「형부랑 나를 부부로 생각하는 거 같더라구.」

　두 개의 복합적인 감정이 동시에 나를 자극했다. 한편으로는 흉기로 등을 찔린 듯이 고통스러우면서도 다른 한편으로는 악의적인 쾌감이 이는 묘한 감정이었다. 전자는 본능이었고 후자는 이성인지도 몰랐다. 내 아이들에게 소영은 어떤 상황에서도 신뢰할 수 있는 좋은 이모였다. 나 역시 소영에게 신뢰를 보여 줌으로써 그녀가 나와 내 아이들에게 쏟아 온 헌신적인 우정에 답례할 필요가 있었다. 남편은……? 그는 원칙주의자이며 명예를 중시하는 사람이다. 짐작컨대 구설에 오르는 일을 자초하지는 않으리라.

　나는 아주 의연하게 말했다.

「남들이 뭐라든 무슨 상관이야. 신경 쓰지 마. 난 아무렇지도 않으니까!」

　운동에서 돌아온 그는 치즈를 얹은 베이글에 오렌지 주스 한 잔을 마신 뒤 출근을 서둘렀다. 새 손수건을 챙겨 넣었고 어제와 다른 구두를 꺼내 신었다. 나가기 전에 슬쩍 거울을 한 번 더 보는 것을 잊지 않았다. 소영의 차를 함께 타고 다니게 된 이후로 그는 더욱 젠틀해졌다. 아이들의 부산함을 나무라지도 않았고 나의 건망증을 힐책하지도 않았다. 나는 그의 변화를 주시하면서도 일체 내색하지 않았다.

그가 나가고 나서 곧 조간신문의 일기 예보를 기억해 냈다. 우산을 챙겨 들고 뛰어나가면서 외쳤다. 여보, 이거 가져가요. 차 안의 남편은 돌아보지 않았다. 어깨를 낮추고서 소영의 이야기에 열중한 남편의 모습은 싱그러웠다. 무슨 재미있는 이야기였는지 그가 환하게 웃었다. 그 모습을 실은 채로 차는 내 앞에서 멀어져 갔다.

후둑후둑 화초들 위로 빗방울이 떨어진다. 흰 꽃망울을 달고 있던 국화와 말라비틀어진 벤자민과 축축 늘어진 파키라와 허연 먼지를 뒤집어쓴 문주란의 푸른 잎사귀에 물기가 번진다. 퍼들퍼들 화초들이 되살아나고 있다.

남편의 웃는 모습이 화초들 위로 겹쳐진다.

이 비가 그치고 나면 더 추워질 테지…….

대걸레 자루와 금속의 커튼 봉이 아랫집 창에 연신 오르내렸다. 우리 아이들이 칼싸움을 한답시고 부산을 떨며 놀고 있는 것이리라. 택배로 도착한 한라봉과 방금 만든 밑반찬을 챙겨 들고 소영의 집으로 향했다. 남편은 밥을 먹고 들어올 예정이었으므로 그녀의 집에서 같이 저녁을 먹기로 했다.

이제 소영은 한 식구나 마찬가지였다. 아이들은 집에 있는 것보다 소영의 집에서 노는 것을 더 좋아했다. 특히 소영과 함께 수영장에 가는 것을 좋아했고 심지어는 소영의 집에서 자기까지 했다. 토요일 밤에 아이들은 잠옷으로 갈아입고 각자 토끼 베개를 하나씩 챙겨 들고 소영의 집으로 갔다. 소영은 아이들과 신나게 놀다가 양쪽에 하나씩 아이를 끼고서 잤다. 주말에 영화를 보러 가거나 장을 보러 가거나 외식을 하러 갈 때도 우리는 소영을 불러 함께 갔다. 특별한 일이 없는 한 소영은 우리의 청을 거절하지 않았다.

힙합풍의 티셔츠 위에 올리브색의 앞치마를 두른 소영이 장난스러운 표정으로 노래를 부르며 문을 열어 주었다. He's standing there alone. Staring eyes chill me to the bone. (그는 거기 외로이 서 있고, 뼛속까지 뚫는 눈초리로 나를 소름 돋게 해.) 그녀의 입에서 흘러나오는 곡이 주방의 시디플레이어에서 돌아가고 있었다.

「그레이스 존스네. 오랜만에 들으니까 좋은데…….」

나 역시 노래를 흥얼거리며 식탁을 차렸다. Strange. I've seen that face before……. 전골냄비에서는 쇠고기와 두부가 먹음직스럽게 끓었다. 준비한 야채를 듬뿍 넣었다. 소영의 단골 메뉴인 스끼야끼였다. 아이들 몫을 먼저 덜어 주고 나서 소영이 맥주를 꺼내면서 외쳤다.

「도리아에즈 비루!」

「좋아, 건빠이!」

함께 설거지를 하고 나서 TV 앞에 앉았다. 아이들은 다른 방에서 카프라 놀이에 열중하느라고 오지도 않았다. 드라마가 시작되자 소영이 물었다.

「언니 저 드라마 봐?」

「아니. 근데 주인공을 보니 어제 신문에 났던 그 드라마인가 보네.」

「맞아, 어제 연예란에 난 그 기사를 읽고 너무 화가 나서 신문사에 전화했어.」

「전화를……? 기자한테?」

「기사를 어떻게 그 따위로 쓸 수가 있어? 항의하려고 기자를 바꿔 달랬더니 휴가 갔대. 흥, 휴가는 무슨……. 항의 전화가 많이 오니까 안 바꿔 주는 거겠지. 작가가 천부적인 재능을 가졌다고? 언어의 연금술사라고? 하하, 우습지도 않아 정말.」

소영은 뒤이어 그 기사는 말짱 다 엉터리야, 라며 열띤 어조로 계속 성토를 해댔다. 나는 소영이 그토록 분노하는 이유에 대해 물었다.

「저건 표절이야. 작년에 일본에서 방영한 드라마를 그대로 표절했어.」

「표절? 확실해? 네가 봤어?」

「그럼. 요즘이 어떤 세상인데. 드라마 동호회나 스크린 학습 사이트 같은 데 들어가 보면 최근 것부터 시작해서 10년 안팎의 드라마 시놉시스가 다 올라와 있어. 게다가 저 드라마는 일본에서도 시청률이 높았던 거라서 알 만한 사람은 다 알아.」

「구체적으로 뭐가 같다는 거야? 플롯?」

「그뿐이겠어. 배경, 캐릭터 설정, 대사. 거의 다 똑같애. 친구 남편과의 불륜. 저 노처녀 댄스 강사가 아기를 갖고 싶어 하는 것까지……. 하긴 그 심정은 나도 충분히 이해하지만 말이야.」

마침 두 여자 동창생이 트로피컬 레스토랑에서 만나 점심을 먹는 장면이었다. 영화감독을 남편으로 둔 전업 주부가 잘나가는 이혼 전문 변호사에게, 너 정말 결혼은 안 할 거니?라고 물었다. 변호사는 대답했다. 응 그게 말이야, 막상 결혼을 하려고 보니까 괜찮은 건 이미 다 팔리고 굴타리 먹은 것만 남았더라구. 옆에서 소영이 까르르 웃으며, 그래 그 말은 맞다 맞아, 하고 맞장구를 쳤다.

집으로 돌아와서도, 잠자리에 누워서도 소영과 나눈 대화가 머릿속을 맴돌았다. 그 드라마 작가는 비난받을 줄 알면서도 표절을 선택한 것일까. 그렇다면 그의 도덕성의 부재는 손가락질을 받아 마땅하리라. 그런데…… 그런데도 왠지 나는 그 작가를 나무랄 수가 없을 것 같았다. 잠이 오지 않았다. 밤이 깊어갈수록 정신은 더욱 맑아졌다.

다음 날 일간지 기자로 뛰는 옛 동료 P에게 전화를 걸어 그 건에 대해 물어보았다. 연예 방송 담당인 P는 선선히 답해 주었다.

「당사자는 데뷔 전의 습작을 개작한 거라며 표절 의혹을 극구 부인하더군.」

「사실일까?」

「믿어야겠지. 창작반 동기 중에 그 습작을 읽은 사람들이 있다고 하니 말이야.」

「와, 그럼 정말 우연의 일치란 말이야? 그렇다면 일종의 밈인가?」

「밈이라니?」

「거 왜 있잖아, 생각의 전염이랄까 상상의 전이랄까, 뭐 그런 거…….」

내 경험을 떠올리면서 한 말이었다. 이런 작품을 구상한 적이 있었다. 연속적으로 찾아온 개인적인 불행 속에서 좌절하고 분노하던 주인공이 어느 날 맨 처음 불운의 실마리가 되었던 고양이와 우연히 마주친다. 그는 극도의 증오감과 함께 복수심을 느낀다. 고양이를 잡아 집에 돌아온 그는 냉동고 속에다가 산 채로 넣어 버린다. 내 머릿속에서 작품은 냉동고 속에 얼어 죽어 있을 고양이를 상상하는 장면으로 끝난다. 사실 얼어 죽은 그 고양이를 전자레인지에 넣고 해동 버튼을 누르면 어떻게 될까, 하는 생각을 하지 않은 것은 아니었다. 그러나 시쳇말로 엽기적인 발상이 아닐 수 없었기에 나는 내 상상의 세계가 빈곤하다 못해 천박하고 남루해져 가고 있음을 반성하기도 했다. 그로부터 서너 달 후에 나는 한 여성 작가가 발표한 신작 소설을 읽으면서 기이한 우연에 놀랐다. 일곱 살의 어린 여자 아이가 자기 손등을 문 애완용 햄스터를 혼내 주려고 냉동고에 집어넣는 장면이 있었다. 아이는 그것을 까맣게 잊고 있다가 다음 날에야 열어 본다. 얼어 죽었음을 알고 죄책감으로 흐느껴 울던 아이는 햄스터를 되살리기 위해 전자레인지에 넣고 아무 버튼이나 누른다. 아이의 비명 소리, 냄새와 연기에 놀라 엄마가 달려와서 레인지를 열었을 때 그 안은 온통 너덜너덜 붙어 있는 고기 조각과 꾸덕꾸덕 말라 가는 토마토케첩 자국들뿐이었다.

혼란스러웠다. 이런 경우를 어떻게 설명할 수 있을까. 모방의 진화? 상상의 전염? 그렇다면 비유전적인 방법에 의해 전달되고 진화되는 문화의 일면이라고 보아도 좋을 것인가? 하긴 맥루한의 예상대로 우리는 초고속으로 정보를 교환하는 지구촌 시대를 살고 있으니 이것이 전혀 불가능한 얘기도 아닐 터였다. 빠르게 교차되는 이런 상념들을 떠올리고 있을 때 P가 비아냥거리는 투로 대꾸했다.

「어려운 말 골라 쓸 거 없어. 그냥 쉽게 말해서 '하늘 아래 새로운 것은 없다'야.」

「하늘 아래 새로운 것은 없다……?」

「그래, 그건 이미 구약 시대부터 있어 온 말이고.」

전화를 끊고 나서 나는 중얼거렸다. P의 말이 맞는 건지도 몰라. 세상에 새로운 게 어디 있어. 창조란 신의 수첩에나 있는 말일 테지. 어차피 예술은 둘 중 하나라잖아. 표절 아니면 혁명. 표절이라……? 혁명과도 같은 작품을 훔쳐 올 수 있다면…… 아무도 모르게…….

　운전 연수 강사는 차에 타면서부터 계속 여기저기 전화를 해대고 있었다. 초지일관 친구들에게 돈을 변통하는 내용이었다. 아, 씨발놈 그럴 거면 처음부터 안 된다고 하지, 괜히 입만 아팠잖아 쌍. 친구들로부터의 퇴짜가 거듭될수록 그의 입에서는 더욱 거친 욕이 튀어나왔다. 그럴 때마다 나도 모르게 가속 페달을 세게 밟게 되었다. 제법 운전이 되었다. 우리 차를 끌고 다니면서부터 핸들이 손에 익어서 그런지 마음이 편해서 그런지 운전이 무섭지만은 않았다. 전에는 맞은편에서 자동차가 마치 나를 통째로 집어삼킬 듯 무서운 속도로 달려오면 오싹오싹 소름이 끼쳐 아예 눈을 감아 버리고 싶었지만 이제는 그런 가벼운 공포감을 즐기기도 했다.
　그는 이어 여자들에게 전화를 걸어 허튼소리를 지껄였다. 끝에 건 전화는 어린 여자 애인 것 같았다. 이쁜아, 아저씨랑 오늘 밤에 호텔로 양복 맞추러 갈까? 그의 낯 뜨거운 수작은 멀미를 불러일으켰다. 제아무리 성능 좋은 고가의 휴대폰일지라도 아이들의 조잡한 장난감만도 못하게 느껴지는 것은 상대방의 말소리가 옆에까지 고스란히 다 들릴 때이다. 그의 휴대폰에서 어린 여자 애의 코맹맹이 소리가 새어 나왔다. 그가 여자 애와 밀고 당기며 수작질을 하는 동안 멀미는 점점 더 심해져서 금방이라도 토할 것만 같았다.
　급브레이크를 밟았다. 차는 한산한 국도 위를 빠른 속도로 달리고 있던 중이어서 요란한 마찰음과 함께 한바탕 용트림을 한 후 셨다.

나는 당장 뺨이라도 후려칠 기세로 소리쳤다.

「야, 너 내려!」

「어, 이거 뭐야? 왜 그래요, 왜 그래 누님?」

「나 너 같은 동생 둔 적 없어. 좋은 말할 때 빨리 내려!」

「어라, 이년이 갑자기 미쳤나…… 왜 이러……?」

그새 얼굴색이 험악하게 변한 그의 턱밑에다가 내 휴대폰을 들이대며 빠른 속도로 뇌까렸다.

「경찰 부를까? 불러? 너 뭐 하는 놈이야 엉?」

나는 고개를 마구 휘저으며 발악하듯이 외쳤다. 너, 너, 빨리 꺼져, 내 앞에서 당장 사라져! 놈은 문을 열고 후다닥 튀어 내렸다. 틀림없이 내가 무슨 발작을 일으킨 거라고 생각하는 것 같았다. 똥 밟은 듯한 놈의 표정이라니……. 가속 페달을 밟았다. 엉거주춤 서 있는 놈의 꼴이 백미러 속에서 점차 작아지고 있었다. 웃음이 터져 나왔다. 눈물이 나오도록 웃었다. 내가 잘못한 걸까. 나는 단지 인터넷 서점에서 주문한 아이들의 책이 언제쯤 도착할지 궁금했던 것뿐인데……. 마침 남편의 노트북이 켜져 있기에 그걸 확인하려 했을 뿐이었는데……. 담배를 사러 나간 남편은 채 로그아웃을 하지 않은 모양이었다. '자책하지 마세요. 난 그날 오후의 일을 후회하지 않아요.' 소영이 남편에게 보낸 메일은 그렇게 시작되고 있었다.

 하늘은 지독하게 푸르렀고 거리는 온통 황금빛이었다. 은행잎들이 우수수 한꺼번에 쏟아졌고 허공을 마구 휘저으며 날고 있었다. 바람난 세상. 어디 구멍이 뚫린 것은 아닐까. 간통과 도둑질이 난무하는 시대. 어차피 다 똑같아. 신뢰? 누구를 신뢰해? 나 하나 깨끗한 척한다고 누가 알아주는 것도 아니고, 나 혼자 도덕성을 고수한다고 세상이 달라지는 것도 아닌데……!

 나는 차를 돌렸다. 그리고 최대한 속력을 내어 차를 몰았다.

 집으로 돌아온 나는 소영을 처음 보았던 날 박스에서 찾아낸 빛바랜 원고를 꺼내 들었다. 소설은 아마데우스 모차르트가 미하엘 하이든의 병문안을 가는 것으로 시작된다.

 열병이 나서 꼼짝없이 침상에 누워 있던 미하엘 하이든은 모차르트를 보자 하소연을 한다. 그가 대주교에게 여섯 곡의 이중주곡을 헌정하기로 한 날짜가 사흘 앞으로 다가와 있었던 것이다. 약속을 지키지 않으면 성질머리 괴팍한 대주교는 하이든을 해고할 게 틀림없었다. 모차르트는 하이든을 위로하며 큰소리를 친다. 걱정 말아요. 내가 다 해결해 줄 테니. 어릴 적 스승이며 직장 동료이자 절친한 친구라고도 할 수 있는 미하엘 하이든에 대한 모차르트의 애정은 남달랐다. 그로부터 불과 이틀 만에 모차르트는 바이올린과 비올라를 위한 두 개의 이중주곡을 작곡해 하이든에게 전한다.

 돌아오는 길에 모차르트는 조금 전 하이든의 방에서 본 레퀴엠

악보에 대해 생각한다. 몇 년 전 그 악보를 처음 보았을 때 모차르트는 마음에 드는 좋은 곡을 발견할 때면 늘 그렇듯이 경미한 복통을 느꼈다. 특히 D단조는 떠올리기만 해도 설사를 할 것만 같았다. 그러나 무언가 아쉬움이 남았다. 부드럽고 아름다운 선율은 그저 슬픔을 막연하게 표현할 뿐이어서 이것만으로는 부족하다는 느낌이 들었다. 저 악보가 내 것이라면……. 모차르트는 눈을 감았다. 처절하리만큼 비극적인 정서, 억장이 무너지는 듯한 슬픔, 비장미가 넘쳐흐르는 아우라가 머릿속에 그려지기 시작했다.

그날 밤 펜에 잉크를 듬뿍 찍은 모차르트는 무서운 속도로 오선지를 메워 간다. 천재적 재능과 뛰어난 감성을 타고난 데다가 작곡가가 갖추어야 할 풍부한 지식과 다양한 기교까지 완벽하게 갖춘 그에게 그것은 조금도 힘든 일이 아니었다. 그는 혁명과도 같은 창조물을 만들어 내는 데에 당대 일인자였다. 또한 남의 혁명을 가져다가 내 것으로 만들되, 아무도 그걸 알아차리지 못하도록 가공하고 포장하는 재능은 가히 신적이라 할 수 있었다.

〈라크리모사(Lacrimosa, 눈물의 날)〉를 오선지에 그리는 동안 모차르트는 두려움과 슬픔으로 가슴을 쥐어뜯었다. 폭포처럼 쏟아지는 눈물은 그로서도 불가항력이었다. 그는 음영이 뚜렷한 선율로 온몸을 녹일 듯한 뜨거운 비애를 그렸고, 드라마틱하면서도 압도적인 박력감으로 갈가리 찢겨지는 듯한 절망과 마음의 고통을 표현했다. 그래, 누구든 이 레퀴엠을 한 번이라도 들으면 결코 잊지 못하리라. 초저녁달이 뜰 때 일을 시작한 모차르트는 달이 기울 무렵 작업을 모드 끝냈다. 그런대로 흡족했다. 그러나 E단조는 아무래도 포장이 좀 덜 된 것 같았다. 음악적 센스가 뛰어난 사람이라면 하이든의 작품을 표절했다는 것을 알아차릴 것 같았다. 하이든이야 자기 작품을 도용했다고 뭐라 할 사람이 아니지만……. 어려울 것 없다. 조금만 손을 더 보면 될 테니까. 그때 자다가 깨었는지 침실에서 콘스탄체가 콧소리를 내며 그를 불렀다. 모차르트는 펜을 내려놓으며 중얼거렸다.

'음……. 지금은 내 여자를 위한 시간. 인류를 위한 서비스는 내일로……!'

나는 작품을 한 자 한 자 타이핑해서 내 파일에 저장했다. 그 일은 순식간에 끝났다. 천재가 아닌 나는 가공과 포장에 특히 더 정성을 기울였다. 시간 가는 줄 모르고 몰입해 있던 나는 문득 천지간에 나 혼자만 존재하는 듯한 이상한 기운에 휩싸였다. 고개를 들어 창을 응시했다.

벌어진 커튼 틈새로 누가 빤히 나를 보고 있는 것 같았다.

시린 창에 이마를 맞댄 도도한 어둠이 내 시선을 정면으로 맞받았다.

한 달 내내 시름시름 앓았다. 다른 어떤 때보다도 조용하고 소박한 크리스마스이브였다. 내가 내리 앓는 동안 소영은 아이들을 제

집으로 데리고 가서 돌봐 주었다. 전복죽을 끓여 온 소영은 나를 들여다보며 조심스럽게 말했다.

「언니, 저녁에 파티가 있는데 내가 애들 좀 데리고 가도 돼?」

「뭐 하러 그래? 애들이 부산해서 힘들기만 할 텐데.」

「나, 애들 데리고 갈래. 자랑하고 싶단 말이야.」

옆에서 놀고 있던 아이들이 그 얘기를 들었다. 와, 이모가 우리를 파티 데려간대! 아이들은 환호성을 질렀다. 멍하니 있던 나는 소영을 향해 힘없이 고개를 끄덕였다.

「호호 그럴 줄 알고 내가 애들 옷이랑 모자랑 벌써 사다 놨지.」

제 어미가 아프거나 말거나 철없이 경둥거리던 아이들은 새 옷을 차려입고 나들이 가는 것이 그리도 신이 나는지 어깨춤을 추고 소리를 꽥꽥 질렀다. 베이지색의 모직 세미 정장을 말쑥하게 차려입힌 두 아이들을 양쪽에 나란히 세우고서 집을 나서는 소영은 레드 와인 빛깔의 심플한 원피스 차림이었다. 입가에 미소를 머금은 그녀의 두 눈은 목에 두른 파베 세팅의 다미아니 목걸이보다도 더 반짝였다.

그들이 우르르 몰려 나가고 나자 곧 집 안은 마치 물로 씻어 낸 것 같은 적막감에 휩싸였다. 약에 취해 몽롱한 가운데 희미한 전화벨소리를 들었다. 거의 끊어질 무렵 수화기를 들었다. A일보사의 기자였다. 저희 신문사에 〈모차르트를 고발하다〉라는 작품을 응모하셨나요? 정신이 번쩍 들었고 긴장감으로 온몸이 저려 오는 듯했다. 혹시 이 작품을 다른 신문사에도 동시 투고하지는 않았는지요? 그런 일은 없다고 명쾌하게 대답해 주었다. 조금 뜸을 들인 후에 기자가 말했다. 축하합니다. 당신의 작품이 이번 신춘문예의 당선작으로 확정되었습니다.

멀리서 여럿이 함께 부르는 캐럴이 들려온다. 꿈결처럼 아스라이 실려 오는 노랫소리에 내 아이들의 목소리가 섞여 있다. 멀리서 들어도, 여럿 가운데 섞여 있어도 어미는 제 아이의 목소리를 손으로 집어내듯 골라낼 수가 있다. 숄을 아무렇게나 휘휘 감아 두르고 급히 뛰어나간다. 저만치에서 아이들과 소영이 노래를 부르며 걸어오고 있다.

소영의 옆에 남편이 서 있다. 결코 우연은 아니리라. 아이들과 소영의 노래에 화음을 맞추고 있는 남편. 소영은 고개를 들어 남편을 쳐다본다. 둘이 마주 보며 웃는다. 점차 내 앞으로 다가오는 그녀의 행복한 표정을 바라보며 나는 나직이 읊조렸다.

'명 선배, 마지막으로 만났을 때 내게 읽어 보라고 준 선배의 소설. 하룻밤에 다 썼다는 그 소설을 읽고서 내가 얼마나 지독한 열등감에 시달렸는지, 질투심으로 들끓었는지…… 선배는 상상도 못 할 거야. 까맣게 잊고 있었는데 소영을 처음 보던 날 돌연 그 작품이 떠오르더군. 그거, 이젠 누가 뭐래도 내 거야!'

모치코 케이크를 산 것은 네 잘못이 아니다

태양의 흔적은 어디에도 없다. 바람도 없이 그저 고즈넉하기만 한 11월의 저녁. 거대한 나방의 흙빛 날개에 휘감긴 듯한 어둠 속에서 금방이라도 진눈깨비가 풀풀 나부낄 것만 같다. 고층 아파트의 창에 하나 둘 피어나기 시작한 불빛들이 오늘은 왠지 낯설고 싸늘해 보인다.

아파트 단지로 들어선 여자는 숄더백에서 휴대폰을 꺼내 들었다. 숨을 크게 한번 고르고 나서 번호를 누른다. 신호 음이 간다. 보이지 않는 저쪽. 여자에게는 그 풍경이 보인다. 거실 탁자 위에 놓인 전화가 울리고 있다. 길게 여러 번. 아무도 전화를 받지 않는다. 그렇다면 집에는 아무도 없다는 얘기다. 모든 것은 변함없이 제자리를 지키고 있을 것이다. 오후 3시 반쯤 여자가 문을 잠그고 나오기 전과 똑같이. 남편은 어찌 된 것일까.

집에 들어가고 싶지 않다. 네모반듯한 시멘트 상자 속에 갇혀 있는 일은 여자에게 거의 공포와 다름없다. 사람의 체온이 느껴지지 않는 집, 시계 초침만 살아 있는 집에서 그녀는 늘 기다린다. 복도를 걸어오는 구두 소리의 울림을. 그것은 늘 여자의 집까지 오기 전에 끊기거나 지나쳐 가곤 했으며 뒤이어 무덤 속 같은 적막으로 이어졌다. 한밤중이면 벽을 타고 올라오는 수도관의 물소리, 콘크리트 벽에서 미세하게 틈 벌어지는 소리, 머리맡의 어수선한 발소리……. 그때마다 여자는 좁고 어두운 관 속에 누워 있다는 착각에 사로잡히곤 했다. 눈을 감고 있노라면 어느새 관 뚜껑 위로 흙 덩이가 떨어지기 시작했다. 여러 사람이 삽질한 흙이 머리 위로 요란하게 쏟아졌다.

엄마는 여자를 보고 대뜸 머리가 왜 그 모양이냐고 타박부터 늘 어놓았다.
「거울 보고 내가 잘랐어요.」
「옷 꼴은 또 그게 뭐니?」
「이 코트가 어때서요?」
「꼭 시립 병원에 걸린 커튼 같구나.」
여자는 입을 비죽거렸다. 엄마는 조금 미안했던지 얼른 여자 앞으로 상자 하나를 내밀었다.
「이거 주려고 오라고 했어. 너 입으면 예쁠 거 같아서 하나 샀다.」
고급 수입 란제리였다. 뚜껑을 닫는 여자의 표정이 시큰둥해 보였던지 엄마는 잠깐 머쓱해하다가 화제를 돌렸다.

「꽃꽂이 강습은 재미있니?」

「관뒀어요.」

여자에게 꽃꽂이는 끔찍한 경험이었다. 꽃에 가위를 들이댈 때마다 꽃잎들이 일제히 곤두서는 것을 여자는 분명히 보았다. 대궁을 똑똑 끊어 낼 때마다 어디선가 들려오던 새된 비명 소리. 그때마다 가위를 든 여자의 손은 구운 오징어처럼 오그라들었다. 난 너를 이겨야 해. 네 발목을 자르고 네 손목을 잘라야만 해. 여자는 이를 악물고 댕강댕강 꽃의 모가지를 잘라 냈다. 때때로 가위로 베어 낸 줄기에는 그녀의 분홍색 살점도 붙어 있었다. 꽃꽂이 수강은 결국 한 달을 못 채우고 포기했다.

「그래? 그럼 애완동물이라도 기르지 그러니?」

「애완동물 뭐? 강아지? 햄스터?」

얼마 전에 겪었던 햄스터에 대한 좋지 않은 기억이 떠올라서 여자는 미간을 찌푸렸다. 여자는 퉁명스럽게 대꾸했다.

「햄스터는 끔찍해. 강아지는 무서워.」

엄마는 의아스러운 눈길로 그녀를 바라보았다. 여자에게 그 모습은 대답을 재근하는 것처럼 보였다.

「강아지 눈이 싫어.」

여자의 눈길은 불안정하게 허공을 떠돌았다. ……강아지들의 단추 같은 눈, 캔디 같은 눈은 아기를 연상시키잖아. 그날 이후로 난 아기들의 까만 눈동자를 들여다보고 있으면 몸이 막 간지러워져. 머루처럼 까맣고, 파리처럼 동그랗고, 사파이어처럼 반짝이고, 비누 방울처럼 투명한 그 눈동자를 바늘로 콕 찔러 보고 싶어. 그렇게 하고 싶어서 나는 견딜 수가 없어. 그걸 참고 있노라면 손바닥이, 얼굴이, 막 다 간지러워져……. 만약 여자가 그와 같은 말들을 남김없이 쏟아 낸다면 엄마는 단박에 근심스러운 얼굴로 물을 것이다. 얘, 너 요즘 잠은 잘 자니? 지금 어디서 오는 길이니?

「니넨 요즘 어떠니?」

「좋아요. 아아주 아주. 더 이상 나쁠 게 뭐가 있겠어요.」

골프장의 클럽 하우스에서 쓰러진 아빠가 식물인간으로 6개월을 연명하다가 죽었을 때 엄마는 어찌나 슬피 울던지 줄초상을 치를지도 모르겠다는 걱정까지 들었다. 그러나 장례를 치른 다음 날 엄마는 담배 연기를 길게 내뿜으며 중얼거렸다. 더 이상 나쁜 일이 뭐가 있겠니. 여자는 엄마의 태무심해 보이는 옆얼굴을 한참 동안 바라보았다. 보톡스와 마사지로 나이를 커버한 엄마의 얼굴과 목선은 매끄럽고 차가운 도자기를 연상시켰다.

엄마는 천천히 고개를 끄덕이며 혼잣말처럼 중얼거렸다.

「최 서방은 여전히 바쁘니? 빨랑 애가 들어서야 할 텐데…….」

여자는 까르륵대며 웃었다. 그러고 나서 말했다.

「애는 뭐 하러 낳아요. 고아원에서 하나 데려와서 키우면 될걸.」

엄마는 눈살을 찌푸린 채로 그녀를 빤히 쳐다본다. 못마땅한 기색이다. 남편에게서도 저와 흡사한 표정을 읽은 적이 있다. 게놈 연구가 완성되면 설계대로 만들어 내는 주문형 아기의 생산이야말로 시간문제겠네요. 언젠가 신문을 접으면서 여자가 그런 말을 했을 때 남편은 약간 어색한 표정을 지어 보였을 뿐 별다른 대꾸가 없었다. 그는 기분이 나빴을 것이다. 그는 자기 전공과 관련된 화제가 나오는 것을 싫어했다. 아니, 싫어하는 것 같았다. 사실 여자는 남편의 감정을 정확하게 읽는 것에 자신이 없다. 남편은 호오의 감정을 말로 표현하지 않는다. 표정에 변화가 거의 없는 데다가 지나치게 과묵한 편이다.

그러다 보니 때때로 여자는 그와 관련된 매우 일상적인 일조차도 비밀스럽게 느껴지곤 했다. 그는 대체 무엇을 연구하고 실험하는 것일까. 어떤 열악한 환경에서도 끄떡없이 살아갈 수 있는 터미네이터형 사이보그 아기를 만들고 있는 것은 아닐까. 그 분야에서 꽤 알려진 한 분자 생물학자의 예견에 의하면 앞으로 돈 많은 부모들은 질병을 일으키는 유전자는 모조리 제거하여 아주 건강하고 영리하며 외모도 출중한 아이만을 골라 낳을 수도 있다고 했다.

여자는 포커페이스의 남편을 바라보며 의기양양하게 말했다. 그때쯤에 나는 새로운 사업을 시작할 거예요. 그제야 남편은 호기심이 실린 표정으로 뭔데? 하고 물었다. 아기 대여업! 그의 얼굴에 황당하고 난감하다는 표정이 역력했다. 여자는 턱을 치켜들고 여전히 그를 바라보며 빠르게 말했다. 그때쯤이면 결혼은 이미 지난

세기의 제도가 되어 있을 거예요. 설령 결혼을 한다 해도 아기를 낳는 부부는 거의 드물 거구요. 나는 우성 인자로만 이루어진 튼튼한 복제 아기를 많이 만들어 낼 거예요. 그리고 원하는 사람들에게 계약 기간만큼의 대여료를 받고 아기를 빌려 주는 거죠. 그와 같은 여자의 말을 듣고 있던 남편의 표정이 꼭 저랬다.

여자는 웃음을 거두고 표정을 바꾸며 말했다.

「엄마, 이건 농담이야. 알죠?」

「누가 뭐랬니. 참 최 서방 요즘도 바쁘니? 만나서 밥도 먹고 겨울 양복도 한 벌 사주고 싶은데……。」

엄마는 그 일이 있고 난 뒤 사위에게 부쩍 신경을 쓴다. 혹시라도 이혼한 딸을 떠맡게 될까 봐 그러는 걸까. 엄마라면 충분히 그럴 만하다.

「그인…… 음…… 볼티모어에 갔어요. ……세미나가 있대요.」

「어, 그래? 언제?」

「그저께였나, 아니 *그끄저께*.」

「그럼 일루 오지 그랬니? 혼자 적적했겠다.」

오지 그랬니는 그냥 해보는 말일 것이다. 여자는 엄마를 잘 안다. 엄마는 그녀가 친정에서 산후 조리를 하고 싶다고 할까 봐 미리 겁을 내었다. 얘, 돈은 내가 줄 테니까 산후 조리원 알아보렴. 촌스럽게 요즘 누가 집에서 산후 조리를 하니. 엄마에게는 딸도 군식구였다. 엄마는 워낙에 젊었을 적부터 집안일을 안 해온 터라 일을 못하기도 하거니와 지레 겁을 먹는 편이었다. 그러나 청결 문제에 대해서만은 또 달랐다. 누가 왔다 가기라도 하면 방문 손잡이를 모두 세제 풀어 박박 씻고, 쌈을 먹을 때는 상추를 하나하나 필름 검열하듯이 훑어보고서야 먹었고, 식탁이나 침대 등 모든 가구의 커버는 빳빳하게 풀을 먹인 흰색 리넨만을 고집했고, 과자 부스러기조차도 참아 내지 못해 손님의 발밑에 기어코 휴대용 청소기를 들이대야만 직성이 풀리는 사람이었다.

「엄마, 난 죽은 사람 같아. 적적한 거 무서운 거, 난 그런 거 몰라.」

엄마는 여자를 말끄러미 쳐다보았다. 아, 저 눈빛……. 그날 이후 이웃들은 저런 눈빛으로 여자를 바라보곤 했다. 여자는 그 눈빛과 표정에 억눌려 질식할 것 같았다. 어디론가 사라져 버리지 않고는 저 올무에서 배겨 날 수가 없을 것만 같았다.

여자는 발작적으로 소리쳤다.

「제발 날 그런 눈으로 보지 말아요!」

여자는 상가 뒤편의 쓰레기 컨테이너 옆에 서서 단지 입구를 뚫어지게 바라본다. 여기서 남편을 기다리리라. 지금쯤 그는 몹시 피곤한 형색으로 아무 생각 없이 핸들을 잡은 채 집으로 오고 있겠지. 그의 차는 진주색 소나타 스리다. 그녀는 그 차를 금세 알아볼 수가 있다. 저만치 아파트 입구에 차가 미끄러져 들어오면 여자는 한걸음에 달려가리라. 황금색의 전조등 불빛 띠 안으로 성큼 들어선 여자를 보고 남편은 놀라겠지. 드러내지는 않아도 그는 마중을 나온 아내가 몹시 반갑고 고마울 것이다.

「저기요…….」

몽몽한 표정으로 서 있던 여자는 누군가 부르는 소리에 정신이 들었다. 처네로 아기를 업은 젊은 여인이었다.

「죄송하지만 우리 아기 이것 좀 씌워 주실래요?」

아기 엄마는 여자 앞에 방울 달린 아기 모자를 내밀며 말했다. 여자는 고개를 끄덕이며 모자를 받았다.

「그래요. 밤이라서 그런지 꽤 쌀쌀하네요. 어머, 아기가 자네요.」

「어 그래요? 어쩐지 조용하더라니…….」

「아기 팔이 나와 있어요. 처네를 다시 매는 게 어때요?」

아기 엄마는 그 자리에서 처네를 풀었다. 여자는 아기의 팔을 끌어내리고 아기의 등에 처네를 잘 둘러 주었다. 가뿐하고 단단하게 아기를 업고 난 아기 엄마는 몸을 곧추세우고서 두어 번 까치발 뜨는 시늉을 했다. 그러고는 고개를 돌려 뒤에 선 여자를 향해 활짝 웃으며 고마워요, 라고 말했다. 여자는 아기를 물끄러미 들여다보았다. 아기 엄마는 자랑스러운 미소를 머금었다. 그 모습은 마치 우리 아기 예쁘지? 하고 말하는 듯했다. 여자는 아기 얼굴에서 시선을 떼지 않은 채로 중얼거렸다.

「아기가 계속 자네요. 어쩌면 이렇게 곤히 자죠?」

아기 엄마는 용케 알아듣고 대꾸했다.

「아휴, 저녁 내내 보채다가 이제 겨우 잠든걸요 뭐.」

여자의 시선은 아직도 아기 얼굴에 꽂혀 있었다.

「아무래도 좀 이상해요.」

아기 엄마는 어리둥절해하면서 물었다.

「이상해요? 뭐가요? 왜요?」

여자는 고개를 갸웃하며 아기의 얼굴을 더 가까이 들여다보았다. 젖살이 올라 뽀얀 아기 얼굴을 향해 차갑고 긴 손가락을 뻗쳤다. 그러고는 떡 반죽처럼 부드러운 아기의 볼 살을 쥐더니 사정없이 비틀었다. 마치 살점을 뜯어내기라도 하듯이. 아기는 자지러지게 울었다. 어린아이의 비명과도 같은 울음소리는 밤하늘을 갈기갈기 찢는 것 같았다. 아기 엄마는 버들버들 떨면서 황급히 처네를 풀었다. 아기를 품에 안으며 불에 데인 듯 시뻘게진 아기의 볼을 본 아기 엄마는 경악했다.

「야 이년아, 너, 너, 무슨 짓을 한 거야? 우리 애를 어떻게 한 거야?」

여자는 이미 아기 엄마로부터 멀찍이 떨어져 있었다. 풍선이 터지듯이 아기가 울음을 터뜨릴 때부터 뒷걸음질을 치고 있었던 것이다. 여자는 마구 머리를 흔들었다.

「아니야, 아무 짓도 안 했어. 나…… 나는…….」

여자의 앞 머리칼은 이마와 눈을 모두 가려 코와 턱밖에 보이지 않는다. 머리칼 사이로 유리알처럼 번득이는 눈빛, 튀어나온 광대뼈와 윤기 없는 입술은 끄무러진 날씨만큼이나 귀살스럽다. 하나로 동여 묶은 머리칼은 유난히 새카맣다. 마치 팔레트에 풀어 놓은 검정 물감처럼. 여자는 뒷걸음질을 치면서 신음처럼 말을 흘렸다.
「난 아기가…… 죽은 줄 알고…… 정말이야, 정말…… 숨소리가 안…… 들렸거든.」
아기 엄마는 분이 안 풀리는지 아기를 부둥켜안고는 씨근덕거리며 뛰어온다. 아아, 잡히면 끝장이다. 틀림없이 나를 죽이려 들 것이다. 생매장시킬지도 몰라. 겁에 질려 덜덜 떨고 있던 여자는 비명을 내지르며 돌아서서 달아나기 시작했다.

앞집에서 햄스터 한 마리를 들고 왔다. 이사 온 지 얼마 안 되어 겨우 안면만 익힌 젊은 부인이다. 내일 가족 모두가 뉴질랜드로 여행을 떠난다며 일주일 정도 햄스터를 좀 맡아 달라고 했다. 돌봐야 하는 모든 생명체를 경원함. 그것은 여자가 애완동물을 집에 들이지 않는 이유이기도 했다. 여자는 고개부터 저었다. 길러 본 적이 없다고, 못하겠다고 잘라 말했다. 실례했어요. 사실 저희도 이런 부탁은 무리라고 생각했어요. 현관에서 케이지를 가운데 두고 그런 이야기들이 오갔다.
「그런데 왜 한 마리뿐이에요? 보통 한 쌍으로 기르는 것 같던데.」
여자는 궁금하여 묻지 않을 수가 없었다.

「엊그제 수컷을 다른 사람한테 줘 버렸어요.」

「왜요?」

「새끼를 많이 그리고 너무 자주 낳아요. 감당할 수 없을 만큼.」

「얼마나 많이요?」

「기른 지 서너 달쯤 됐는데 지금까지 아마 이삼십 마리쯤 낳았을 거예요.」

「그것들을 다 어떻게 하셨어요?」

「그때마다 분양을 했는데 이젠 더 이상 줄 데가 없어요.」

「그렇다고 암컷 한 마리만 길러요? 외롭지 않을까요?」

「뭐 꼭 그렇지도 않은가 봐요. 햄스터는 혼자서도 잘 산대요.」

「사실 난 햄스터를 만지기가 싫은데…….」

「만질 일이 없어요. 물통의 물만 갈아 주면 돼요. 빈집에다 그냥 두고 갈까 하다가 혹시…… 이 햄스터가 임신했을지도 몰라서요.」

맨 끝에 임신 운운하던 말은 무슨 뜻인지를 몰랐다. 만약 알았더라면 더 자세히 물었을 것이다.

「그냥 가끔 들여다보기만 하면 돼요.」

얼떨결에 받아 들었다. 해보니 정말 어려운 일은 아니었다. 딱히 신경 쓸 일이 없었다. 그로부터 사나흘 후였다. 베란다에 내놓은 햄스터를 종일 잊고 지냈다. 외출을 했었고 귀가 후에는 너무 피곤하여 한숨 잤다. 오늘도 일 때문에 집에 못 들어온다는 남편의 전화를 받고 나서 문단속을 하던 중에야 햄스터를 떠올렸다.

케이지 안에 씹다가 뱉어 낸 곶감 조각 같은 것이 두어 개 있었다. 이게 뭐지? 그러고 보니 또 다른 연한 핑크빛 물체들 서너 개가 눈에 띄었다. 젤리처럼 말랑말랑해 보이는 그것들은 미약하지만 분명 꼼지락거렸다. 여자는 몸을 웅크린 채로 우리 안을 자세히 들여다보았다. 햄스터 새끼들이었다. 놀라움과 두려움, 그리고 낭패감이 동시에 밀려들었다. 아직 솜털조차 없는 말간 살의 어린것들. 상상조차 해보지 않았던 것이다. 단 한 번도.

그런데 이 곶감 조각 같은 것들은 대체 뭘까. 아무리 들여다보아도 알 수가 없었다. 여자는 나무젓가락으로 그것들을 꺼냈다. 으깨어진 머리통과 잘려진 몸통 조각들이었다. 너덜너덜한 살점들 사이에 피가 엉겨 붙어 짙은 고동색으로 꾸덕꾸덕 말라붙어 있었다. 어린것들의 잔해였다.

여자는 씨근거리며 흙을 떠내기 시작했다. 흙은 촉촉하고 포실하여 모종삽으로도 쉽게 떠낼 수가 있었다. 적포도주 빛 하늘 중앙에 둥실 떠오른 보름달이 구름 사이를 흐르고 있었다. 달빛을 받은 그녀의 얼굴은 몹시 창백했다. 싸구려 모종삽은 그녀의 손아귀에 실리는 힘을 못 이겨 흙을 떠낼 때마다 자꾸 휘어졌다. 넌 죽어야 돼. 순식간에 구덩이가 파졌다. 여자는 구덩이 안에 비닐봉지를 패대기쳤다. 찌익—찍, 찍. 검은 비닐봉지 안에 든 햄스터가 비명을 내질렀다. 거스러미가 일어난 여자의 얇은 입술이 비틀리며 입가에 싸늘한 웃음이 실렸다. 여자는 수북하게 쌓아 놓은 흙더미를 두 손으로 구덩이에 쓸어 넣었다. 비닐봉지 위로 흙덩이가 쏟아지기 시작했다. 마지막 아우성을 치는 것인지 봉지 안에서 찍찍거리는 소리가 요란했다. 열이레 달빛이 지나치게 환한 탓일까. 봉지가 꿈틀거리는 것마저도 여자에게는 분노와 염오감을 더해 주었다. 흙을 모조리 쓸어 넣은 여자는 일어서서 발로 지근지근 그 자리를 눌러 밟았다.

 천변을 걷고 있다. 꽤 오래도록 걸었지만 마주치는 이도 뒤따르는 이도 없다. 개천은 폭이 넓고 아주 길다. 여자는 이곳에 물이 흐르는 것을 본 적이 없다. 그래도 장마철에는 잠깐 물이 흐르지 않을까. 아마도 그럴 것이다. 가로수와 가로등은 규칙적인 간격으로 서 있다. 간지럽다. 이처럼 질서정연하고 늘 변함없으며 단 한순간도 자리를 이탈한 적이 없는 것들은 언제나 여자의 얼굴을, 손바닥을, 옆구리와 등을 간지럽게 한다. 그것들은 때때로 여자의 숨이 차오르게 하고 눈앞을 어지럽게 한다.
 여자는 거친 호흡을 쏟아 내며 플라타너스로 다가간다. 굵은 줄기에 몸을 기댄 채로 호흡을 가다듬고 양손을 천천히 펼쳐 본다. 분홍빛 손바닥에 실지렁이처럼 가느다란 애벌레 몇 마리가 기어 다니고 있다. 이것들 때문이다. 꽃가루 알레르기처럼 피부가 간지러운 느낌이 드는 이유는. 실지렁이처럼 작고 가늘고 투명한 이 애벌레들……. 이것들은 여자의 몸에 산다. 그 일이 일어났을 때부터. 아니 어쩌면 그보다 훨씬 오래전부터였을지도 몰랐다.

그날 여자는 백화점에 갔다. 정말 더운 날이었다. '살인적인 더위'라는 표현은 마음에 안 들지만 말 그대로였다. 여자는 옥외 주차장에 차를 세웠고 트렁크에서 유모차를 꺼내 아기를 앉혔다. 두 달 전에 돌잔치를 치른 아기는 건강하고 순한 편이었다. 남편은 아들이라서, 그리고 자기를 많이 닮아서 은근히 더 좋아하는 것 같았다. 사실 여자는 딸을 낳고 싶었다. 그러나 아들이라서 섭섭하게 생각한 적은 없었다. 흔히 모성성의 상징인 '엄마'라는 존재에서 여자 혹은 여성을 떠올리지 않듯이 갓난아기들에게는 아직 성이 없다. 똥오줌을 가리기 전의 아기들은 어떤 면에서 양성을 모두 경험한 테이레시아스의 다른 이름일지도 모른다고 여자는 생각했다. 맹세컨대 여자는 진정으로 아기를 사랑했다.

백화점 안은 쾌적했다. 붐비지 않았다. 여자는 유모차를 밀고 1층을 돌았다. 아기를 데리고 백화점에 온 것은 처음이었다. 동네에서 멀리 떨어진 곳으로 아기와 함께 나들이를 나선 것도 그때가 처음이었다. 혼자……. 여자는 혼자 있는 일에 이미 익숙해져 있었다. 언젠가는 아기를 안고 똥을 눈 적도 있었다. 여자는 남편과 함께 백화점에 오고 싶었다. 그는 한가롭게 쇼핑이나 즐기는 그런 일은 딱 질색이라고 했다. 남편은 미생물학과 전임 강사였고 모교와 분교에서 강의를 했다.

그는 실험실 일로 늘 바빴다. 또한 K시에 있는 분교로 강의를 하러 가는 날은 출퇴근에 거반 세 시간이 소요되어 몹시 피곤하다고 했다. 그는 그런 것들을 핑계로 자주 집에 들어오지 않았다. 언젠가 전화를 걸어온 여고 동창에게 무심코 그 말을 했을 때 동창은 말했다. 참 이상하다. 내가 그쪽 일을 좀 아는데 생물학 실험은 화학이나 물리학 실험하고 달라서 호흡이 좀 긴 편이야. 노가다를 뛰는 건 주로 대학원생들이지. 포닥만 되어도 밤샐 일이 없을 텐데…….

여자는 여름에 들고 다니면 딱 좋을 가방을 샀다. 바로 옆 코너에서는 모자를 팔고 있었다. 저 모자를 쓰고 휴가를 간다면 아주 좋을 것이다. 다들 피서를 가는 모양이었다. 앞집 옆집 윗집……. 여자도 가고 싶었다. 그녀는 챙이 둥근 흰 모자를 샀다. 진열장의 선글라스들이 여자를 잡아끌었다. 거울을 보며 이것저것 써 보았다. 이번 여름에도 휴가는 가지 못할 것이다. 방학이지만 남편은 여전히 바빴다. 그는 사흘째 집에 들어오지 못하고 있었다. 얘, 넌 그 말을 믿니? 나 같으면 남편을 의심해 보겠어. 동창의 말을 듣고 여자는 생각했다. 그는 아주 꼼꼼하고 책임감이 강한 사람이야. 그러니 남들보다 일이 많고 힘든 건 당연해. 아직은 제 식구보다 일에 애착이 더 많은 거지. 그렇지만 아이가 크면서 그도 조금씩 달라질 거야, 틀림없이. 여자는 나비 모양의 짙은 선글라스를 샀다.

4층으로 올라가 남편의 와이셔츠와 바지를 샀다. 백화점에 온 이유는 사실 그것 때문이었다. 남편은 다음 주에 연수원으로 강연을 하러 간다고 했다. 그에게 초청 강연이 들어온 것은 처음 있는 일이다. 여자는 강연하러 가는 그에게 푸른빛이 돌 정도로 흰 와이셔츠를 입히고 싶었다. 5층의 유아 용품점에서는 아기의 반팔 러닝과 가을 내복과 핑거 칫솔과 턱받이를 샀다. 턱받이는 곰돌이 푸우 캐릭터가 그려진 앞치마 형으로 두 장을 샀다. 진작 이유식을 시작한 여자는 곧 젖병을 떼고 아기에게 조금씩 밥을 먹일 생각이었다. 비닐 소재인 이 턱받이라면 영양죽이나 국수, 과즙 따위를 얼마든지 흘려도 좋을 성싶었다.

엘리베이터를 탔다. 1층에서 내렸어야 했는데 깜빡 잊고 지하 식품 매장까지 내려왔다. 소스 생각이 났다. 굴 소스와 타르타르 소스가 필요했는데 동네 슈퍼마켓에서는 팔지 않았다. 남편은 허기를 못 견뎌 했다. 그녀는 매번 소스를 만드느라 긴 시간을 허비했고 그때마다 남편은 성마르게 굴었다. 도대체 당신이라는 사람은 말이야……! 그는 길게 말하지도 않았다. 대신 전화로 피자를 시켰다. 그녀는 살사 소스와 탕수육 소스까지 샀다. 이제 그녀의 요리 시간은 훨씬 단축될 것이다. 엘리베이터를 기다리고 있을 때였다. 베이커리 코너에서 풍기는 갓 구운 빵 냄새가 어찌나 좋은지 자꾸만 고개가 돌아갔다.

아, 모치코 케이크……! 진열장 안의 그것은 연록의 잎새 위에 내려앉은 순백의 꽃송이 같았다. 보들보들한 찹쌀 케이크 속에 달콤한 팥 앙금. 그것은 남편이 가장 좋아하는 케이크였다. 유모차에 부착된 바구니는 포화 상태였다. 유모차의 양옆에도 쇼핑 봉투가 주렁주렁 걸려 있고 손잡이를 잡은 여자의 손에도 들려 있었다. 그렇다 한들 빵 꾸러미 하나 더 못 들고 가랴. 모치코 케이크를 살 때 여자는 왠지 설레었다.

땡볕에 오래 세워 두었던 차는 빨래 삶는 통 같았다. 차 문을 열어 열기를 조금 빼낸 다음 아기를 유아용 카 시트에 잘 태우고 나서 쇼핑백과 유모차를 트렁크에 몰아넣고 여자는 시동을 걸었다. 에어컨을 아주 세게 틀었다. 그래도 목덜미에 땀이 줄줄 흘렀다. 차를 몰고 나오다가 주차 도우미를 보는 순간 주차권을 기억해 냈다. 그걸 어디 두었더라? 아! 지갑! 지갑이 없었다. 트렁크 안에 물건들을 몰아넣을 때에도 보지 못했다. 뒤돌아보니 아기는 이제 막 잠이 들었다. 얼른 갔다 오면 될 거야. 급히 차에서 내린 여자는 백화점을 향해 달렸다.

잠이 오지 않는 여름밤은 끔찍하게 길었다. 깊은 잠에 빠진 남편 옆에 숨을 죽이고 누워 있던 여자는 몸을 일으켜 거실로 나왔다. 소파에 앉아 남편의 서가에서 빼 온 책을 읽곤 했다. 인간의 마음이란 도대체 무엇일까. 프롤로그의 첫 줄이 마음에 들었다. 지성이란 무엇이며 의식이란 또 무엇인가. 인간의 가장 가까운 친척인 침팬지에게서는 그 기미조차 볼 수 없는데 인간의 마음은 어떻게 예술을 창조하고 과학을 하고 종교적 관념 형태를 믿을 수 있는 것일까?

그와 같은 구절을 여자는 한 번씩 더 되뇌어 보곤 했다. 여자는 자기 자신에게 물었다. 인간의 마음은 어디에 있는가. 뇌? 심장? 무의식적인 행위 속에 마음이 존재한다면…… 마음이란 곧 몸인가? 여자에게 그것은 여간해서 풀리지 않는 수수께끼와도 같았다.

여전히 잠은 오지 않았다. 여자는 책상에 쌓여 있던 책 중에서 아무것이나 또 한 권 꺼내 들었다. 팔락 사진 한 장이 떨어졌다. 허리를 굽혀 집어 들었다. 아기 사진이었다. 한창 투레질을 배워 안고 눈을 맞추면 옹알이를 하다가도 벌린 입새로 투루루 소리를 내던 그 무렵의 아기. 가슴 뛰는 사랑은 길어야 30개월이라는 코넬 대학 연구팀의 조사 결과가 아니더라도 여자는 처음부터 사랑이나 결혼에 환상을 품지 않았다. 여러 조건과 정황이 맞아떨어져 결혼을 했고, 신혼 3개월을 살고 났을 때 여자는 앞으로 30년을 더 산다 해도 조금도 달라질 게 없으리라는 것을 짐작하고도 남았다. 결혼은 그저 재산과 자식을 공유하는 주식회사일 뿐. 아마 남편의 생각 또한 다르지 않을 것이다. 그러나 그 일이 있고 나서 더욱 쓰렁쓰렁하여 마냥 곁가지로만 흐르던 남편의 속내를 훔쳐본 것 같아 순간 부끄럽고 미안했다. 여자는 사진을 도로 넣었다. 떨어지거나 흘러내리지 않도록 사진을 책갈피 깊숙이 꽂아 두었다.

그녀는 베란다에 서서 어두운 창밖을 내다보기도 하고 거실 이 끝에서 저 끝까지 오락가락 걸어 보기도 했다. 시간이 갈수록 정신은 더 또렷하고 투명해지는 것 같았다. 어느 한순간, 거실 바닥재의 삼각형 디자인이 입체적으로 돌출되어 보였다.

커다란 삼각형 안에 작은 삼각형이, 작은 삼각형 안에 그보다 더 작은 삼각형이, 그 안에 더욱더 작은 삼각형이 들어 있었다. 크기만 다를 뿐 같은 모양의 삼각형이 끝없이 반복되는 구조였다. 언젠가 잡지에서 이런 모양을 본 적이 있었다. 큰 번개 줄기에서 작은 번개 줄기가 가지를 치고 더 작은 번개가 갈라져 나오는 것. 우글쭈글 주름 진 상추 잎, 나무뿌리, 고사리, 허파의 내부, 창문에서 자라는 성에의 모습, 산맥, 리아스식 해안……. 이런 구조를 통칭하는 단어가 있었는데…… 그게 뭐였더라……? 잘 생각나지 않았다. 머릿속에 짙은 안개가 피어오른 듯 몽롱하고 누가 목을 죄기라도 하듯 답답하고 숨이 막혔다.

집 밖으로 나섰다. 딱히 마음을 먹고 나온 것은 아니지만 발길은 어김없이 집 뒤편의 초등학교 운동장으로 향하고 있었다. 여름이라 그런지 밤에도 운동장은 비어 있는 적이 별로 없었다. 건장한 남학생 서너 명이 보안등 불빛 아래 농구를 하고 있거나 땀복을 입은 중년 남성 두세 명이 달리고 있거나 초로의 부인네가 운동장 한가운데에서 뒤로 걷기 연습 중이거나 그랬다. 여자는 달렸다. 다리가 무거워지고 숨이 목구멍까지 차오르고 입 안이 바싹 마르고 눈앞이 캄캄해지고 마침내 지쳐 쓰러질 때까지 여자는 달리고 또 달렸다.

그 수밖에 없었다. 명료한 의식으로는 도저히 시간을 이겨 낼 수가 없기에, 맑은 정신으로는 도저히 견디어 낼 수가 없기에, 밤만 되면 그녀의 발은 저절로 운동장으로 향하곤 했다. 인간의 마음이란 무엇일까. 그것은 어디에 있는가. 마음이라는 것의 정체가 무의식적인 행위에 존재하는 것이라면 이런 때 여자의 마음은 발에 존재하는 것인지도 모른다. 발바닥이라는 변방에 납작하게 엎드려 실체를 드러내지 않은 채로 자신을 끝없이 달리게 하고 있는지도 모른다고 여자는 생각했다.

이미 자정을 훨씬 넘긴 시각이라 그런지 운동장에는 딱 한 사람만이 달리고 있었다. 키가 작고 통통한 체구에 긴 생머리를 하나로 동여맨 젊은 여인이었다. 여자는 긴 머리 여인의 뒤를 따라 달렸다. 아홉 바퀴를 돌면서부턴가 여자는 횟수를 세지 않았다. 거의 쓰러질 지경이었으나 긴 머리는 한 번도 쉬지 않고 계속 달렸다. 여자는 긴 머리가 달리는 한 멈추고 싶지 않았다. 교문 앞을 지나고 농구대를 지나고 축구 골대를 지나고 스탠드 앞을 지나고 수돗가를 지나고 아기를 안은 엄마 조각상 앞을 지나고 구령대를 지나고 또다시 교문 앞을 지나고 농구대를 지날 때였다. 긴 머리가 우뚝 섰다.

여자도 달리기를 멈추었다. 숨을 고르며 긴 머리와 나란히 걸었다. 구령대 앞을 지날 때였다. 불그죽죽한 보안등 불빛에 긴 머리의 옆모습이 고스란히 드러났다. 긴 머리의 얼굴은 젖어 번들거렸다. 긴 머리는 손등으로 눈 밑의 흥건한 물기를 훔쳐 내고 있었다.

긴 머리는 울고 있었던 것이다.

이봐요. 긴 머리 씨, 당신 안에도 벌레가 있나요? 언젠가 집에 돌아온 남편은 커피콩만 한 콩 몇 알을 식탁에 올려놓고 말했죠. 당신, 이것 좀 볼래. 콩 하나가 꿈틀꿈틀 움직이고 있더라구요. 나는 잘못 본 게 아닌가 싶어 눈을 비비고 나서 다시 들여다봤어요. 분명 콩이 움직이고 있었어요. 보이지 않는 실로 콩을 묶어 놓은 걸까. 아니면 식탁 밑에 무슨 장치라도 해놓은 것은 아닐까. 콩을 자세히 살펴보았어요. 식탁 밑도 확인해 보았구요. 그런 일은 없었어요. 그건 순전히 콩 스스로 움직였던 거였어요.

점핑 빈이라는 멕시코산 콩이야. 출장 갔던 친구가 갖고 왔더군. 그는 면도날로 콩을 갈랐어요. 두 쪽으로 동강 난 콩. 그 안에 하얀 애벌레 한 마리가 살고 있었어요. 모기의 애벌레라더군요. 그 애벌레는 성충이 될 때까지 그 안에서 살다가 콩을 깨고 밖으로 나온대요. 나는 남편에게 물었죠. 애벌레가 어떻게 이 안으로 들어갈 수 있었죠? 남편이 대답해 주더군요. 어미는 수정이 끝난 미성숙 상태의 콩에다가 알을 낳았던 거지.

긴 머리 씨, 당신은 마음속에 사는 벌레 때문에 울고 있군요. 하지만 나는 울지 않아요. 눈물조차 나오지 않아요.

어느덧 밤 12시. 다리가 몹시 무겁다. 다시 아파트 단지로 들어섰을 때 처네로 아기를 업은 여인은 보이지 않는다. 초저녁부터 이

때까지 동네를 걷고 또 걸었던 여자는 이제 한 발짝도 더는 떼어 놓을 수 없을 만큼 지쳐 있다. 집에 들어가기는 싫지만 그래도 허적허적 그쪽으로 걷는다. 결국 집 앞이다. 키를 꺼내 열쇠 구멍에 꽂고 돌린다. 문을 열고 천천히 들어선다. 집 안에 고여 있던 짙은 어둠이 여자에게로 쏟아진다. 벽을 더듬어 스위치를 올린다.

반듯하게 놓인 남편의 검은 구두. 그가 있나 보다. 숄더백과 란제리 상자를 신발장 옆에 내려놓고 여자는 살그머니 구두를 벗고 올라선다. 푸르스름한 형광등 불빛 아래 드러난 어설프고 낯선 집기들. 미세한 공기의 흐름, 적막감, 알 수 없는 불안, 그리고 미묘한 긴장감……. 문득 발밑의 무늬가 눈에 밟힌다. 큰 삼각형 안에 보다 작은 삼각형, 그 안에 더 작은 삼각형, 그 안에 더 작은 삼각형……. 여자는 고개를 끄덕인다. 프랙털 구조였어. 단순한 모양이 반복되면서 복잡하고 거대한 모양을 만드는 프랙털. 사람과 사람 사이의 관계, 일상의 반복, 우연과 필연의 교차, 그리고 보이지 않는 인간의 마음도 어쩌면 이와 닮지 않았을까. 가장 안쪽의 삼각형은 콩처럼 아주 작다. 그 콩이 꿈틀, 움직인다. 그녀 안의 그녀도 꿈틀, 살아 있다. 여자의 얼굴이 하얗게 질린다. 대궁 잘린 꽃들이 일제히 내지르던 새된 비명 소리를 듣는다.

지갑을 되찾는 일은 어렵지 않았다. 빵 코너의 계산대에 두고 온 것이 확실했고 점원은 그것을 기억하고 있었다. 방금 전에 8층에 있는 분실물 센터에 맡겼다고 했다. 여자는 에스컬레이터 위에서도 달렸다. 주차장으로 돌아왔을 때 차 안의 아기는 잠들어 있었다. 눈물, 콧물, 침으로 범벅이 된 얼굴, 가짓빛으로 물든 눈 밑을 보자 미안함과 안도감을 동시에 느꼈다. 얼굴을 닦아 줄 생각으로 카 시트의 안전벨트를 풀어 아기를 안았을 때 시큼하고도 역한 냄새가 났다. 아기의 온몸은 젖어 있었다. 마치 물에 빠진 아이를 건져 낸 것처럼. 거럭 정체 모를 두려움에 휩싸였다. 아기를 흔들었다. 깨어나지 않았다. 볼을 꼬집었다. 깨어나지 않았다. 여자는 캐스터네츠처럼 이를 딱딱 부딪치며 떨었다. 어린것의 고개가 맥없이 젖혀진 채로 흔뎅거렸다. 여자는 마치 팔다리가 끊기고 실핏줄이 툭툭 터지고 빗장뼈가 녹아내리고 온몸이 오그라드는 것 같은 통증 속에서 제 것이 아닌 듯한 비명 소리를 들었다.

  그날 어린것은 영원히 깨어나지 않았다.

  건너편 아파트에서 붉은 네모 칸 하나가 사라졌다. 이미 자정을 넘겼다. 여자는 아직도 거실 한복판에 그냥 그대로 서 있다. 남편은 아무 말도 하지 않았다. 꼭 필요한 말조차도 그는 생략하려 들었다. 엄마도 그날 일에 대해 말하지 않았다. 이웃들도 여자 앞에서는 눈을 내리깔고 함구했다. 끌끌끌 그 어린것을 쪄 죽인 셈이군. 그러고도 목구멍으로 밥은 넘어가나 보지. 어쩌면 고의가 아니었을까? 살짝 돌았더군. 정말……? 꼭 내 마신 고양이 상을 해갖고 밤새도록 싸돌아다니더래. 비 오는 날 발가벗고 학교 운동장을 달리는 걸 본 사람도 있다던데……. 깊은 밤 그들이 수군거리는 소리가 벽을 타고 들려왔다. 그러고 나면 곧 머리 위로 흙덩이 떨어지는 소리가 들렸다. 숨이 막혔다. 그리고 간지러웠다. 여자는 밤새도록 몸을 긁었다. 피가 나도록 긁었다. 살 위의 가늘고 투명한 애벌레들을 떼어 내거나 죽이느라고 철수세미로 문지르고 살점을 쥐어뜯고 바늘로 찌르고 라이터 불을 들이댔다. 그때뿐이었다. 사나흘 후면 그것들은 영락없이 되살아났다.

어젯밤에 여자는 머리가 패는 듯이 아팠다. 몸이 으슬으슬 추운 것으로 보아 아직도 미열이 있는 듯했다. 자정 무렵에야 남편이 돌아왔다. 여자는 간신히 일어났다. 남편의 재킷이 축축해 보였다. 그의 몸에서 희미한 유황 냄새가 느껴졌다. 밖에 비 와요? 응. 아까 낮부터 왔는데 몰랐어? 네, 종일 잤어요. 감기 몸살이 꽤 오래가는군. 여자는 약을 먹으려고 주방으로 나왔다. 그가 주전자에 물을 따르며 말했다. 감기엔 생강차가 그만이지. 내가 한 잔 타 줄게. 그는 찻잔 두 세트를 꺼내 식탁에 올려놓았다.

여자는 싱크대 앞에 서 있었다. 약을 먹고 나서 물 컵을 든 채로 창밖을 내다보았다. 빗소리는 들리지 않았다. 비는 암녹색의 벨벳과도 같은 어둠 속으로 소리 없이 스며들고 있었다. 멀리서 빗길을 달리는 자동차 소리가 들렸고, 가스레인지 위에서는 주전자 뚜껑이 달캉거렸다. 어쩐지 한꺼번에 세월을 많이 건너뛴 듯한 느낌이 들었다. 창턱에 올려놓은 스탠드 거울에 슬쩍 얼굴을 비추어 보았다. 며칠을 계속 앓아누운 탓인지 에푸수수하고 어딘가 낯설었다. 테두리와 뒷면이 빨간 플라스틱으로 된 그 거울은 상하로 회전할 수 있는 것이었다. 거울 하단을 눌러 각도를 약간 조절했다. 거울 속으로 쥐색 카디건을 입은 남편의 옆모습이 들어왔다. 그녀는 물을 틀어 컵을 헹구면서 거울에서 시선을 떼지 않았다. 별 의도는 없었다. 그냥…… 에멜무지로 지켜보았던 것이다.

그는 정성스럽게 차를 타고 있었다. 여자는 거의 감동할 뻔했다. 그가 주머니에서 새끼손가락 길이 정도의 갈색 유리병을 꺼내지만 않았더라면. 그는 병에 든 내용물을 찻잔 하나에다가 재빨리 쏟아 부었다. 병은 마술처럼 사라졌고 그는 전혀 아무 일도 없었다는 듯이 스푼으로 차를 젓고 있었다. 불과 몇 초 사이의 일이었다.

「자, 이건 당신 거. 내 것도 한 잔 탔어.」

남편은 여자에게 생강차를 건네며 말했다.

「고마워요, 여보.」

생강차는 뜨거웠다. 여자는 천천히 마셨다. 마지막 한 방울까지 차를 다 마시고 난 여자는 침대에 다시 누웠다. 어지럼증이 일었다. 그러나 곧 따뜻하고 몽롱한 기분에 젖어 들었다. 다시 돌아갈 수만 있다면……. 아기를 데리고 백화점에 갔던 그날 오후로 다시 돌아갈 수만 있다면……. 그런데 그는 생강차에 무엇을 넣은 걸까. 눈꺼풀이 저절로 내려왔다. 셔터가 내려지듯이 시야가 갇혔다. 몸은 화학솜을 넣은 인형처럼 가붓하다. 눈이 부시다. 도저히 눈을 뜰 수가 없다.

 백화점의 옥외 주차장이다. 쏟아지는 햇살, 늘큰한 열기. 아기를 카 시트에 앉히고 안전벨트를 장착한다. 에어컨을 튼다. 아주 세게. 그래도 역시 덥다. 숨이 턱턱 막힌다. 출구가 보인다. 주차권을 떠올린다. 지갑이 없다. 후진하여 차를 세우고 급히 달려간다. 그녀 안의 그녀가 소리를 지른다. 안 돼. 멈춰! 아기는? 아 맞아, 아기. 어떻게 아기를 잊을 수가 있니? 몰라 나는…… 왜 그랬을까. 그때 내 마음은 어디에 있었던 걸까. 네 차 안은 찜통 같았어. 에어컨! 에어컨이 있잖아. 난 분명히 에어컨을 켜두었다구. 그래 너는 차에 에어컨을 켜두었지. 하지만 넌 까맣게 몰랐어. 그때 에어컨은 고장 나 있었다는 것을.

 네 아기는 오랫동안 땡볕에 세워 둔 차 안에서 안전벨트에 묶인 채로 사지를 뒤틀며 울었어. 차창은 완벽하게 닫혀 있고 그 안은 뜨겁고 건조했어. 저 소리가 들리니. 네 아기가 자지러지게 울고 있어. 가지 마. 거기 그 자리에 멈춰. 돌아와, 어서. 아기의 온몸에 작약처럼 붉은 열꽃이 피었어. 빨리 달려와. 그래 그렇게…… 쉬지 말고 달려. 계속 달려. 너는 뒤돌아본다. 아기를 기억해 낸다. 그리고 무조건 달려온다. 이제 됐어. 아무 일도 없을 거야. 아기는 괜찮을 거야. 울지 마. 그렇게 흐느끼지 마. 백화점에 간 것은 네 잘못이 아니야. 모치코 케이크를 산 것도 네 잘못이 아니야. 모치코 케이크를 사면서 너는 설레었지. 남편이 이 케이크를 먹을 때 휴가 애길 꺼내 볼까. 생각에 골몰한 나머지 너는 지갑을 두고 왔다. 그건 네 잘못이 아니야. 에어컨이 고장 난 건 더더욱 네 잘못이 아니야. 고장을 알아차리지 못한 것도 네 잘못이 아니야.

「그런데 왜? 왜 내가 죽어야 해?」

「무, 무슨 소리야? 누가 당신더러 죽으랬어?」

「당신이, 당신이 나를, 죽이려고 했잖아.」

「뭐? 말도 안 돼. 어떻게 그런 생각을?」

「조금 전에 당신이 내 생강차에다 시안화칼륨액을 넣었잖아.」

「잘못 봤어. 난 그런 적 없어!」

「후후 그런가? 아무튼 중요한 건 이거야. 당신이 그걸 마셨다는 것!」

「뭐라구? 그게 무슨 말이지?」

「당신 몰래 찻잔을 바꿔 치기 했거든. 당신이 아직까지 말짱한 걸 보니 정말 시안화칼륨은 아닌가 봐. 그럼 뭐지? 아아, 말하지 않아도 돼. 차차 알게 되겠지.」

남편은 침대 끝에 멍하니 앉아 있었다. 말하기에 지쳤는지 아니면 아무 말도 하기 싫은 것인지 알 수 없었다. 어쩌면 벌써 약효가 돌고 있는 것인지도 몰랐다. 팔짱을 끼고 그 모습을 빤히 지켜보던 여자는 돌아섰다. 막 방문 놉을 잡아 비틀 때 등 뒤에서 잔뜩 쉬어 잠긴 목소리가 들려왔다.

「세코날이야. 처음엔…… 잠을 통 못 자는 너를 돕기 위해서였어. 밤새도록 어딘가를 떠돌다가 새벽이슬에 흠뻑 젖은 채로 돌아오는 네가 좀 안돼 보여서……. 그러다가 문득 너를 실험하고 싶어졌어. 조금씩 양을 늘려 봤지. 너는 몸이 간지럽다면서 애벌레 얘기를 하기 시작했어. 콩 속의 애벌레처럼 네 몸에 사는 간지러운 벌레들……. 환각. 그건 일종의 바르비투르산염 중독 증세야. 너는…… 곧 그 벌레들에게 파먹히다가 아파트 옥상에서 투신하겠지……. 유서는 꼭 남기도록 해. 그래야 부검을 생략하지.」

「그럼 당신은? 나를 죽인 당신은…… 무사할 거 같아?」
「물론…… 한동안은 좀 귀찮겠지. 경찰서를 오가고 진술서를 쓰고…… 얼마간 의심을 받을 수도 있을 거야. 하지만 아이를 죽이고 우울증에 시달리다가 투신한 아내를 둔 남편이라면…… 의심보다는 동정표가 더 많지 않을까? 게다가 그 뒤에 따라올 대가를 생각하면 그런 불편과 수고쯤이야……. 돈 많은 집 외동딸인 당신과 결혼한 건 다 이유가 있어서였지. 나한텐 사랑하는 여자가 있어. 그 여잔 절대로 찜통 같은 차 안에 아기를 혼자 남겨 두는 멍청한 짓 따윈 하지 않아. 당신이 남긴 유산으로 우린 새 삶을 살 거야. 건강하고 예쁜 아기를 낳을 거고 백화점이든 어디든 꼭 같이 다닐 거야. 물론 에어컨은 수시로 점검할 거고 더 이상의 나쁜 일은…… 내게 일어나지 않아…….」

그는 잠꼬대처럼 중얼거리며 서서히 잠의 나락으로 떨어지고 있었다. 여자는 그때까지 붙들고 있던 방문 놉에서 손을 떼었다. 남자 곁으로 다가가 그가 풀어 놓은 넥타이를 집어 들었다. 동그란 목걸이 모양으로 매듭이 살아 있는 그 넥타이를 그의 목에 감았다. 그리고 있는 힘을 다해 당기기 시작했다. 마음은 늘 변방에 숨어 있다. 보이지 않는 곳에 깊숙이 아주 납작하게 엎드려 있다. 목을 졸린 그는 순간 눈을 번쩍 떴으며 몸을 뒤틀고 사지를 버르적거렸다. 여자는 더욱 힘을 주었다. 뒤룩거리던 그의 안구는 금방이라도 튀어나올 것만 같았다. 여자는 넥타이 끈을 놓지 않았다. 쉬지 않고 운동장을 달리던 때처럼 숨이 목구멍 끝까지 차올랐다. 어둠 속을 달리던 긴 더리처럼 얼굴이 젖어 온통 번들거렸다. 이글이글 타오르는 태양 같던 그의 안색이 흑자줏빛으로 변해 갔다. 그때까지도 여자는 쥐고 있던 것을 놓지 않았다. 곧 새벽빛이 밝아 올 것이다. 오늘은 엄마한테 가 봐야지. 아주 예쁜 란제리를 샀다고 꼭 들르랬는데…….

달라진 거라곤 아무것도 없다. 집 안은 아까 오후 3시 반쯤 여자가 문을 잠그고 나가기 전과 똑같다. 모든 것이 제자리에 있고 살아 움직이는 것도 소리를 내는 것도 없다. 남편은……? 그는 지금 집에 없다. 아니 어쩌면 그는 넥타이를 목에 감은 채 이 방의 침대에 누워 있을 것이다. 굳게 닫힌 방문을 향해 여자는 다가간다.

자루

 그 여자와 함께 점심을 먹기로 했다.
 이사를 갔으니 이제 다시는 만날 일이 없으리라 생각했는데 그렇지가 않았다. 엊그제 여자는 내게 전화해서 점심을 사주겠다고 했다. 이사 가던 날에도 그런 말을 흘리더니 그게 괜히 해본 말이 아니었나 보다.
 맛깔 난 점심 식사에 여자들끼리의 잡담을 겹낼 이유는 없다. 그러나 솔직히 그 여자와 단둘만의 시간이 내겐 적잖이 부담스럽다. 그렇다고 핑계를 대어 거절하는 것도 우스운 일이고, 한번 말을 꺼낸 이상 그녀가 쉽게 포기할 것 같지 않아 그 제안을 받아들였다. 여자는 나를 데리러 오겠다고 했다.
 방송을 끝낸 뒤 곧장 집으로 돌아와 쉬고 있었다. 정오쯤 휴대폰 벨이 울렸다. 여기 경비실 앞이에요. 벗어 두었던 재킷을 다시 걸치고 아래로 내려갔다. 크림색 에쿠스가 시동도 끄지 않은 채 세워져 있었다. 내가 다가서자 운전석의 차창이 열리더니 여자가 얼굴을 내밀었다. 여자의 새까만 선글라스 렌즈에 내 모습이 담겼다. 눈인사를 건넸다. 여자의 붉은 입술이 농익은 석류처럼 벌어지면서 상아 빛의 고른 치아가 드러났다. 왠지 오늘 까딱 잘못했다가는 이 여자의 페이스에 말려들 것만 같은 예감이 들었다.

내가 옆 자리에 앉자마자 여자는 출발했다.

「미강 씨가 뭘 좋아하려나? 맛있는 거 사드려야 하는데……. 한식? 일식?」

핸들을 잡은 여자의 옆모습을 바라보았다. 기분이 좋아 보였다. 콧소리가 섞인 가늘고 높은 여자의 목소리 때문인지도 몰랐다. 글쎄요……,라고 말을 흘리며 나는 생각하고 있었다. 무엇을 먹어야 짧은 시간에 자연스럽게 식사를 마칠 수 있을까. 숯불갈비나 쌈밥, 소금구이 새우를 먹는 것만 아니라면 괜찮을 것 같았다. 맞은편에 여자를 앉혀 놓고서 연기를 풍기며 고기를 구워 먹는다든가 퍼질러 앉아 볼이 미어지도록 쌈을 쑤셔 넣는다든가 손에 비린내를 묻혀 가며 새우를 발려 먹는 건 아무래도 영 내키지가 않았다.

「일식 어때요? 괜찮은 식당 하나를 알고 있는데……」

「좋아요.」

여자는 신호 대기 중에 전화를 걸어서 여기 한남동 오 회장넨데요, 거기 곧 도착할 거예요,라고 말하고는 끊었다. 그러고 나서 혼잣말처럼 중얼거렸다.

「아빠가 늘 다니시던 데라서요. 그렇지 않으면 예약 없이 이 시간엔 어림도 없죠.」

여자의 입에서 나온 아빠라는 호칭이 친정아버지인지 남편을 일컫는 것인지 헷갈렸다. 잘 알 수 없는 일은 그뿐만이 아니었다. 여자가 내게 점심을 사겠다고 하는 이유 또한 그러했다. 물론 개인적인 선입견일 수도 있겠으나 여자가 점심을 사겠다고 했을 때 그것은 무언가 정보를 얻기 위해 자리를 마련하겠다는 말로 들렸다. 그러나 아무리 생각해도 내가 여자에게 줄 만한 정보는 없었다. FM 라디오의 방송 작가인 내게 여자가 물을 것이 무엇이 있겠는가. 여자는 내가 무슨 일을 하는지 딱 한 번 물었고, 그 뒤로는 내가 무슨 일을 하는 사람인지조차 잊은 듯했다.

「딸기에 술을 부어 5월을 마시게 하라, 안톤 슈낙. 아, 정말 좋은 계절이에요, 그죠?」

감흥이 철철 넘치는 여자의 말에 나는 네, 그러네요…… 하고 다소 시큰둥한 표정으로 맞장구를 쳐주었다. 차창으로 떨어져 부서지는 햇살에 자꾸 눈이 감겼다. 감은 눈 위로 따뜻하고 부드러운 햇살이 샤워기의 물줄기처럼 쏟아졌다. 얼굴 근육이 미세하게 땅기는 느낌마저 들었다. 정말 소름이 돋을 만큼 좋은 날씨였다. 내게 닥친 불상사만 아니라면 얼마든지 더 황홀한 기분을 만끽해도 좋을 만큼.

「청혼을 받던 날이 떠올라요. 그인 그때 팔을 다쳐 깁스를 하고 있던 내 왼팔을 잡고서, 당신의 한쪽 팔이 되어 주고 싶소 영원히, 라고 말했죠. 후후 그렇게 낯간지러운 말을 하다니…… 하긴 벌써 20년 전 일이에요.」

나는 무심히 고개를 끄덕였다. 여자는 제 감정에 취한 듯 계속 말을 이어 갔다.

「호호홍 그때 난 감격해서 거의 울 뻔했죠. 어렸거든요. 대학에 갓 입학한 여대생이 남자를 알면 얼마나 알았겠어요.」

「아, 네…….」

「알고 보니 그인 가난하고 나이 많은 고학생이었어요. 그래서 부잣집 외동딸인 나를 찍었던 거죠. 어쨌거나 나는 그의 꾐에 빠져서 2학년 마치고 식을 올려야 했죠. 학교를 끝까지 다니지 못한 게 한이지만 그래도 우리 승혁이를 낳은 건 내 인생에서 가장 잘한 일이었어요. 누구나 제 자식은 그렇겠지만 승혁인 내게 특별해요. 아주 많이!」

여자의 이야기는 하나뿐인 아들 자랑으로 이어졌다. 아들이 이스트본에서 대학에 다닌다는 것은 여자의 집에서 차를 마시던 날 이미 알게 된 일로, 그때 나는 사실 좀 놀랐다. 여자는 대학에 다니는 아이가 있을 만큼 나이 들어 보이지 않았기 때문이다.

우뚝우뚝 솟은 거대한 건물들을 지나 음식점과 카페들이 즐비한 좁고 복잡한 골목들을 거쳐 비교적 한적한 길로 접어들더니 흰색과 검은색 목재로 마감재를 쓴 아담하고 심플한 단층 건물 앞에 이르렀다. 여자가 차를 세우자 어디선가 워키토키를 든 검은색 정장의 나비넥타이가 총알처럼 달려왔다. 시동을 끄지 않은 채로 가볍게 차에서 내린 여자는 그에게 키를 건네고는 건물 입구로 향했다. 나는 여자의 뒤를 천천히 따라갔다. 찰랑거리는 흰색 시폰 스커트 아래로 여자의 가냘픈 종아리가 도드라져 보였다. 마흔이 넘은 여자의 새처럼 가느다란 다리는 왠지 좀 슬퍼 보인다. 은색 슬리퍼 속에 담긴 여자의 발은 화장기가 전혀 없는 여자의 얼굴처럼 희고 갸쭉하고 매끄러워 보이는 맨발이었다. 문득 지나치게 깔끔하고 잘 정리되어 병적인 청결 벽마저 느껴지던 여자의 집이 떠올랐다. 슬리퍼 밖으로 점점이 찍힌 패티큐어가 바람에 떨어진 붉은 꽃잎들처럼 보였다.

  지배인이 안내한 곳은 한쪽 면이 페어글라스로 된 아담한 방이었다. 정식 코스 어때요? 메뉴판을 내 쪽으로 건네며 여자는 물었다. 네, 좋아요. 나는 메뉴를 쳐다보지도 않고 대답했다. 어차피 여자가 주도하는 대로 끌려가는 판이었다. 호의를 거절할 수 없어 이 자리까지 따라오기는 했지만 솔직히 밥도 대화도 다 관심 밖이었다. 한동안 물조차 넘길 수 없을 만큼 신경성 위궤양이 심각했던 까닭에 절대 안정을 요한다는 의사의 지시에 따라 간신히 원고 몇 꼭지만 달랑 써서 넘기고 나머지는 피디와 서브 작가에게 일임한 채로 잠만 자던 때도 있었다. 여자를 처음 만났던 때도 그 무렵이었다.

연락도 않고 지내던 이복동생으로부터 아버지가 임종 직전이라는 기별을 받았던 것이다. 여러 날을 망설인 끝에 오사카 행 비행기 티켓을 알아보았다. 금요일 생방송과 녹음을 끝낸 뒤 당일 뉴스 브리핑 꼭지를 제외한 메인 원고를 써서 넘기고 나머지는 서브 작가 K에게 맡기면 네댓새 정도는 자리를 비울 수 있을 것 같았다. 처음엔 청취자들의 희망 곡 신청 엽서를 정리하고 홈페이지 게시판에 답글을 다는 일 정도밖에 못하던 K였지만 친동생처럼 생각하고 꼼꼼하게 일을 가르쳐 온 덕에 요즘은 제법 일을 능숙하게 해내는 편이었다.

아버지가 보고 싶다는 생각은 들지 않았다. 그래도 어렵사리 시간을 쪼개어 비행기에 몸을 실은 것은 어쩌면 짓궂은 호기심에서였을 것이다. 유학 간 남편을 뒷바라지하기 위해 새벽부터 밤늦게까지 휴일도 없이 식당 주방에서 살아야 했던 젊은 아내와 기억조차 못하는 아빠를 목이 메도록 그리워하는 어린 딸애를 잔돈 몇 푼 기재된 휴면 계좌처럼 아예 잊고 살았던 아버지의 최후에 대한 호기심. 그것은 그의 고통과 불행을 확인하고 싶다는 악의적인 열망이기도 했다.

오토상와……. 아버지를 보는 순간 내 입은 얼어붙어 버렸다. 오토상와 이카가데스카(아버지는 좀 어떻습니까), 오토상토 스코시 하나시테모 이이데스카(아버지와 이야기를 나눌 수 있을까요) 등 사전에서 찾아 미리 준비해 둔 말들이 다 필요 없었다. 아버지는 나를 알아보지 못했다. 의식은커녕 금방이라도 운명할 듯했지만 오실로스코프의 낮은 곡선은 끊길 듯하면서도 천천히 이어지고 있었다. 일주일째 같은 상홗이라고 했다. 아버지에게는 머리가 세었음에도 불구하고 피부가 곱고 단아한 느낌을 주는 일본인 부인과 그녀와의 사이에서 낳은 세 남매가 있었다. 아버지의 자식들, 그들은 분명 나의 이복동생들이었지만 그들에게 나는 아버지의 나라에서 온 아버지의 손님이었을 뿐이었다. 아버지조차도 잊고 있었을 게 분명한 그저 그런 손님……

병원 근처의 호텔에서 뜬눈으로 하룻밤을 보낸 뒤 비행기 좌석을 알아보았다. 인천 공항에 내리고 나서야 느닷없이 들어서는 나를 보고 병훈이 놀라겠구나 하는 생각이 들었다. 그래도 장인인 셈인데 나도 가봐야 하지 않아? 라고 하던 그에게 나는 말이라도 그렇게 해주니 고맙다고 대꾸하면서, 어쩌면 장례까지 치르고 오게 될지도 몰라 하고 말해 두었던 것이다. 공항에서 나는 병훈에게 전화를 할까 하다가 그만두었다. 모든 것이 다 귀찮고 시들했다. 또 그가 일정을 앞당겨 귀국한 이유를 물어 오면 솔직하게 심경을 고백한 뒤 그에게 위로받고 싶은 마음도 있었다. 어쩌면 나는 그것을 가장 기대하고 있었는지도 모른다.

번호 키를 누르고 현관으로 들어섰을 때 나를 맞이한 것은 빅토리아였다. 병훈이 나를 만나기 직전 일본에서 분양받아 왔다는 그 북유럽산 고양이는 그에게는 자식이나 마찬가지였다. 병훈이 노상 끼고 지내면서 어찌나 떠받드는지 때로는 그것이 한낱 고양이라는 사실을 잊은 채 필적의 라이벌로 여겨질 정도였다. 그러나 내가 빅토리아를 정말로 싫어한 것은 아니었다. 병훈이 있으면 내 근처에 얼씬도 안 하지만 그가 없으면 내 품을 파고들며 재롱을 피우고 응석을 부리는 통에 나 역시 알게 모르게 정이 들어 있었다.

빅토리아는 현관에서 구두를 벗는 나를 빤히 쳐다보고 있었다. 무심코 병훈을 부르려다가 멈칫한 것은 현관에 놓인 여자 구두 때문이었다. 그 앙증맞은 보라색 스웨이드 자수 구두는 내가 아는 사람의 것이 분명했다. 나는 숨을 멈추었다. 어쩌면 아주 오래전부터 예감해 왔던 두렵고 끔찍한 현실이 천천히 내게로 다가오는 것 같았다. 나는 잠시 멈칫대다가 병훈의 서재로 향했다. 방 안 가득 차고 넘친 낯 뜨거운 신음 소리가 문밖으로 흘렀다. 벌컥 문을 열어젖히자 책상 위의 모니터엔 포르노 영상이, 벽 쪽으로 놓인 러브 소파에는 포개어 앉은 남녀가 마치 서로를 빨아들일 것처럼 입을 맞추고 있었다.

병훈의 상대는 K였다.

「아, 저것들이 다 나를 찌르는 것 같아!」

여자의 신경질적인 외침에 움찔 놀라 고개를 들어 보니 선글라스를 벗던 여자가 눈살을 잔뜩 찌푸린 채 부챗살처럼 펼친 손으로 눈앞의 허공을 마구 휘젓고 있었다. 통유리 창을 통해 들어오는 햇살 한 줄기가 그녀의 눈을 찔렀던가 보았다.

「바꿔 앉을까요?」

「그래 줄래요?」

창밖으로 분재와 수석과 자갈들로 오밀조밀하게 꾸며 놓은 풍경을 볼 수 있어서 나는 좋았다. 창을 등지고 앉은 여자는 여전히 미간의 주름을 펴지 않았다. 내 머릿속에서는 짜증기 어린 그녀의 혀 짧배기 외침이 금방이라도 다시 메아리칠 것만 같았다.

병훈과 단 한순간도 같이 있을 수 없었던 나는 마침 비어 있는 친정집으로 왔다. LA의 이모 댁에 간 지 얼마 되지 않은 어머니에게는 굳이 이런 사실을 알리고 싶지가 않았다. 극심한 위장 장애와 불면증으로 인해 얼굴도 몸도 말이 아니었다. 그날도 신경 안정제를 먹고서야 겨우 잠이 든 거였는데 한밤중에 홀연 잠을 깨었다. 고양이 울음소리 때문이었다. 소리는 아주 가까이에서 들려왔다. 어둠 속에서 그 소리에 집중하고 있노라니 등 뒤에서 누군가가 머리카락을 한 올 한 올 잡아당기는 것만 같았다. 그럴수록 나는 점점 더 꼼짝할 수가 없었다. 설마 빅토리아가……? 손가락 하나 까딱할 수 없었다. 섣불리 몸을 움직이거나 팔을 뻗었다가는 큰 낭패를 당할 것만 같았다. 축 늘어진 고양이 사체를 밟는다든가 하는 일은 경험하고 싶지 않았다. 어둠이 익숙해진 눈이 서서히 암순응을 일으키고 그와 더불어 짙은 안개가 걷히듯 머릿속도 차차 맑아지기 시작했다. 적어도 빅토리아의 울음소리는 아니었다. 두 손으로 이불깃을 꽉 말아 쥔 채로 온 신경을 소리에 집중했다. 고양이 울음소리가 나는 곳은 위층이 분명했다. 숫자와 시침과 분침이 연둣빛으로 빛나는 야광의 탁상시계는 얼추 새벽 3시를 가리키고 있었다.

고양이 울음소리는 한 시간쯤 계속 이어지다가 어느 순간엔가 사라졌다. 잘못 들은 것이 아닐까. 어쩌면 환청일지도 모른다는 생각까지 했다. 그러나 다음 날에도 새벽 3시쯤에 그 소리에 깨었고, 그 다음 날에도 어김없이 그 시간에 또 고양이 울음소리가 들려왔다. 일주일째 되던 날 나는 윗집으로 올라갔다.

벨을 누르자 한참 만에 여자가 문을 열고 내다보았다. 열린 문 사이로 짙은 샤워 코롱 향이 밀려왔다. 아랫집에 사는 사람이라고 말하자 여자는 두툼하고 굵은 머리빗을 든 채 문밖으로 나와 섰다. 여자의 숱이 적고 옅은 갈색을 띤 젖은 머리칼이 빗질의 흔적 그대로 가닥가닥 뭉쳐 있었다. 여자는 미간을 좁히며 무슨 일이냐는 듯 나를 바라보았다. 실핏줄이 터졌는지 눈이 벌겋게 충혈되어 있었다. 눈시울도 붉었다. 마치 오래 울었던 양.

「무슨 생각을 그리 해요?」

여자는 희미하게 웃으며 물었다. 날카로운 눈빛이 내 표정을 탐색하고 있었다. 그녀와의 첫 대면을 회상하던 나는 아니에요, 하고 가볍게 고개를 흔들며 멋쩍게 웃었다. 여자는 내 얼굴을 빤히 들여다보며 운을 떼었다.

「고양이 말이에요……..」

고양이 이야기를 꺼내는 여자 앞에서 나는 바짝 긴장했다.

「미강 씨가 날 처음 찾아온 건 고양이 울음소리 때문이었죠. 그리고 고양이 털 알레르기가 있다고 했었잖아요.」

그때 나는 화가 아주 많이 나 있었다. 생각해 보면 나의 분노는 내 잠을 방해하는 고양이 울음소리 때문만은 아니었을 것이다. 철이 들면서부터 지금까지 단 한순간도 미워하지 않은 적이 없었던 아버지. 그 미움은 어쩌면 그리움의 반어법일 수도 있었다. 그토록 복잡 미묘한 감정을 숨긴 채 거의 30년 만에 만난 아버지였다. 간혹 꿈에서 보았던 젊디젊은 아버지는 바짝 마르고 쭈그러든 늙은이로 병마에 쫓기어 죽어 가고 있었다. 아버지와 손을 잡고 말 한마디 나누어 보기는커녕 눈인사도 못하고 돌아서야 했던 나는 집에 돌아와 그보다 더한 지옥을 만났다. 잠 못 이루던 밤, 신경 안정제, 그리고 고양이 울음소리……. 여자를 찾아갔을 때의 나는 죽을 각오로 전투에 뛰어든 사람과 다를 게 없었다.

이봐요, 나를 아주 말려 죽일 작정이에요? 다짜고짜 소리를 지르자 여자는 영문을 모르겠다는 듯 뜨악한 표정이었다. 댁의 고양이 말예요! 오밤중에 들려오는 고양이 울음소리, 유리창을 박박 긁어대는 것 같은 그 소리요! 얼떨떨한 표정으로 서 있던 여자는 내가 찾아온 이유를 알아차린 표정이었고 곧 풀이 죽은 목소리로 절절매며 중얼거렸다. 미, 미안해요. 노르웨이 숲이라는 고양인데 친구 부탁으로 잠깐 봐주고 있어요. 나는 여세를 몰아 계속 격앙된 목소리로 말했다. 누구 죽는 꼴 보고 싶어요? 나는 고양이 털 알레르기가 있다구요! 고양이 울음소리에 대한 항의는 그렇다 쳐도 개인의 체질적인 문제까지 이웃에게 배려를 요구할 수 있는 것일까. 그러나 여자는 눈을 크게 뜨며 알레르기라니요……? 하고 내게 되물었다.

「미강 씨의 고양이 털 알레르기요, 그걸 극복하는 방법을 알아냈어요.」

「아니, 그걸 아직도 마음에 담아 두고 있었어요?」

도둑이 제 발 저린 심경이랄까, 나는 쓴웃음을 지으며 대꾸했다.

「아, 뭐 일부러는 아니구요. 그냥…… 우연히요. 우린 대개 고양이 털이나 비듬 때문에 알레르기를 일으킨다고 생각하는데 그건 잘못 알고 있는 거라더군요.」

「아, 그래요?」

나는 진지한 표정으로 여자의 말을 들었다. 여자는 물 컵을 들어 입술을 적신 후 내려놓으며 계속 말했다.

「고양이가 자기 몸의 털을 핥을 때, 털에 묻은 고양이 침 속의 단백질 성분 때문이래요. 그래서 몇 개월 동안 지속적으로 고양이를 한 달에 한 번씩 목욕시켜 주면 털에 묻은 고양이 침의 단백질 성분을 제거할 수 있대요.」

「고양이를 기르게 된다면 그렇게 할게요. 지금은 생각하기도 싫어요.」

여자를 만나 따지고 온 다음 날 우편함에서 우편물을 꺼내고 있을 때였다. 뒤숭스럽고 어딘가 좀 몽니 궂게 생긴 부인네 하나가 나를 유심히 지켜보더니 슬며시 다가와서는 거기 윗집하고 잘 알아요? 하고 물었다. 알 리가 없었다. 어머니가 있었다 해도 사정은 크게 다르지 않았을 것이다. 어머니 역시 이 빌라로 이사 온 지 얼마 되지 않은 데다가 곧 여행으로 장시간 집을 비웠으므로 나와 같을 거였다. 모른다고 통명스럽게 잘라 말했음에도 부인은 내게로 바짝 다가서더니 빠른 속도로 지껄여 대기 시작했다. 그 여자가 툭하면 오밤중에 소리를 지르고 물건을 박살 내고 고양이처럼 울어 댄다고 이웃에 소문이 자자하다우. 필시 부부 싸움을 하는 것 같은데 남자 소리는 전혀 안 들리고 여자만 그 난리를 치니 참 이상하단 말이야....... 부인은 눈을 가느스름하게 뜨고 마치 닦달하듯 캐어물었다. 그런데, 댁은 정말로 그런 소리를 못 들었수?

그날 밤 예의 그 고양이 소리가 들렸다. 다만 소리가 조금 작아졌을 뿐이었다. 그러고 보니 분명 여자 울음소리였다. 가증스러운 여자 같으니라고. 그냥 솔직하게, 미안해요. 어떻게 주체할 수가 없어서요. 난 지금 마음이 많이 아프거든요, 라고 말해 주었다면 이렇게 화가 나지는 않을 텐데. 뭐 노르웨이 숲이라는 고양이? 세상에 그 앙큼함이라니…….

진저리가 쳐지도록 그 울음소리가 싫었다. 빅토리아를 떠올리게 되기 때문일 것이다. 귀를 막고 이불을 뒤집어썼다. 깜빡 잠이 들었던 것일까. 문밖에서 어떤 기척이 느껴졌다. 침대에서 뛰어내린 나는 조심스럽게 문을 열었다. 바로 문 앞에 풍성하고 기름진 꼬리털을 가진 흑회색의 고양이가 거드름을 피우듯 옆으로 길게 앉아 있었다. 에메랄드 빛의 아몬드 형 눈동자가 나를 쓰윽 훑어 내렸다. 주저앉을 만큼 놀랐고 동시에 분노로 온몸이 활활 타오를 것만 같았다. 다짜고짜 두 손으로 고양이의 목을 움켜쥐었다. 고양이는 사지를 비틀며 버둥거렸다. 그럴수록 고양이를 움켜쥔 손아귀에 더욱 힘을 가했다. 고양이 눈이 점점 더 커지고 있었다. 이윽고 탁구공 같은 눈알 하나가 퍽 튀어 오르면서 내 얼굴을 때렸다. 나는 비명을 지르며 몸을 일으켰고 꿈에서 깨어났다. 침대 시트는 온통 땀으로 젖었고 탁상시계는 저만치 바닥에 떨어져 뒹굴고 있었다.

「사실 미강 씨한테 꼭 물어보고 싶은 말이 있는데…….」

여자가 머뭇거리며 말을 선뜻 못 꺼내고 있는데 때마침 웨이터가 음식을 가져왔다. 양란과 레몬 슬라이스를 곁들인 신선한 모듬 생선회는 가운데에, 달걀찜과 야채샐러드, 훈제 연어, 메로구이와 대하찜, 일본식 게장과 맑은 된장국은 각각 두 사람 앞에 놓여졌다. 여자는 밝은 표정을 지으며 애써 활달한 어조로 말했다.

「아, 우선 먹고 나서 얘기해요, 우리.」

*

집으로 돌아온 나는 전화기의 자동 응답기를 통해 어머니 목소리를 들었다. 얘, 오늘 비행기 표 끊었어. 촌스럽게 마중 나오지 않아도 되니 네 일이나 알아서 잘하고……. 얼마 전에야 비로소 병훈과의 일을 알게 된 어머니는 밤낮으로 내 걱정이었다. 난 너희가 결혼한 지 3년이 넘도록 애를 안 갖는 거, 그것도 맘에 걸렸어. 긴 한숨 끝에 어머니는 또 그 얘기였다. 내가 그 얘기를 그렇게 싫어한다는 걸 알면서도, 아이를 갖는 건 부부간의 애정과는 별개의 문제라고 누차 얘기를 했건만 여전히 그 얘기를 꺼내는 걸 보면 어머니는 지겹지도 않은가 보았다. 그렇게 한바탕 연설을 늘어놓은 뒤 어머니는 자세한 건 만나서 얘기하자,라고 말하고는 잠깐 동안 어색한 침묵을 지키다가 떨리는 목소리로 말했다.

미강아, 실은…… 나 오사카에 들르기로 했다……. 잘못 들은 게 아닌가 싶어서 재생 버튼을 눌러 다시 들었다. 오사카, 아버지에게로, 왜 무엇 때문에 ……? 이제 와서 굳이 그럴 까닭이 있을까. 나는 혼란스러웠고 어머니의 결정에 상당히 회의적이었다. 혼란스러운 것은 이것만이 아니었다. 여자의 제안, 나는 도무지 이 상황을 어떻게 받아들여야 할지 생각이 정리되지 않았다.

식사 후 여자는 냅킨으로 입가를 꼭꼭 눌러 닦고 나서 내게 물었다.

「혹시 우리 그이를…… 전에 만난 적이 있나요?」

「네? 무슨 말인지 통 모르겠네요.」

「말 그대로예요. 그날 우리 집에서가 아니라, 다른 데서, 만난 적이 있는지를, 묻고 있는 거예요.」

부러 띄엄띄엄 강조해서 말하는 여자의 어법이 다소 신경질적으로 느껴졌다. 창백하고 얇은 얼굴, 말할 때마다 조금 좁혀지는 미간이 왠지 적당히 교양 있고 나른하고 일상의 권태로 시들어 가는 유한부인의 전형 같다는 생각도 들었다. 나는 여자에 대해 다시 생각하고 있었다. 혹시 문제가 있는 사람은 여자의 남편이 아니라 여자가 아닐까. 혹시 여자에게 중증의 의부증이 있는 건 아닐까?

어느 날 언제나처럼 아침 방송을 위해 새벽같이 집을 나섰다. 오프닝 멘트가 마음에 안 들어서 다시 쓸까 어떻게 할까 고민하면서 엘리베이터를 기다렸다. 위에서 내려온 엘리베이터에 여자가 타고 있었다. 내가 탑승하자 여자는 아는 체를 했다.

얼굴이 헬쑥하여 몹시 피곤해 보였으나 쑥 들어간 두 눈에서 야릇한 광채가 흘렀다. 꼭 어둠 속에서 마주친 고양이의 눈빛 같았다. 마지막 순간의 빅토리아가 떠올라 나도 모르게 몸을 떨었다. 여자가 두런두런 혼잣말처럼 지껄였다. 일주일째 잠 한숨 못 자고 있어요. 몸 안의 신경 줄이 죄다 팽팽하게 잡아당긴 나일론 실 같아요. 뼈 마디마디에 바늘을 꽂은 것처럼 온몸이 다 아파요. 내 속에서 뜨거운 울음이 자꾸만 꾸역꾸역 올라와요. 이러니 난들 어떡하겠어요. 얼굴에 핏기라고는 하나도 없었다. 더 얇아지고 각이 진 턱선, 도드라져 보이는 광대뼈, 헬쑥하고 까칠하여 금방이라도 쓰러질 사람처럼 보였다. 엘리베이터가 1층에 닿았다. 문이 열린 것과 동시에 저기요, 하면서 여자가 내 옷깃을 꽉 움켜잡았다. 얘기할 게 있어요. 이따 우리 집에 차 마시러 와요. 제발요!

여자의 집 거실 창으로 쏟아져 들어온 오후 햇살은 단풍나무 재질의 바닥재에 비틀린 마름모꼴로 반사되어 있었다. 방송을 마치고 동료들과 회의를 겸한 식사가 있었고 서점에서 꽤 오랜 시간을 보냈다. 집 앞에 이르자 엘리베이터에서 들었던 여자의 말이 떠올랐다. 여자는 반색을 하며 나를 맞았다. 여자가 물을 끓이고 찻잔을 준비하는 동안 나는 식탁에 앉아 있었고, 그러다가 그냥 거기 앉아서 차를 마셨다.

스푼 부딪히는 소리가 더없이 투명한 꽃무늬의 웨지우드 찻잔에 뜨거운 물을 부어 주며 여자가 중얼거렸다. 결혼도 안 한 디강 씨한테 이런 얘길 해도 될까 몰라. 나는 찻잔 속의 작은 국화들이 위로 떠올랐다가 가라앉은 뒤 찻물이 놀면한 색으로 우러나는 것을 바라보며 뭔데요? 하고 짧게 대꾸했다.

전생의 원수가 부부로 만난다는 말이 맞나 봐. 여자의 비탄 어린 말에 나는 찻잔에서 입을 떼면서 나직이 말했다. 저…… 결혼했어요. 이혼 수속 중이구요. 여자는 별로 놀란 것 같지는 않았다. 태무심한 표정이었고 앉자마자 빠른 어조로 자기 이야기를 쏟아 냈다. 스토리는 대충 이러했다.

남편은 밤마다 별것 아닌 일을 트집 잡았다. 여자가 악에 받쳐 대들기 시작하고 싸움이 커지면 화가 나서 더 이상은 견딜 수 없다는 듯 부르르 집을 나가 어디에선가 자고 이튿날 돌아오곤 했다. 어디 갔었느냐고, 어디서 잤느냐고 캐어물으면 남편은 자신의 사무실에서 자고 왔다고 천연덕스럽게 대답하곤 했다. 결국 여자는 흥신소에 남편의 뒷조사를 의뢰했다. 여자가 있다는 것, 그녀가 병원 약제실에서 근무하는 미혼녀이며 얼마 전 옆 동네 아파트로 이사를 왔다는 사실까지 알게 되었다. 들고 있던 찻잔을 소리 나게 내려놓으며 여자는 두억시니 같은 얼굴로 상스러운 욕을 한바탕 토해 냈다.

  기분이 묘했다. 남편의 바람이라……. 우습게도 위아래 집의 두 여자가 동시에 사랑하던 남자에게서 배반당했다. 우연일까, 아니면 너 나 할 것 없이 바람을 피우는 현 사회의 보편적 병폐일 뿐인 것일까. 굳이 이 시대, 이 사회라고 시간과 공간을 국한할 이유도 없었다. 어린 딸과 젊은 아내를 버리고 당당하게 새 인생을 찾아간 내 아버지라는 위인 역시 마찬가지였으니까. 여자의 절망과 한숨과 비탄을 누구보다도 잘 이해할 수 있었다. 여자와 함께 깎아지른 절벽에 자일 파티로 매달려 있는 듯한 기분마저 들었다.

  건축 설계 사무소장이라는 그녀의 남편이 들어온 것은 그때였다. 현관에서 인기척이 들려 내가 그쪽으로 고개를 돌렸을 때 키가 크고 눈부신 은발의 중년 남자가 불쑥 얼굴을 들이밀었다. 나는 벌떡 일어섰고 남자 또한 당황한 눈치가 역력했다. 나를 쏘아보는 그의 눈길에서 모종의 호기심과 적개심이 느껴졌다. 여자는 아무 말없이 남자와 나를 빤히 번갈아 보았다. 그는 곧 내게서 황망히 눈길을 거두었고 안쪽의 방으로 사라졌다. 여자는 나를 향해 어깨를 추켜올렸다가 내리면서 이 시간에 웬일이지, 서류 가지러 왔나? 하고 중얼거렸다. 나는 전화를 걸어야 할 데가 있다는 핑계를 대며 바로 나와 버렸다.

그런데 이제 와서 자기 남편과 내가 만난 적이 있냐고 묻다니……. 나는 매우 불쾌했고 그걸 숨기고 싶지도 않았다. 나는 칼로 내려치듯이 말했다.

「아뇨. 전혀요!」

「우리 남편을 본 적이 없다는 말인가요?」

「네! 그날 처음 뵈었고 다시 뵌 적 없어요.」

여자는 고개를 끄덕였다. 그 모습은 마치 온순하고 순종적인 고양이 같았다. 오사카에서 돌아온 뒤 내가 집을 나올 때 아무 의심 없이 순순히 나를 따라나서던 빅토리아처럼 말이다.

「미강 씨를 의심해서 한 말은 아니니 염두에 두지 말아요.」

여자는 두 번이나 그 말을 반복했다. 웨이터가 몇 번인가 드나들며 빈 접시를 걷어 가고 김마끼와 모둠 튀김 등을 내왔고 여자는 바람기 잡는 약에 대해 이야기했다. 미국의 어느 연구소에선가 유전자 조작으로 남자들의 바람기를 없애는 연구를 하고 있다면서 아직은 쥐를 대상으로 실험 중이라지만 머지않아 그런 약이 나올 것이고, 그러면 자기가 제일 먼저 사서 쓸 거라고 했다. 발상 자체도 그러했거니와 여자가 그런 이야기를 전혀 웃지 않고 너무도 진지한 표정으로 말하는 것이 더 우스워서 나는 키득거렸다. 여자는 내게 아니 기분 나쁘게 왜 웃어요? 하고 쏘아붙였다. 바람기가 뭐 열 감기나 식중독 같은 병인가요, 약으로 잡게? 라는 내 말에 여자는 정색을 하고 나를 설득시키듯 조근조근 말했다. 미강 씨 진짜 뭘 모르네. 바람기는 병이에요. 간질이나 암보다 더 무서운······! 암은 자기 혼자만 아프고 고생하는 병이지만 바람기는 평생 배우자를 아프게 하고 가족 모두를 파멸시켜요. 나와 부모와 자식에 이르기까지 삼대를 파멸시키는 무서운 병이라구요!

그런가······. 그래서 내 결혼 생활도 비극적인 종말을 맞은 것일까. 처음부터 나는 병훈을 완전히 믿지는 않았어. 언젠가는 그도 아버지처럼 배반할지도 모른다는 생각을 늘 배제하지 않았지. 아이를 갖기가 싫었던 이유도 거기서 연유했을 거야. 어쩌면 내 유전자에도 아버지에게서 물려받은 바람기가 잠재해 있을지도 모르지. 그러나 그걸 부정하고 혐오하고 감시하려는 내 이성은 그보다 더 강했고, 그래서 병훈의 배반에 나는 강한 알레르기 반응을 일으킬 수밖에 없었던 것일지도 몰라. 내가 그런 생각을 하고 있을 때 여자 역시 무슨 생각에 골몰한 것인지 이미 식은 참치 갈비를 먹지도 않을 거면서 젓가락으로 이리저리 계속 쑤셔 헤집고 있었다.

며칠 전에 병훈이 찾아왔다. 나는 문을 열어 주지 않았다. 얼마나 서 있다가 돌아섰는지 알 수 없지만 한참 뒤에 전화가 걸려 왔다. 변명의 여지가 없다고 생각해. 미안하다……. 연기를 하는 것 같지는 않았다. 깊은 한숨과 같이 딸려 나온 그의 말은 어디 다른 세상에서 불어오는 바람처럼 아득하게 들렸다. 나를 한 번만 용서해 주면 안 되겠니…….

여자가 돌연 젓가락을 던지듯이 내려놓으며 보이지 않는 누군가를 향해 욕지거리를 거침없이 내뱉었다. 그러고는 아주 비감한 표정으로 말했다.

「그 연놈들이 작당해서 날 죽이려고 해요. 일주일 전 새벽에 잠이 안 와서 차 몰고 나갔다가 죽을 뻔했어요. 뒤에서 들이받았는데 틀림없이 그년일 거예요. 며칠 뒤엔 그 인간이 내게 약을 갖다 주더군요. 영양제래요. 흥, 내가 그걸 그냥 먹었겠어요? 알아봤죠. 프로작이더군요.」

「프로작? 우울증 치료제요?」

여자는 키득거리며 웃어 대더니 곧 정색을 하고는 다시 말했다.

「내가 누군데 그냥 넘어가요? 그 인간 말로는 내가 심한 생리통으로 고생하는 게 안쓰러워서 그랬다고 하더군요. 자, 그럼 다음엔 뭘까요?」

불행에 맞닥뜨린 인간은 자기와 가장 흡사한 고통을 겪었던 사람을 찾아간다. 위로받고 싶어서이다. 그러나 위르하는 쪽의 입장에서는 전혀 나아지지 않은 상황에서 같은 말을 반복하는 것만큼 지겨운 일도 없다. 지난번과 같은 이야기가 반복되리라는 걸 나는 알았고 기복이 심한 여자의 감정이 버거웠다. 부러 휴대폰을 꺼내 들고 시간을 확인했다. 게스트와 통화하기로 약속한 시간은 아직 남아 있었지만 당장 일어설 것처럼 핸드백을 챙기고 엉덩이를 들 썩거렸다. 이러는 나를 전혀 의식하지 못한 것처럼 무언가를 골똘히 생각하던 여자가 엎어지듯이 상체를 기울이며 이제까지와는 달리 매우 절박한 어조로 말했다.
「나요, 사실은 부탁이 하나 있어요. 꼭 들어줘야 해요, 꼭요!」
여자의 눈에서 야릇한 광채가 흘렀다.
「글쎄요. 무슨……?」
「어려운 거 아니에요. 미강 씨라면 충분히 할 수 있어요.」
그래, 결국은 이렇게 되는구나. 어쩐지 차에 타기 전에 오늘 이 여자의 페이스에 말려들 것 같은 기분이 들더라니. 나는 여자를 물 끄러미 쳐다보았다.
「우리 남편을…… 딱 한 번만 만나 줘요.」
여자의 눈빛은 마치 '나는 네가 병훈의 고양이 빅토리아를 어떻게 했는지 다 알고 있어'라고 말하는 듯했다. 어찌해야 할까. 나는 오래도록 방 안을 서성거렸다.

*

경위서를 쓰고 난 뒤 경찰서에서 나온 것은 거의 날이 밝아 올 무렵이었다. 구급차로 실려 간 여자의 남편은 곧 응급조치를 받고 깨어났다고 한다. 그는 정신을 차리자마자 나의 무고함을 증언해 주었다. 그렇지 않았더라면 나는 꼼짝없이 살인 미수범으로 몰렸을 것이다. 담당 형사로부터 귀가해도 좋다는 허락이 떨어질 때까지 딱딱한 의자에 멍하니 앉아 있는 동안 나는 이 해괴한 사건을 어떻게 해석해야 좋을지 도무지 갈피를 잡을 수 없었다.

일은 여자가 일러 준 대로 강남역 근처에 있는 레스토랑 '레비떼'를 찾아간 것에서부터 시작되었다. 금요일에다 저녁 시간이라 그런지 레스토랑에는 빈 테이블이 별로 없었다. 여자의 남편은 먼저 도착해 앉아 있었고, 그 특유의 은발로 인해 나는 멀리서도 그를 금세 알아볼 수 있었다. 감색 슈트에 하늘색 드레스 셔츠를 받쳐 입은 그는 처음 보았을 때만큼은 아니지만 여전히 차가워 보였다. 자리에 앉은 나는 무슨 말을 어떻게 시작하는 게 좋을까 머릿속으로 궁리를 하고 있는데 다행스럽게도 그가 먼저 말을 꺼냈다.

「집사람한테 들었습니다. 윤미강 씨가 이 레스토랑과 유사한 분위기의 불란서 식당으로 리모델링 하고 싶어 하신다고요? 제가 알고 있는 게 맞습니까?」

자리를 만들기 위해서 여자는 그렇게 둘러댄 모양이었다. 나 역시 여자가 시킨 대로 그렇다고 대답하고서 시장하실 테니 식사를 하면서 이야기를 하는 것이 어떻겠느냐고 제안했다. 이 또한 여자의 부탁이었다. 나는 웨이터에게 그날의 특선 요리를 주문하면서 그의 의향을 물었다. 그도 같은 것을 주문해 달라고 했다.

「실례지만…… 우리 집사람과 알게 된 지 오래되었습니까?」

그는 왠지 아주 조심스럽게 물었다.

「아니요. 그렇지는 않습니다만…….」

「집사람과 이야기를 많이 나누는 편이가요?」

나는 대충 둘러댈 수밖에 없었다.

「그러고 싶지만 아무래도 제가 시간이 없다 보니……. 부인은 가족에 대한 사랑이 아주 깊은 분인 거 같아요. 섬세하시구요.」

어렵게 돌려서 이야기를 하느라고 진땀이 났다. 그렇다고 당신 부인이 당신을 바람둥이라면서 마구 욕을 했고 당신이 출장을 가거나 일 때문에 집에 들어오지 않는 날이면 온갖 나쁜 상상을 하면서 밤새도록 고양이처럼 운다고 말할 수야 없지 않은가. 그는 침묵 속에서 내 말을 들었다. 무언가를 깊이 생각하는 눈치였다. 눈부신 은발 때문인지 나이에 비해 맑은 얼굴 때문인지 혹은 고급 슈트 때문인지 알 수 없으나 그에게는 어쩐지 함부로 말을 건넬 수 없는 분위기가 있었다. 그의 은빛 머리칼은 문득 오사카에서 보고 온 아버지를 생각나게 했다.

전채 요리에 이어 스테이크가 나왔다. 그는 꽤 시장했던지 내게 음식을 권하며 자신도 적극적으로 먹기 시작했다. 스테이크는 연하고 알맞게 구워졌으며 그 위에 끼얹은 밝은 갈색의 소스는 맛과 향이 독특했다. 이만하면 그도 음식에 만족할 거라는 생각이 들었다. 거기까지는 아무런 문제가 없었다. 그런데 마지막 남은 고기

한 점을 입에 넣던 그가 갑자기 숨을 헐떡거리는 것이 아닌가. 그는 입을 커다랗게 벌린 채로 상체를 뒤틀었다. 그때까지도 나는 상황을 전혀 심각하게 생각지 않았다. 스테이크 즈각이 목에 걸렸나? 하고 대수롭지 않게 여기고 있었다. 그러나 얼굴이 시뻘겋게 달아오르면서 관자놀이의 힘줄이 터질 것처럼 부풀어 오르고 눈동자가 뒤로 넘어가는 것이 예사롭지 않은 데다가 그가 양손으로 테이블 가장자리를 있는 힘을 다해 움켜잡으며 몸을 비트는 것을 보면서 응급 사태라는 걸 알았다. 그는 숨을 쉬기 위해 필사적이었다. 나는 벌떡 일어섰다. 거의 동시에 그가 옆으로 쓰러지면서 의자에서 떨어져 나뒹굴었다. 유리잔과 식기들이 쏟아지고 떨어져 깨지는 소리와 함께 옆 테이블의 젊은 여자 애들이 끼악 하고 비명을 지르며 스프링처럼 자리에서 튀어 올랐다. 나는 응급실에서 바로 경찰서로 연행됐다.

  병원에 와보니 그는 벌써 퇴원을 하고 없었다. 어젯밤에는 시커멓고 우중충하고 불길하게 보였던 재색의 병원 건물이 솟아오른 태양 아래 밝은 비둘기 빛으로 새롭게 태어나고 있었다. 정문을 향해 차를 몰고 가던 중 택시 승차장을 향해 터벅터벅 걷고 있는 은발을 발견했다. 그의 옆에 차를 대고 소리쳤다.

  「소장님, 어서 타세요!」

  그는 어리벙벙한 표정이었지만 뒤에 차가 오고 있음을 보고 일단 올라탔다.

「소장님을 뵈러 갔었어요. 퇴원하셨다기에 그냥 가는 길이었어요.」

「미안합니다. 저 때문에 곤욕을 치르셨죠?」

「네, 악몽의 밤이었습니다. 근데 몸은 정말 괜찮으신 거예요?」

간밤에 무수히 솟아올랐던 붉은 반점들은 모두 사라졌으며, 50대 남자의 얼굴치고는 깨끗하고 맑은 편인 원래의 얼굴로 회복되어 있었다.

「급성 알레르기였어요.」

「아, 알레르기요? 알레르기란 게 정말 무섭네요. 큰일 날 뻔했잖아요.」

「죽을 뻔했지요. 경험이 많은 의사였기에 망정이지…… 아드레날린을 주사하자 기도가 열렸고 곧 의식을 회복했죠.」

나는 머리를 절레절레 흔들며 말했다.

「알레르기, 이거 만만하게 볼 게 아니네요.」

「보이지 않는 적이라고 할 수 있지요. 제 경우엔 조개류 갑각류 알레르기가 그렇지요.」

「네? 소장님은 어제 조개나 게는 전혀 드시지 않았잖아요?」

「범인은 '프렌치 누보'라는 그 스테이크 소스였습니다. 거기다가 바닷가재를 썼다는군요.」

「아하! 그랬군요.」

「그나저나 어젯밤엔 경찰서에서 밤을 새웠겠군요?」

기억하기조차 싫은 일이지만 어쨌든 다 끝났다고 생각하니 담담했다.

「네, 지배인이 경찰에 신고를 했더군요. 하긴 뭐 당연한 일이겠죠. 저요, 꼼짝없이 소장님을 독살하려던 살인범으로 몰릴 뻔했다니까요. 글쎄 옆 테이블에 있던 여자 애들이 제가 소장님 와인 잔에다가 독을 타는 걸 두 눈으로 똑똑히 봤다고 그랬대요. 푸후훗, 깜찍한 것들!」

그에게 어느 방향으로 가느냐고 물었더니 어게 그 레스토랑에 자신의 차가 세워져 있다고 했다. 레스토랑은 그다지 멀지 않았으므로 곧 그 앞에 도착했다. 내릴 줄 알았던 그가 웬일인지 자리에서 꼼짝하지 않더니 묵직한 음성으로 말했다.

「실은 이 얘기를 할까 말까 상당히 고심했습니다만…… 얘기를 하는 게 좋겠다는 생각이 드는군요.」

무슨 이야기일까. 몹시 궁금하고 긴장되었다. 그렇게 서두를 꺼낸 뒤로도 그는 조금 더 생각하는 눈치였다. 나는 몸을 꼿꼿이 세운 채로 정면을 주시했다. 레스토랑에서 한 청년이 걸어 나오더니 건물 측면에 있는 차양 조작기를 돌리기 시작했다. 흰색 바탕에 파란 줄이 스트라이프 무늬를 이룬 차양막이 점차 길게 내려왔다. 이윽고 그가 말하기 시작했다.

「레스토랑…… 우리 집사람이 예약했다고 했지요? 여기서 프렌치 누보 소스를 쓰고 있다는 걸 미강 씨도 알고 있었나요? 아니,

설령 그걸 알고 있었다 해도 내게 그런 알레르기가 있다는 건 전혀 몰랐을 테지요.」

이게 무슨 말인가. 한참을 생각한 뒤에도 나는 여전히 얼떨떨한 표정으로 물었다.

「무슨 말씀인지…… 그럼 부인께서 일부러 그랬단 말인가요?」

그는 고개를 끄덕이며 천천히 말을 이었다.

「집사람은 아이의 유학을 끝까지 반대했어요. 그런데도 제가 애를 영국으로 보냈던 건 믿을 만한 가디언이 있었고 케어가 가능했기 때문이지요. 그런데 가디언이었던 제 후배 내외가 급작스럽게 귀국하는 바람에 아이는 다른 홈스테이를 찾아야 했어요. 때마침 고등학교에 진학한 지 얼마 안 되는 때여서 아이는 무척 힘들어했습니다. 아이는 툭하면 전화를 했고 그때마다 징징거렸어요. 아이 사랑이 남달랐던 아내는 당장이라도 달려가지 못해 안달이었습니다. 우린 그것 때문에 싸우기도 참 많이 싸웠지요. 그러다가 어느 때부턴가 애가 눈에 띄게 밝아졌어요. 아이 말로는 마음이 통하는 친구들을 사귀었다고 하더군요. 차츰 전화가 줄어들었어요. 다행이다 싶었죠. 연락이 없어서 전화를 걸어 보면 아이는 괜찮다고, 다 좋다고 했어요. 그러니…… 집사람이나 제가 상상이나 했겠습니까. 아이가 마약에 빠져 있었다는 것을. 집사람은 지금도 애가 자살했다는 사실을 믿지 않아요. 아이가 아직도 거기서 공부를 하고 있다고, 대학에 다닌다고 믿고 있어요. 일종의 환상병이지요.」

내 안에 두껍고 긴 차양막이 드리워지는 느낌이었다. 차양을 내린 청년은 위를 힐끗 올려다보고는 다시 레스토랑 안으로 들어갔다. 눈을 크게 뜨고 차창 앞을 바라보았다. 폭포수와도 같은 햇살 속에 미세한 금빛 가루들이 무수히 섞여 있었고 아주 느리게 보닛 위로 떨어지고 있었다.

「집사람이 재벌가의 무남독녀라는 말은 안 하던가요?」

「그것도 환상병인가요?」

「스스로 만들어 낸 심리적 보상 같은 거겠지요.」

「그럼 소장님을 의심하는 것도……?」

「집사람은 얼마 전부터 정신과 치료를 받고 있어요. 간호사까지 의심하더군요.」

아무 말도 할 수 없었다. 그가 차에서 막 내리려고 할 때 나는 물었다.

「이혼하실 건가요?」

그는 움찔 놀라는 눈치였다. 그렇게 대놓고 물을 수 있을 만큼 허물없는 사이도 아니고 또 쉽게 던질 수 있는 물음도 아니었지만 왠지 꼭 그걸 묻고 싶었다.

「아이를 그렇게 떠나보내고서 어느 날인가 자고 일어나 보니 머리가 이렇게 하얗게 세어졌더군요. 이혼하고 새로운 생을 시작한다고 이 머리가 다시 검어지겠습니까? 요즘 젊은 부부들은 어떤지 모르겠지만 나에게 아내는…… 벗어 버릴 수 있는 의복이 아니라 잘라 버릴 수 없는 수족입니다.」

소장이 자기 차를 몰고 사라진 뒤 나는 그 자리에 조금 더 남아 있었다. 모든 것이 혼란스러웠다. 누구의 말이 진실일까? 환상병에 걸린 여자가 이야기를 꾸며 낸 것일까 아니면 덜미를 잡힌 남자가 적반하장 식으로 올가미를 씌우고 있는 것일까. 그러나 나는 그것은 그다지 중요한 게 아니라는 생각이 들었다. 어차피 그들은 서로 묶여 있고, 그것이 믿음이든 불신이든 끝까지 함께 갈 것이 분명했기 때문이다.

새벽에 오사카에 머물고 있는 어머니로부터 전화를 받았다. 원고 때문에 피디와 통화를 하고 난 직후였다. 애, 너 무슨 일 있니? 이 시간엔 집에 있을 줄 알았는데 전화를 통 안 받더구나. 경찰서에 있다는 말은 하지 않았다. 방금 전에 느이 아버지가 운명하셨다. 카랑카랑한 보통 때의 목소리에서 한 옥타브 내려오긴 했어도 어머니는 여전히 의연하고 씩씩했다. 느이 아버지, 잠깐 맑은 정신으로 돌아왔었단다. 착각인지 모르지만 날 알아본 것 같더라. 그러곤 곧바로 길을 떠났단다. 어머니의 목소리는 점차 가늘어지고 있었다. 아마도…… 날 기다리고 있었던 모양이다. 보내 놓고 나서 생각하니 가슴이 미어질 것 같구나. 그렇게도 간절하게 용서를 빌었던 사람을 나는 왜 용서하지 못했던 건지…….

시동을 켜고 천천히 차를 몰면서 나는 그날의 일을 떠올렸다. 병훈이 그렇게도 끔찍이 사랑하던 고양이 빅토리아는 그날따라 온순했다. 내가 얼러서 마대에 집어넣을 때도 별 저항 없이 그 안으로 들어갔다. 노끈으로 자루 입구를 꽁꽁 묶을 때에야 버르적대기 시작했다. 상관없었다. 나는 여러 번 친친 옭아맨 자루를 자동차 트렁크에 던져 넣은 뒤 서해대교를 지나 이름 모를 국도변을 정처 없이 밤새도록 달리다가 멀리 동이 터오를 무렵에야 원하는 곳에 이르렀다. 넓고 깊고 푸른 저수지 앞이었다. 나는 저수지 한가운데를 향해 있는 힘을 다해 자루를 던져 버렸다.

　세상은 온통 눈이 부시다. 정말 소름이 돋고 숨이 막힐 만큼 좋은 날씨다. 차창으로 부서지는 찬란한 햇살에 절로 눈이 감긴다. 정신이 아뜩하여 잠깐 눈을 감았다가 다시 떴을 때 마치 암반응을 일으킨 듯 햇살은 시커먼 거미줄처럼 내게로 흘러내리고 있었다. 내 목과 얼굴과 몸을 휘감으며 친친 얽어매는 여러 겹의 이 끈적끈적한 거미줄들……. 쓸쓸한 어조로 나직이 읊조리던 어머니의 말이 이명처럼 따라붙는다. '끝까지 용서하지 않는 게 네 아버지에 대한 징벌이라고 생각했다. 근데 우습게도 정작 형벌 속에 갇혀 있었던 건 나였어. 진짜 지옥이었지. 미강아, 전부 훨훨 벗어 던지고 그만 자유로워지렴…….'

　갑자기 밭은기침이 터져 나온다. 발작과도 같은 기침이 이어진다. 나는 핸들에 얼굴을 처박은 채로 고통스럽게 숨을 몰아쉰다. 자루를 멀리 내던지는 것으로 나는 자유로워졌다고 믿었는데……

완벽하게 벗어났다고 믿었는데…… 아니었던가. 그게 아니었던가…….

숨어 있는 눈

느닷없는 재채기 끝에 한기가 온몸을 훑고 지나간다. 그 통에 얼굴까지 가려워지는 것 같다. 채원은 손바닥으로 얼굴을 여러 번 문대고 나서 방 안을 휘둘러본다. 사방 연속으로 자잘한 구멍이 뚫린 하드보드 소재의 흰 벽이 깊숙이 스며든다. 가장자리에 가느다란 갈색 고무 패킹을 덧댄 외여닫이 방문, 그 앞에 겨우 한 평이 될까 말까 한 좁은 공간이다. 책걸상, 녹음기와 스탠드, 그리고 마이크가 방 안 기물의 전부다. 외부의 소음이 차단된 이 녹음실 안은 마치 우주를 떠도는 스페이스 캡슐 속 같다. 그나마 작은 창 하나가 있다는 건 때때로 적잖은 위로가 된다. 그 창을 통해 직원들이 전화를 받고, 봉사자들이 드나들고, 손님들이 차를 마시는 풍경을 엿볼 때면 그녀는 왠지 숨통이 트이는 것 같았다. 때로는 묘한 안도감까지 느껴졌다.

지금 사무실에는 아무도 없는 것 같다. 건너편 녹음실에도 불이 꺼져 있다.

그녀에게 이 일을 권한 사람은 동료의 결혼식장에서 만난 황 선배였다. 그는 그녀에게 대학원 공부는 잘되어 가느냐고 물었다. 그녀는 시큰둥한 표정으로 고개를 가로저었다. 그는 속 모르는 이들이 으레 던지듯 결혼은 언제 하느냐는 질문 따위는 하지 않았다. 아마도 누군가로부터 그녀와 우석의 일을 들었는지도 모를 일이었다. 그녀가 잘 다니던 직장을 때려치우고 대학원에 들어간 진짜 이유를 이미 알고 있는 건지도 몰랐다.

일껏 별말이 없던 그가 피로연장을 나설 때쯤 그녀에게 넌지시 물었다.

너…… 맹인들을 위해 책 읽어 주는 일 해보지 않을래?

무슨 그런 일이 있느냐며 그녀가 되묻자 그는, 맹인 후원 단체인 H복지관에서 낭독 봉사자를 모으고 있는데 너야말로 그 일을 잘할 수 있을 것 같다며 담당 부서의 전화번호를 적어 주기까지 했다. 그녀는 마치 무엇에 홀린 듯 이끌려 이곳 복지관을 찾아왔다. 낭독 봉사를 자원했고, 마침내 그 일을 하게 되었다. 그녀가 평소 남다른 이타심을 꿈꾸어 왔다거나 그 일에 대단한 관심을 갖고 있기 때문은 아니었다. 그냥 하고 싶었다. 그건 황 선배의 입에서 '맹인'이라는 말을 듣던 순간부터 그랬다. 일은 힘들지 않았다. 다만 일주일에 한 번, 정해진 시간에 이곳 녹음실로 꼭 와야 한다는 것이 조금 부담스러웠을 뿐이다.

흐트러졌던 자세를 바로 한 후 그녀는 녹음 버튼을 누른다. 책을 읽기 시작한다. '복대동맥은 횡격막의 대동맥열공에서 흉대동맥의 연속으로 시작하여……' 안마 수련원에서 교재로 쓰는 《해부 생리학》의 한 부분이다. 약시(弱視)를 위한 교재여서 본문의 글자 크기가 꽤 큰 편이다. 책을 처음 받아들었을 때 그녀는 글자가 커서 읽기가 더 수월할 거라고 생각했다. 그러나 막상 녹음을 시작하자 꼭 그런 것만도 아니었다. 글자가 커서 그런지 오히려 단락의 내용이 한눈에 들어오지 않았다. 게다가 생소한 단어들이 많았다.

대동맥열공, 중천골동맥, 좌우총장골동맥, 중부신동맥, 전후상완 회선동맥……. 대체 이런 단어들은 어디쯤에서 끊어 읽고 높낮이를 달리해야 하는 건지 통 감이 잡히지를 않았다. 그녀는 더듬 어림잡아 '좌우' '전후' '동맥'과 같은 단어 앞에서 숨을 고르고 몇 번씩 연습을 한 후 녹음을 했다. 그래도 어떤 부분은 발음이 영 자연스럽지가 않은 것 같다.

'기관 간의 상호 관계를 유도하는 것'이라는 대목에서 그녀는 읽기를 멈춘다. 잘못 읽었다. '기관 간'을 '기간 간'이라고 읽은 것이다. 지우고 다시 녹음한다. 또 틀렸다. 이번에는 '기관 관'이라고 발음한 것이다. 건짜증이 인다. 그러고 보니 오늘은 이상한 날이다. 영 진도가 안 나간다. 녹음실에 들어온 지도 꽤 된 것 같은데 아직도 앞면 녹음 중이다.

책을 덮고 턱과 목 언저리를 쓰다듬어 본다. 입을 있는 대로 벌

숨어 있는 눈 153

리고서 아에이오우의 입 모양을 대여섯 번 반복한다. 괜한 말장난까지 소리 내어 해본다. 저 말뚝이 말 맬 만한 말뚝인가 말 못 맬 말뚝인가, 작년 솥 장사 헛 솥 장사, 경찰청의 새 창살이 쇠창살인가 쌍창살인가……. 그녀는 되감기 버튼을 눌러 단락 앞부분을 지우고 다시 또박또박 읽기 시작한다. 이번에는 그런대로 잘 읽었다. 한 페이지를 내려 읽다가 왠지 께름칙한 마음에 테이프를 되감는다. 녹음한 부분을 들어 보기 위해서다.

　아무런 소리도 없다. 정신이 번쩍 든다. 어떻게 된 걸까? 두세 번을 거듭 확인한다. 다시 읽은 부분부터 전혀 녹음되지 않았다. 녹음 버튼을 누르지 않았던 모양이다. 힘이 쭉 빠진다. 그녀는 벌떡 일어나 문을 박차고 나와 버린다.

　사무실 안은 휑뎅그렁하다. 양쪽으로 칸칸이 나뉜 일곱 개의 다른 녹음실도 하나같이 불이 꺼져 있다. 직원들은 오늘 무슨 회합이 있는 듯했고, 그녀가 왔을 때 녹음실에 남아 있던 사람들도 작업을 마치고 돌아간 모양이다. 창마다 어둠이 짙게 고인 녹음실은 괴괴하고 을씨년스러워 보인다. 맞은편 창에 그녀가 서 있다. 새까만 눈동자 속에 영롱하게 맺힌 하나의 상(像)처럼 그 검은 창은 어릿어릿 다가서는 그녀를 고스란히 받아 준다.

　둥그런 벽시계를 올려다본다. 5시 45분. 이 사무실에는 건물 밖을 내다볼 수 있는 창이 없다. 때문에 날이 흐린지 비가 오는지 알 수 없고, 어둠침침해서 늘 전등을 켜놓는 편이다. 보통 때는 평일 이 시간에도 두어 사람쯤 남아 녹음을 했었는데 오늘은 어찌 된 일인지 다들 약속이나 한 듯 가버리고 없다. 어째 스산하고 싱숭생숭하다. 그녀는 정수기에서 온수 한 잔을 받아 목을 축이며 하릴없이 서성인다.

문득 입구 쪽의 게시판에 시선이 머문다. 녹색 부직포 위에는 여러 장의 안내문들이 구지레하게 붙어 있다. 귀퉁이의 백지 한 장이 눈길을 끌어당긴다. 글씨 한 자 없는 흰 종이에 깨알 같은 구멍들만이 빽빽하다. 점자 편지다. 바늘로 지면을 꼭꼭 누른 다음 뒤집어 놓은 것처럼 무수한 작은 구멍들. 대체 무어라고 쓴 걸까. 한 마디도 해독할 수가 없다. 다행스럽게도 그 편지 옆에 사무실 직원이 볼펜으로 조그맣게 써놓은 메모가 붙어 있다. '……여러분이 애써 녹음해 준 테이프를 고맙게 잘 듣고 있습니다. 다음에 저는 이러이러한 녹음 도서를 듣고 싶습니다…….'

오톨도톨한 그 점자 편지를 살며시 더듬어 본다. 이걸 찍어 보낸 이는 어떤 세상을 살고 있는 걸까? 아침에 일어나면 그는 무슨 생각을 할까? 그녀는 이곳에 막 드나들기 시작하던 무렵, 계단에서 마주쳤던 맹인 남녀를 떠올린다. 그들이 부부인지 오누이인지 그녀로서는 알 수 없었다. 여자는 다리를 절었으며 화상으로 인한 흉터 때문에 한쪽 눈꺼풀이 심하게 찌그러져 들러붙어 있었다. 그래도 성한 한쪽 눈은 볼 수가 있는지 여자가 앞장을 서고, 뒤에 선 남자는 팔을 길게 내뻗어 여자의 한쪽 어깨를 잡은 모양새로 걸었다.

좁은 계단 위에서 그들과 맞닥뜨렸을 때 그녀는 벽 쪽으로 몸을 바짝 붙이고 선 채 길을 내주었다. 그들은 무슨 노래인가를 나지막하게 흥얼거리고 있었다. 그녀 앞을 스쳐 갔으며 금세 계단 저 아래로 모습을 감추었다. 그러나 그들의 읊조림은 여전히 그녀 곁에 남아 있었다. 구불구불한 나선형 층계를 따라 올라온 메아리가 빈 벽의 모서리를 때리며 황홀한 저음으로 울려 퍼졌다.

그때의 느낌을 그녀는 지금도 무어라고 설명할 수 없다. 구석구석 취기가 퍼지고 머리꼭지까지 피가 확 몰려 온몸이 일시에 더워지는 것 같았다. 맑은 물 위에 일렁이는 영상처럼 숙이 언니의 모습이 눈앞에서 고스란히 피어났다. 불그죽죽한 눈시울, 그렁그렁 눈물이 고인 눈동자, 그녀의 손목을 잡아당기던 숙이 언니의 그 투박한 손길…….

숙이는 그녀네 집의 식모였다. 그녀가 초등학교 6학년이던 어느 봄날, 숙이는 그녀네 집으로 살러 왔다. 군데군데 허옇게 버짐이 핀 얼굴, 들쭉날쭉 엉성하게 자른 바가지 머리, 졸고 있는 것처럼 반쯤 내리감은 눈, 고무줄 통치마 밑으로 꼬챙이처럼 앙상한 두 다리……. 숙이를 처음 보았을 때 그녀는 가까이 다가가기도 싫었다. 처음에 숙이는 부엌일을 하나도 할 줄 몰랐다. 어머니는 숙이에게 부엌일을 하나하나 가르쳤다. 눈썰미가 제법 뛰어났던 숙이는 어깨 너머로 한 번 본 것은 그대로 흉내를 냈다.

1년, 2년…… 세월이 흐르는 동안 숙이는 하루가 다르게 변해 갔다. 복숭아 속살처럼 희고 뽀얀 얼굴에 짙은 속눈썹으로 둘러싸인 커다란 눈, 보기 좋게 부풀어 오른 가슴과 잘록한 허리, 검고 숱이 많은 머리칼……. 온몸에 건강한 아름다움이 넘쳐흘렀다. 그런 숙이를 보면 그녀는 이상하게 화가 치밀었다.

야, 너 이거 치워!

그녀는 언제나 숙이를 '야'라고 불렀다. 숙이는 그녀보다 두 살이나 더 많았지만 어른들 앞이 아니면 그녀는 절대로 숙이한테 언니라고 부르지 않았다. 그녀는 사사건건 참견하고 트집을 잡았다. 숙이는 그녀가 그러거나 말거나 개의치 않았다. 고자질도 할 줄 몰랐다. 그녀는 숙이의 그런 성격까지도 헐뜯기 일쑤였다. 우둔하다는 둥 겉 다르고 속 다르다는 둥……. 그 미움에 어떤 특별한 이유가 있는 건 아니었다. 그냥, 그냥 다 미웠다. 그녀는 숙이가 한가하게 앉아 누룽지를 먹는 것도, 마당에서 강아지를 어르만지며 노는 것도 꼴 보기 싫었다. 어머니가 숙이를 칭찬하거나 동생들이 누나 누나 하면서 따르는 걸 보면 심사가 마냥 뒤틀렸다. 어느 땐가 그녀는 어머니가 숙이에게 추석빔으로 사준 꽃무늬 원피스를 갈가리 찢어 개집 속에 처넣기까지 했다.

숙이에 대한 그녀의 기억들은 대충 이런 것이다. 돌아보면 스스로가 초라해지고 부끄러워지는 일들뿐인 것이다. 그러나 지금이라고 해서 더 나을 것도 없다. 허영과 자만으로 가득 차 세상일이 다

만만한 양 우쭐해 있던 그녀가 그나마 어섯눈이라도 뜨게 된 것은 우석과의 일로 인해서였다. 속된 말로 그녀는 그에게 차였다. 씁쓸한 기억 탓일까 으스스 몸이 떨려 온다. 온기가 남아 있는 물 컵을 손에 쥔 채 궁리를 한다. 그냥 갈까, 녹음을 계속할까…….

그때 누군가가 문을 두드린다.

누굴까. 그녀는 뚫어져라 문을 바라본다. 자신도 모르게 미간에 날이 선다. 경비원 노인일지도 몰라. 이 시간쯤이면 언제나 귀가 약간 어둡긴 하지만 꼬장꼬장한 그 노인네가 건물 안을 한 바퀴씩 돌았다. 노인은 그녀가 들어오고 나갈 때마다 항상 먼저 아는 척을 해주었다. 그런 생각을 하자 긴장이 조금 풀리는 듯하다. 그녀가 짧게 응답하자 스르르 문이 열리더니 30대 후반쯤 되어 보이는 한 남자가 모습을 드러낸다. 검은 안경을 쓰지 않은 그는 겉으로 볼 때 맹인 같지는 않다. 그러나 그는 문과 벽을 가볍게 쓰다듬으며 안쪽으로 들어선 후 그녀가 서 있는 쪽이 아닌 전혀 엉뚱한 방향에 대고 크지도 작지도 않은 목소리로 묻는다.

누구, 여기 계십니까?

그가 맹인이라는 걸 알아차렸음에도 그녀는 선뜻 나서지지가 않는다. 그냥 그 자리에 뻣뻣이 선 채로 대꾸한다.

네, 저 혼자 있습니다. 어떻게 오셨는데요?

그는 옆구리에 끼고 있던 자그마한 검은색 비닐 백을 앞으로 내민다. 대출해 간 녹음 도서라며 반납하려 한다고 덧붙였다. 그녀는 그 꾸러미에 메모를 써서 끼운 뒤 담당 직원의 책상 위에 놓아두고 그에게 말한다.

자, 됐습니다. 잘 전달했으니 걱정 마세요.

그 말을 다 듣고 나서도 그는 돌아설 기미가 없다. 주춤거리며 여전히 문 앞에 서 있던 그가 잠깐 사이를 두더니 어렵사리 입을 뗀다.

저어…… 물 한 잔 부탁할 수 있겠습니까?

아, 그거였군……. 그 말이 그토록 어려웠던가. 그녀는 그를 중앙의 테이블에 앉게 하고 물 컵을 챙기면서 그를 곁눈질한다. 군데군데 물무늬로 얼룩진 청회색 파카, 단이 젖은 코르덴 바지, 물기 먹은 그의 반곱슬머리가 차례로 눈에 들어온다. 덧기 없는 뺨과 허옇게 말라붙은 입술은 추위 속을 오래 헤매고 다녔음을 짐작케 한다. 다소 여윈 체구에 길쭘한 얼굴, 파리한 안색이 그를 더욱 추워 보이게 하는 건지도 알 수 없다. 그녀는 따뜻한 물이 담긴 머그잔을 그의 손에 살며시 쥐어 주며 묻는다.

밖에 비가 오나 보죠?

웬걸요, 눈이 내리는 걸요. 함박눈.

전혀 예상치 못했던 터라 그녀의 입에서는 탄성이 새어 나온다. 따뜻한 물 한 모금을 마시고 나자 그의 얼굴은 금세 눈에 띄게 밝아진다. 그녀는 의자를 꺼내어 그의 맞은편에 앉는다. 그가 묻는다.

눈 내린 지 한참 됐는데 모르셨어요?

네…… 안 보여서요.

그러자 그가 조심스러운 어조로 혹시 전맹이냐고 묻는다. 장님이냐고? 바깥 풍경이 안 보인다는 의미로 말했을 뿐인데……. 당황한 그녀는 무심히 고개를 젓다가 이내 그와 같은 행동이 그에게는 무의미하다는 걸 깨닫는다.

아뇨, 전 정상이에요.

무심코 뱉어 낸 말이다. 그러나 얼마나 한심하기 짝이 없는 말인가. 대체 무엇이 정상이고 무엇이 비정상이란 말인가. 그녀는 그만 혀를 깨물고 싶어진다. 아랫입술을 지그시 눌러 문 채로 그의 표정을 엿본다. 다행히 그는 노여워하는 기색 없이 물을 마시고 있을 뿐이다. 그녀는 미안함을 제 안에 감춘 채 부러 상냥하고 앳된 어조로 묻는다.

눈도 오는데 뭐 하러 이렇게 나오셨어요?

딴은 그 점이 궁금하기도 했다. 회원제인 이곳 녹음 도서실은 우편 대출을 하는 것으로 알고 있다. 대개의 시각 장애인들은 집에서 전화로 도서 대출을 신청하고 우편으로 전달받고 반납한다. 장애인 복지법에 의해 우편 비용은 전혀 들지 않는다. 그런데 이 궂은 날씨에 테이프 꾸러미를 들고 여기까지 온 이유가 무엇일까. 의아스럽지 않을 수 없었다.

눈이 와서요. ……그냥 눈을 맞고 싶었어요.

무어라고 섣불리 대꾸할 수가 없다. 싸락눈이 내리는 겨울 어스름 녘에 지팡이를 의지한 채 골목길을 걷는 맹인이라……. 이유 없이 가슴이 답답해진다. 마치 그녀 자신이 깊은 산중이나 혹은 심해 한가운데에 내동댕이쳐진 것처럼 막막한 기분마저 든다. 달포 전에 그녀는 학교 앞에서 우석과 그의 여자를 보았다. 그들은 아주 오래된 연인처럼 보였다. 우석은 새 연인의 어깨를 소중한 보물처럼 감싸 안은 채 걷고 있었다. 바로 얼마 전까지 그녀에게 그랬던 것처럼. 구부정한 자세로 종알대는 연인의 말에 귀 기울이던 우석은 고개를 뒤로 젖히며 호쾌하게 웃었다. 몇 년 동안이나 보아 온 너무도 익숙한 모습이었다. 그녀는 면도날에 스친 것처럼 온몸의 살갗이 다 쓰라리고 아팠다. 우석은 그녀의 눈길 따위는 전혀 의식하지 못했다. 새로운 연인에게 몰입해 있던 우석에게 그녀는 그저 거리에 넘치는 인파 속의 한 사람일 뿐이었다. 눈물도 나오지 않았다. 온몸의 피가 다 마르는 듯했고 그 자리에 서 있을 수도 엉덩이를 걸치고 앉아 있을 수도 없었다. 그날 그녀는 발길에 차이던 낙엽을 밟으며 지치도록 내리 걸었다.

사방 귀퉁이에 어스레한 그늘이 내려앉은 방 안은 좀 무겁고 어색한 기운이 감돈다. 네 귀퉁이를 떠받친 날카로운 모서리가 유독 또렷한 윤곽으로 다가온다. 그녀는 맞은편의 그를 지그시 바라본다. 그 또한 무슨 생각에 빠져 있는지 말이 없다. 잠시 후 그가 테이블 위에 두 손을 올리더니 깍지를 끼어 맞잡는다. 그러고는 가라앉은 침전물을 조심스럽게 휘젓듯 천천히 입을 뗀다.

어젯밤에 전…… 입영 영장 받는 꿈을 꾸었어요. 후후, 우습지 않아요? 꿈속에서 나는, 이상하다, 난 이미 군대 갔다 왔는데…… 그래서 어디로 어디로 계속 쫓아다니면서 뭔가 잘못되었다고, 나는 이미 군대를 갔다 왔다고 하소연을 했어요. 근데 아무도 그걸 믿지 않는 거예요. 너무나 안타까워서 가슴이 터질 것 같았어요. 깨고 나서 생각하니까 정말 우습데요. ……눈만 멀쩡해진다면 그깟 군대 생활, 3년이 아니라 10년인들 못하랴 싶은 게……. 근데도 꿈속에서는 그렇게 억울할 수가 없었어요.

꿈을……자주 꾸나 보죠?

꿈꾸는 걸…… 좋아해요. 꿈속에선 모든 게…… 보이니까요.

뒤통수를 한 대 되게 얻어맞은 느낌이다. 그녀는 이제껏 단 한 번도 그런 걸 생각해 본 적이 없다. 맹인이 꿈을 꾸는지 안 꾸는지, 비록 현실을 볼 수 없는 처지여도 꿈속에선 볼 수가 있는지, 그런 건 전혀 관심 밖의 일이었다. 왠지 부끄럽고 조금 미안해진다. 그녀는 앞에 놓인 자신의 물 컵을 끌어당겨 양손으로 감싸 쥐고 물을 한 모금 머금는다. 물을 넘기기가 유난히 힘들다. 목이 꽉 죄는 느낌이다.

그는 느릿느릿 말을 잇는다. 부끄러움을 많이 타는 소년처럼 겸연쩍은 표정이다. 둥글고 커다란 두 눈을 끔벅거리기도 한다.

꿈속에서는 정상이었을 때처럼 농구를 하고 자전거도 타고 여행을 떠나기도 합니다. 늦여름 오후의 뭉게구름, 눈부시게 쏟아지는 햇살, 눈앞에서 출렁대는 시퍼런 바다, 선홍빛으로 물든 노을 진 들녘…… 그런 것들이 눈에 선합니다. 잠들기 전에는 꿈속에서 그런 것들을 다시 보게 되었으면 하는 바람으로 설레기까지 한답니다.

그녀는 그의 얼굴을 물끄러미 바라본다. 그는 말을 하고 싶어서, 아니 자신의 이야기를 들어 줄 사람을 찾아 저물 녘에 눈보라 속을 헤집고 다녔던 게 아닐까. 그의 초점 없는 두 눈, 블랙 사파이어 같은 눈동자 속에 불빛 한 점이 별처럼 반짝인다. 그녀는 왠지 그가 자신의 형상을 낱낱이 보는 듯한 착각에 사로잡힌다. 언제였던가, 골목에서 그녀와 마주친 숙이의 오라비처럼.

숙이에게는 친오라비가 하나 있었다. 그는 키가 작은 편은 아니었는데 깡마르고 얼굴이 길었으며 하관이 빨았다. 이마에는 굵은 주름이 서너 줄 패어 있고, 이마 한가운데의 새까만 제비초리가 좀 특이했으며, 좁다랗게 찢어진 세모꼴의 눈은 날카로웠다. 그는 1년에 서너 번쯤 자기 동생을 만나러 왔다. 야 이 썩을 년아, 니는 언제까지 넘의 집 식모살이만 할래? 그는 올 때마다 공장에 시다로 취직을 시켜 주겠다며 숙이를 꼬드겼고 한참을 그런 식으로 으르고 꺼불대다가 갈 때는 숙이의 돈을 있는 대로 죄 뜯어 갔다. 아니, 뜯어 갔다는 말은 옳지 않다. 돈이라든가 통장 따위에는 도무지 관심조차 없는 숙이가 처음부터 선선히 내주었던 것이다.

그날 그녀는 학교에서 돌아오는 길이었다. 골목 어귀를 막 접어들었을 때 저만치에서 한 남자가 걸어오는 게 보였다. 그는 그즈음

숨어 있는 눈 163

한창 유행하던 허리띠를 매지 않으며 골반이 꽉 끼도록 지어진 녹두 색의 바지를 입고 있었다. 점퍼는 벗어서 한쪽 손아귀에 쥔 채로 어깨에 척 걸쳤으며 양어깨에 있는 대로 힘을 주고는 비딱한 갈지자로 거들먹거리며 걷고 있었다. 대여섯 걸음을 앞두고서야 그녀는 그가 바로 숙이의 오라비라는 걸 알아차렸다. 가슴이 덜컥 내려앉았다. 고개를 푹 숙이고 눈을 내리깔았다. 시치미를 뚝 떼고 지나갈 속셈이었다.

너가 요집 주인 딸내미지?

앞을 가로막은 녹두 색 바지가 깐죽거리는 투로 물었다. 별수 없이 그를 힐끔 쳐다보고는 뻣뻣하게 선 채로 고개를 한 번 까딱했다. 그는 여고 교복 차림의 그녀를 위아래로 한번 쓱 훑어보았다. 입을 꾹 다문 채 고개를 외로 꼬고는 빤히 쳐다보는 그 세모꼴의 눈초리는 필시 무언가를 궁리하는 양 같았다. 그녀는 긴장했다. 가방을 모아 쥔 손에 땀이 배었다. 그런데 그의 입에서 흘러나오는 말은 전혀 뜻밖이었다.

너가…… 우리 숙이한티 고렇게 잘해 준담서?

잠시 헷갈렸다. 잘못 들은 게 아닌가 싶었다.

나가 우리 숙이한티 잘은 못하지만 갸가 으떻게 지내는가는 다 알재. 니 이름이……?

당황한 그녀는 제 이름을 말하면서 더듬기까지 했다.

어 그려, 채원이…… 니, 우리 숙이 잘 좀 부탁헌다 잉.

그 말을 하고 나서 무슨 말인가를 더 할 것처럼 빤히 그녀의 얼굴을 쳐다보던 그가 그녀의 한쪽 어깨를 슬쩍 밀고는 뚜벅뚜벅 걷기 시작했다. 그의 발소리가 그녀의 등 뒤에서 시나브로 멀어져 갔다. 그게 다였다. 그녀가 그와의 대면에서 어떤 특별한 일이 있었던 건 결코 아니었다. 그런데 참 알 수 없는 일이었다. 그와의 그 짧은 대면 이후 그녀는 숙이가 전처럼 만만해 보이지 않았다. 숙이를 계집종처럼 부려 먹다가도, 별 대수롭지 않은 일을 트집 잡아 패악을 떨다가도, 그녀는 골목길에서 맞닥뜨린 그 오라비를 떠올리게 되었다. 그가 보였다. 숙이의 뒤에 떡 버티고 서서 이편을 노려보는 그 세모꼴의 눈……. 피붙이. 혈육의 정이 엉겨 붙어 끈끈함을 연상케 하는 그 단어를 생각할 때마다 그녀는 왠지 숙이의 오라비가 떠올랐다.

그 말은…… 상당히 의외군요. 저는 그런 것들보다…… 가족, 네, 그래요, 식구들이 제일 보고 싶을 것 같은데요?

꼭 그렇지만은 않아요. 그들의 목소리는 늘 들을 수 있으니까요.

목소리…… 목소리요?

네, 목소리를 들으면 표정이 다 읽히거든요. 이 사람이 화가 났구나, 기분이 좋구나, 몹시 슬프구나…… 그렇지만…… 기차를 타고 갈 때 차창 밖으로 펼쳐지던 한가로운 농촌 풍경들, 군대 시절 불침번을 설 때면 금방이라도 우박처럼 내 머리 위로 후두둑후두둑 쏟아질 것만 같던 별들……. 그래요, 달, 나무, 숲, 안개, 눈 내리는 풍경…… 사실은 그런 것들이 가족이나 친구보다 더 보고 싶어요. 내 기억 속에서 그 영상들은 점점 더 희미해져 갑니다. 아마 그래서 더욱 간절해지는 건지도 모르지요.

실례지만 눈은……?

평온했던 그의 얼굴에 가벼운 체념의 빛이 스쳐 지나간다.

……포도막염으로 중도 실명했습니다.

제대 후 대학에 복학한 그는 마지막 학기라 정신없이 바빴다. 취업 준비로 여념이 없던 그 무렵의 어느 날 갑자기 눈이 부시고 사물이 뿌옇게 보이며 통증이 시작되었다. 병원에서는 원인을 알 수 없는 내인성이라고 했고, 정밀 검사 후 치료를 받았지만 결과는 참담했다. 주치의가 예견한 대로 서서히 시력 장애가 왔다. 세상은 날마다 안개 낀 날씨처럼 흐려지고, 불빛 주위에 달무리 현상이 보였다. 시야가 좁아지다가 일부가 아예 보이지 않기도 했다. 처음에는 활자 읽기가 불편한 정도의 약시 상태였다. 얼마 후 1미터쯤 떨어져 있는 사람의 손가락 움직임 정도는 알아볼 수 있는 지수 상태가 지속되었다가, 빛의 유무를 느끼는 정도의 시력인 광각 상태가 되었다. 그리고 어느 순간엔가 눈앞에서 어렴풋한 빛조차도 영영 사라져 버렸다.

그녀는 저도 모르게 목소리를 높여 묻는다.

아니, 뭐 듣자니 요즘은 개안 수술로 시력을 되찾는 경우도 많다고 하던데요?

그는 입술을 꾹 다문 채 먹먹한 표정을 지어 보인다. 그러다가 대꾸 없이 고개를 저을 뿐이다. 그녀는 이곳 복지관에서 녹음 낭송법을 배우기 전에 소위 '맹인 체험'이라는 것을 한 적이 있다. 검은 천으로 된 띠로 두 눈을 가리고 가짜 맹인이 되어 보는 것이었다. 앞이 안 보이는 상태도 길을 걸을 때 그녀의 한 가닥 알량한 이성은 어디론가 사라지고 그녀의 모든 감각은 완전히 마비되었다. 뻔한 길을 걷고 있음에도 어디쯤인지 얼마만큼 걸어왔는지, 도무지 감을 잡을 수 없었다. 안내자가 곁에 있었지만 그조차 믿을 수가 없었다. 엉덩이는 자꾸만 뒤로 빠지고 발이 안 떨어졌다. 한 치 앞이 다 허방일 것 같았다. 계단 앞에서 그녀는 달달 떨었다. 안내자가 손을 잡아 주지 않는 한 그녀는 한 발짝도 뗄 수 없었다. 무서웠다. 그녀에게 보이지 않는 세계는 지옥이었다. 곳곳에 천길 낭떠러지가 숨어 있는 나락이었다.

그도 한때는 그러했으리라. 상념에 빠져 있던 그녀가 애써 밝은 어조로 묻는다.

혹시 연극을 보신 적이 있나요?

그는 입가에 미소를 머금은 채로 네, 하고 대답한다.

언젠가 시각 장애인을 위한 연극을 공연한다는 신문 기사를 읽은 적이 있어요. 저는 그게 참 궁금했어요. 어떻게…… 시각 장애인이 연극을 볼 수 있지요?

그녀 스스로도 참 당돌한 질문이다 싶다. 맹인에게 그런 질문을 천연덕스럽게 던지고 있는 자신이 경망스럽게 느껴진다. 그는 빙긋이 웃는다. 얼굴 가득 퍼지는 미소를 보는 순간 그녀는 자신의 물음이 그의 심기를 불편하게 했을지도 모른다는 의구심을 떨쳐 버린다.

듣고, 느끼지요. 대사를 듣고, 음악을 듣고, 상황을 느끼고…… 누군가가 설명을 해주기도 하구요. 저는…… 그림을 보러 가는 것도 좋아한답니다. 물론 이때도 해설자가 있어야겠지만요.

눈앞에 그가 서 있다. 화랑 안이다. 그녀는 그의 옆에 나란히 선다. 이러한 상상은 다소 감상적인 치기일까. 아무래도 좋다. 그녀는 그에게 속삭인다. 그림 한가운데에 아기를 업은 한 소녀가 있어요. 소녀는 정강이까지 내려오는 검은 치마를 입었고 까만 고무신을 신었어요. 흰 처네로 아기를 업었는데, 검은 통치맛자락을 거의 덮을 만큼 치렁합니다. 소녀의 흰 저고리 어깨 위로 등에 업은 아기의 까만 머리랑 이마가 아주 조금 보여요. 이마를 가린 짧은 단발머리 소녀는 눈을 감고 있어요. 무슨 생각을 하는지, 소녀의 얼굴은 그지없이 평온하고 고요해 보인답니다. 미리 양해를 구해 놓았으니 그림을 살짝 만져 보시겠어요?

그는 그림의 표면에 손끝을 대고 스치는 듯 마는 듯 가볍게 쓰다듬어 본다.

시력을 잃고 나서도 얼마 동안은 점자를 일부러 안 배웠어요. 결국은 배워야 했지만……. 처음으로 점자를 읽었을 때의 느낌이 아직도 생생해요. 손바닥은 물론 온몸이 간질간질해서 금방이라도 재채기가 터져 나올 것만 같았지요.

그녀 안에서 길고 뜨거운 속숨이 터져 나온다. 10년, 혹은 그 이상의 세월이 지나면 누구나 자신의 불행과 불운에 대해 이처럼 의연하고 담담해질 수 있는 걸까. 푸르스름한 형광등 불빛이 까무룩하게 흐려지고 짙은 녹색 카펫이 깔린 방 안이 땅속으로 깊숙이 꺼져 드는 것만 같다. 생면부지인 자신 앞에 느닷없이 나타나 이런 말을 전혀 아무렇지도 않게 꺼낼 수 있는 그. 그녀는 맞은편에 앉은 그의 존재가 문득 초현실적으로 느껴진다. 그와 동시에 기억의 물밑에 가라앉아 있던 얼굴 하나가 넘실넘실 수면 위로 올라온다. 병원 뒷마당에 시름하니 서 있던 숙이. 그녀의 커다란 눈망울, 그렁그렁 괴어 있던 눈물까지도 생생하게 떠오른다.

그녀가 대학에 입학한 해의 늦가을에 숙이의 오라비가 사고를 당했다. 만취한 채로 오토바이를 타고 가다가 벼랑 아래로 구른 것이다. 사고 소식 후 숙이는 곧바로 제 오라비에게로 달려갔다. 그녀는 어머니의 성화에 못 이겨 딱 한 번 위문차 숙이를 보러 갔다. 병실로 들어서던 그녀는 놀라 뒷걸음질했다. 환자는 얼굴과 온몸에 붕대를 감고 있었다. 그는 석 달째 의식 불명 상태였다. 언제 깨어날지 아니, 과연 깨어날 수 있을지조차 알 수 없었다. 그녀는 잠시 멀뚱하니 서 있다가 하는 둥 마는 둥 인사를 마치고서 도망치듯이 그 자리에서 빠져나왔다. 얼마쯤 그렇게 가고 있는데 누가 뒤에서 그녀를 불렀다.

숙이였다. 숙이가 한걸음에 다가와 그녀의 손을 끌어당겼다. 그녀는 숙이의 투박하고 따뜻한 손길을 머쓱해하며 제 손을 숙이에게 내준 채로 서 있었다. 그날따라 숙이는 어딘가 낯설어 보였다. 한지붕 아래 몇 년 동안 노상 보아 왔던 그 얼굴이 아니었다. 달덩이처럼 동그랗고 뽀얗던 얼굴, 어수룩해 보일 만큼 천진하던 표정은 흔적이 없고, 짙은 속눈썹으로 그늘진 눈동자 속에는 온갖 수심이 가득했다. 그 눈동자에는 이내 습한 기운이 스며들었다. 축축하게 젖어 들던 숙이의 눈자위는 가을 햇살 속의 단풍만큼이나 붉었다.

그것이 그녀가 본 숙이의 마지막 모습이다. 얼마 후에 그 오라비가 의식을 회복했다는 소식을 들었다. 그러나 불행히도 그는 앞을 전혀 볼 수 없게 되었다고 했다. 오래지 않아 숙이는 그 눈먼 오라비와 함께 먼 일가붙이가 살고 있는 전라도의 어느 촌으로 내려갔다. 그 후로 그녀는 더 이상 숙이의 소식을 듣지 못했다.

그와 나란히 녹음실을 나선다. 사무실 앞에서 기역 자로 꺾인 복도는 여느 때와 달리 전등이 켜져 있지 않다. 창밖에서 흘러드는 보안등 불빛 덕에 가까스로 물체를 어렴풋이 알아차릴 수 있을 뿐이다. 복도 끝의 철문을 지나 계단이 시작되는 지점에 이르자 바닥에 깔린 고무 깔판이 희미하게 보인다. 노란색의 울룩불룩한 이 고무 깔판은 주로 엘리베이터 앞이나 화장실 입구 등에 깔려 있다.

계단인데 어두워서 실은 저도 잘 안 보이거든요.

그래요? 그럼 우린 정말 눈에 뵈는 게 없는 사람들이네요.

그의 말에 그녀는 소리 내어 웃는다. 이 사람의 몸 어느 구석에 이런 힘이 고여 있는 것일까. 세상의 그 모든 날카로운 모서리를 제 안에서 아픈 줄 모르고 깎아 내어 넉넉하게 헤아려 품을 줄 아는 지혜와 여유는 대체 어디서 생겨나는 것일까. 그녀는 어둠 속에서 그에게 손을 내민다. 그에게 자신의 한쪽 팔꿈치께를 잡게 한 후 휠체어 리프트 버팀대를 의지한 채 계단을 내려가기 시작한다. 걸음을 떼어 놓을 때마다 조릿조릿하다. 발을 잘못 딛기라도 한다면? 계단 턱에 하이힐 뒤축이 걸리기라도 한다면? 두말할 필요 없다. 누가 먼저랄 것도 없이 두 사람은 한데 엉겨 붙은 채 계단 저 아래로 곤두박질치게 될 것이다.

눈은 그쳐 있다. 경비원 노인은 눈을 쓰느라고 그들이 나오는 것도 보지 못한다. 사방 천지가 눈부시다. 바람은 스복이 눈 덮인 청솔 그늘 밑에서 잠을 자는지 미동조차 없다. 눈 내린 밤거리는 푸근한 느낌마저 준다. 그녀가 집 앞까지 태워다 주겠다고 하자 그는 손사래를 저으며 활달하게 말한다.

걱정 말아요, 초행길 아니에요. 길눈도 밝은 편이라구요.

그냥 이렇게 헤어질 수도 있다. 그렇지만…… 그렇지만 무어라고 한마디 정도는 해야 할 것만 같다. 그런데 무슨 말을 해야 할지……. 그녀는 머뭇머뭇 다가가 그의 한쪽 손을 잡는다. 그는 반

숨어 있는 눈

갑게 그녀의 두 손을 맞잡는다. 마치 기다리고 있었던 것처럼. 그의 손은 의외로 작고 부드럽다. 그는 그녀의 손을 꼭 잡은 채로 두어 번 가볍게 흔든다. 말이 필요치 않다. 이윽고 악수를 풀기 위해 그녀가 손을 빼려고 했을 때, 빠져나가려던 손을 그가 돌연 꽉 그러쥔다. 결코 놓아주지 않겠다는 듯이. 순간 그 고집스러움과 완력이 그녀의 어깻죽지로까지 죽 뻗쳐 온다. 쭈뼛하다. 그의 얼굴을 들여다본다. 낯설다. 이제까지의 그가 아닌 전혀 다른 사람 같다. 딱히 무엇이라고 단정 지을 수 없는 복잡 미묘한 감정이 그녀 안의 저 깊은 곳에서 뭉클뭉클 솟구쳐 올라온다. 놀라움, 생소함, 두려움, 부끄러움…….

 그는 그녀의 손바닥 중앙과 엄지의 뿌리가 박힌 반바닥의 도톰한 살을 쓸어내리듯 어루만진다. 그녀는 꼼짝할 수가 없다. 숨조차 크게 내쉴 수가 없다. 그에게 한쪽 손을 잡힌 채로 그의 얼굴을 뚫어지게 바라볼 뿐이다. 두 눈을 지그시 감은 그. 다소 창백해 보이는 낯빛, 턱 언저리에 거뭇거뭇한 수염, 패인 듯이 푹 꺼진 눈두덩……. 눈 덮인 나뭇가지 사이, 외등의 푸른 불빛 아래 드러난 그의 얼굴은 이를 데 없이 평온하다. 그는 무언가에 완전히 골몰한 상태다. 이따금 보일 듯 말 듯 미간을 찌푸리기도 한다. 모든 살아 있는 것들이 죽은 듯이 호흡을 멈추었다. 흐르던 시간도 정지한다. 그가 그녀를 본다. 그녀의 마음을 읽는다. 모든 감각을 열어 놓고, 그의 방식대로, 그의 보이지 않는 또 다른 눈으로 그녀를 낱낱이 보고 있다. 그녀 안에 가득 찬 혼란과 떨림, 그것마저도 꿰뚫고 있는 느낌이다.

우석에게서 헤어지자는 말을 들었을 때 그녀는 마냥 혼란스러웠다. 그런 말을 아무렇지도 않게 던질 수 있는 그는 그녀가 지난 3년간 보아 왔던 우석이 아니었다. 네가 나를 안다고? 후후…… 잘못 보았겠지. 그녀는 우석이 냉소와 함께 남긴 그 말을 오래오래 곱씹었다. 그녀는 과연 그의 무엇을 보아 왔던 걸까. 우석에 대해 속속들이 다 알고 있다고 생각했지만 어쩌면 그녀는 그의 허상만을 보았던 건지도 몰랐다. 잠시 눈이 멀었던 것일까, 아니면 내면의 심안이 없는 탓일까. 그녀는 말할 수 없이 씁쓸했다.

그가 자연스럽게 악수를 풀 때 그녀가 호기심 어린 표정으로 묻는다.

다음에 만나면 저를 기억하실 수 있겠어요?

물론이죠. 목소리를 아니까요.

비슷한 목소리도 많을 텐데요?

네, 그렇지만 맹인더러 연극을 봤냐고 묻는 목소리는 흔치 않지요.

그녀의 얼굴에 살짝 홍조가 스친다. 그가 큼지막한 외투 주머니에서 짧게 접어놓은 맹인용 지팡이를 꺼내 가볍게 흔든다. 지팡이는 곧 아래로 죽죽 기다랗게 펼쳐진다. 막 걸음을 떼어 놓으려던 그가 그녀 쪽을 향해 한마디를 던진다.

실은, 제가 아까 말하지 않은 게 하나 있는데요…….

그녀는 눈을 둥그렇게 뜨고는 그의 말이 이어지기만을 기다린다.
전 탁구도 아주 잘 친답니다.

그 말을 하며 그는 유쾌하게 웃어 젖힌다. 그러고는 뚜벅뚜벅 걷기 시작한다. 허리를 곧추세우고 어깨를 반듯하게 편 그의 뒷모습은 당당해 보인다. 그녀는 손나팔을 만들어 저만치 앞서 가는 그의 등에 대고 소리친다.

저도 탁구라면 자신 있어요! 언제 한판 붙어 볼까요?

그는 내리 걸어가면서 고개를 아주 크게 끄덕인다. 그의 뒷모습이 점차 작아진다. 야트막한 콘크리트 담 모퉁이를 경계로 한순간에 사라져 버린다. 주위를 돌아본다. 아무도 없다. 두껍고 낮게 깔린 암청색의 밤하늘, 불이 꺼진 고층 빌딩, 멀리 번들거리는 차도, 천천히 미끄러져 가는 자동차, 잔뜩 움츠린 채 눈길을 걷는 한두 사람의 행인……. 눈 내린 도심의 야경은 온갖 소음이 다 날아가 버린 것처럼 적막하다. 멍하다. 그를 만난 것, 그와 이야기를 나누었던 것이 마치 꿈속의 일처럼 아득하다. 손바닥을 들여다본다. 그의 악력이 생생하다. 한기가 몰려든다. 뻣뻣하게 곱은 두 손에 입김을 쏘인다. 입김이 하얗게 부서진다.

주차장 쪽을 향해 걸음을 옮기기 시작한다. 붉은 벽돌 건물의 모서리를 돌자 바람 한 줄기가 쏟아진다. 그녀에게로 사납게 덤벼든다. 얼어붙은 볼에 머리카락이 채찍처럼 휘감긴다. 얼굴이, 목덜미가 간지럽다. 온몸 구석구석에 밀려오는 이 간지러운 기운에 금방이라도 매운 재채기가 쏟아질 것만 같다. 손이 닿지 않는 몸의 저 깊숙한 안쪽이 간지러운 느낌……. 그녀의 몸속 어딘가에 숨어 있던 눈이 비로소 깊은 잠에서 깨어나고 있다.

요트 하우스

2025년 봄, 취임식을 마친 대통령은 기자 회견을 가졌다.

그 장면을 시청하던 인석은 하필 손님이 데리고 온 아기가 똥을 싸는 바람에 중간 부분을 놓쳤으나 별로 특기할 만한 내용은 없었다. 열두 권의 시집을 냈고, 선거 기간 중 열정적인 후보 연설로 인기를 모았던 갓 마흔 살의 대통령이 회견에 앞서 국민에게 전한 특별 메시지는 다소 이례적이라고 할 수 있었다.

메시지는 다음의 두 가지로 요약할 수 있었다.

첫째 통 큰 국민이 되자, 둘째 천년 후를 꿈꾸며 살자.

시인 대통령은 연설문을 직접 쓰는 것으로 알려져 있다. 통이 큰 국민이 되려면 어떻게 해야 하나. 대통령이 말하고자 하는 의도는 짐작하겠으나 그와 같은 메시지가 향후 어떤 파장을 일으킬지 우려되는 바가 없지 않았다. 어쩌면 다음과 같은 일이 벌어질 수도 있을 것이다.

할 일이 없어서 하품을 깨물던 의회의 각료들은 비상 회의를 소집할 것이다. 그들은 어떻게 하면 대통령의 그와 같은 메시지를 '퍼펙트하게' 수용할 수 있을까 하고 머리를 맞댄 채 고민한다. 그리고 보다 구체적인 의견들을 제시한다. 머리는 나쁘고 목소리만 큰 의원 하나가 이참에 동전을 싹 없애자고 외친다.

「구질구질하고 쩨쩨하게 동전이 뭡니까.」

「맞아요. 돈을 팍팍 잘 써야 경제도 살아납니다.」

「동전 하나 만드는 데 드는 비용이 동전의 몇 배나 되는지 아세요?」

「그래요, 동전이란 그저 애물단지일 뿐이에요.」

때마침 졸다가 깬 의원 하나가 정색을 하고 묻는다.

「아니, 동전이라뇨? 아직도 그런 걸 쓰는 사람이 있나요?」

그의 물음에 다들 확신이 안 서는 듯 긴가민가하는 표정을 짓는다. 그럴 수밖에 없는 것이, 전자 화폐 상용화에 이어 몇 년 전부터 개인 코드가 입력된 자기 화폐 시스템을 사용하고 있기에 그들은 지난 십수 년간 동전을 사용하기는커녕 만져 본 적도 없었기 때문이다.

「아무튼 난 이거야말로 가장 건설적이고 창의적이며 또 혁신적인 의견이라고 생각합니다!」

누군가 헛기침과 함께 자신 있는 목소리로 외친다. 의원들은 만족감과 자긍심 어린 표정으로 다시 머리를 맞대고서 천년 후의 조국과 민족을 위해 실천할 수 있는 일들을 궁리하기 시작한다. 무릇 정치가들이란 이런 사람들이다. 입으로는 거대 담론을 떠들면서도 자다가 봉창 두드리거나 밤새도록 울다가 누가 죽었냐고 묻는 사람들. 그러나 어쨌든 동전 몰아내기야말로 대통령의 메시지를 구체화하는 것으로써 그들이 가장 먼저 추진하게 될지도 모르는 일이다.

인석은 '뉴로보틱스 로봇' 제작사의 요리 로봇 설계 담당자이다. 그는 주어진 일과를 마치고 회사 로비의 자동 회전문을 나서는 순간 산만하고 어지러운 꿈에서 깨어나는 듯한 기분에 사로잡혔다. 낯설지 않은 느낌이다. 그는 빙그르르 돌아가는 자동 회전둔의 통유리 부스에 선 채로 자신은 지금 서서히 최면의 세계 속으로 빠져들고 있는 것일까 아니면 최면에서 벗어나고 있는 것일까를 생각했다. 이어 그는 더 진지하게 고민했다. 사람은 꿈꾸기 위해서 사는 것일까 살기 위해서 꿈꾸는 것일까. 그쯤에서 그는 더 이상의 깊은 사색에 빠져 들지 않으려고 애썼다. 직장에서 그를 정기 검진하는 의사는 그가 지나친 슬픔이나 상심으로 인해 호르몬의 균형이 깨질 수 있음을 우려했고 그럴 때에 복용할 항우울제를 처방해 주기도 했다.

하지만 집으로 돌아가는 동안 그는 최면이라든가 회전문 따위를 깨끗이 잊을 수 있었다. 주택들이 점차 도시의 외곽으로 빠져나가면서 스프롤 현상이 심해지고 출퇴근병을 호소하는 이들이 많아지자 몇 년 전부터 시에서는 선상 주택을 권장하기 시작했다. 그도 그 무렵에 직장 융자를 이용해 별장형 요트 하우스를 마련했다. 출근할 때 강가에 정박해 둔 자신의 요트가 보이자 그의 걸음은 빨라졌다.

태양이 서서히 강물 위로 떨어지고 있었다. 통째로 눈에 넣어도 아프지 않을 만큼 따뜻하고 부드러운 햇살이 수면 위에 엷고 짙은 다홍빛을 드리웠다. 다홍빛의 물결은 바람 끝에 잔잔히 일렁거렸다. 그는 눈을 감은 채로 강물을 다 빨아들일 것처럼 숨을 크게 들이마셨다. 도도한 강의 흐름, 산 너머 바다 건너에서 불어오는 바람, 그 바람에 배어 있는 익숙한 강물 냄새가 그를 편안하게 했다. 마침내 저녁 해가 풍덩 빠지자 강물은 온통 선홍 빛으로 물들었다.

도심을 가로지르는 드넓은 강의 한가운데에 서 있는 호화 플로토미니엄은 어디서든 한눈에 들어올 정도로 우뚝하다. 생활필수품을 파는 24시간 숍보트는 오색 불빛이 찬란하고 순찰 경비선은 마치 물위를 나는 새처럼 빠르게 요트 하우스들 사이를 지나고 있다. 자신의 요트 하우스 앞에 거의 다다랐을 때 그는 스마트폰을 꺼내 요트 내부와 연결된 버튼을 눌렀다. 곧 그의 아내와 사랑스러운 두 아이들 마이클과 은지가 달려 나왔다. 그는 두 팔을 활짝 벌려 그들을 부둥켜안았다.

내 집 내 가족!

가족 중 누군가가 들어오고 나갈 때는 모두 나와서 맞이하고 배웅을 한다. 결혼 전 그가 아내에게 반드시 지켜 주기를 요구한 단 하나의 조건이었다. 그에게 가족이란 바로 그런 정경으로 상징되는 것이기 때문이었다. 그것은 학창 시절 단짝 친구의 집에 놀러 갔다가 친구 아버지의 귀가 장면을 목격한 이후 그가 꿈꾸어 온 가족의 모습이기도 했다. 친구의 아버지는 가족들의 배웅이 출근길 교통사고의 비율을 현저히 줄였다는 통계를 신앙처럼 받아들였고, 이 사소한 전통이 자기들의 가정을 굳게 지켜 주는 거라고 맹신하고 있었다. 친구의 집은 퍽 행복해 보였다.

　가족……. 그는 그 말을 세상에서 가장 사랑한다. 단지 상상에 불과하지만 그것은 따뜻한 물속에서 둥그렇게 몸을 만 채로 손가락을 빨며 순하디 순한 꿈을 키워 온 열 달 동안의 평화를 떠올리게 한다. 일곱 살 이후 그에게 가족이란 말은 그리움과 동의어였다. 지금도 깨어 있는 한 그의 의식은 냉동 배아라든가 수정 실험실이라든가 줄기 세포보다는 자궁이라든가 탯줄이라든가 부모라는 말에 반응한다.

　그는 아내의 차가운 뺨에 입을 맞추며 말했다.

　「당신, 오늘 기분이 무척 좋아 보이는데…….」

　「네, 아주 아주 좋아요.」

　아내는 수줍은 듯 웃으며 대꾸했다.

　「무슨 좋은 일이라도 있어?」

「갤러리에서 연락이 왔어요. 인도 전시회 일정이 잡혔대요.」

「와, 이거 정말 기쁜 소식이군.」

「이번 전시회의 컨셉은 희망이에요. 제 희망 시리즈를 모두 발표할 생각이에요.」

식사에 앞서 그는 와인 잔을 치켜들고서 기분 좋게 외쳤다.

「자, 당신의 희망 시리즈를 위해서!」

두 개의 잔이 공중에서 맑은 소리를 내며 부딪쳤다. 그는 와인을 한 모금 입에 머금은 채로 창 너머를 응시했다. 점차 어두워지기 시작하면서 하늘과 강의 경계가 조금씩 허물어져 가고 있었다. 띄엄띄엄 떨어져 있는 개인 주택 요트들과 멀리 주유소와 정비소 역할을 하는 구급선에서 떨어지는 선명한 불빛들로 강물은 마치 보석을 빠뜨린 술잔 같았다. 술잔 속에서 에메랄드와 루비와 황금빛 호박이 흔들린다. 활짝 열어 놓은 창으로 실바람이 흘러들었다. 한참 만에 뒤를 돌아보니 아내는 건배를 하던 자세 그대로 마치 마네킹처럼 서 있었다.

저녁 식사의 메인 메뉴는 제프가 인도네시아의 템페를 응용해서 만든 특별 요리였다. 어제저녁 특유의 향을 풍기던 열대풍 볶음밥을 떠올리면서 그는 들뜬 표정으로 얼른 포크를 집어 들었으나 다른 식구들은 요리를 눈으로 탐색하고 있었다.

「으음 맛이 괜찮은걸. 잘했어, 제프.」

그가 만족스러운 미소를 띠자 마이클이 장난꾸러기처럼 엄지손가락을 치켜들며 큰 목소리로 말했다.

「제프, 정말 짱이야!」

제프는 겸손하게 말했다.

「단지 재료감 좋았을 뿐이에용.」

마이클과 은지는 키득거리며 웃었다. 로봇의 쇳소리에 가까운 기계 음이 싫어서 얼마 전에 그는 제프의 언어 프로그래밍을 약간 손보았다. 그 뒤 제프는 이응 받침을 남발했다. 처음 얼마간 아이들은 발을 구르며 웃었고 제프의 말투를 흉내 내기도 했다.

식탁 앞에 다소곳이 앉아 있던 그의 아내가 그를 쳐다보며 갈했다. 「요리할 때 제프는 실험실의 과학자 같아요. 게다가 최상급 재료를 찾아내는 데에도 선수예요. 재료를 검색하고 주문을 마치는 데까지 불과 15초? 훌륭해요.」

모든 것은 프로그램의 힘이다. 제프의 지극히 겸손한 응답 또한 입력된 것일 뿐이다. 토봇은 어디까지나 로봇일 뿐. 요구에 의해 시계를 정확히 읽어 줄 수는 있지만 시간의 개념은 전혀 알지 못한다. 주문에 의해 최상의 요리를 만들어 낼 수는 있지만 그것이 어떤 맛인지 짐작조차 하지 못한다. 그래도 누군가가 제프를 칭찬하면 그는 기분이 좋다. 요리사 로봇 제프는 유모 로봇 다웃과이어 다음으로 개발된 그의 회사 신제품이며 그가 책임 연구원이기 때문이다.

몸에 파스처럼 붙이는 식량이 개발되어 나올 즈음만 해도 사람들은 만들기에 복잡하고 보관하기 어렵고 휴대하기가 힘든 음식은 점차 사라지고 결국은 초간단에 초간편 휴대용 음식만 남게 되지 않을까 점치기도 했다. 전혀 빗나간 예상이었다. 콜라만 해도 수백 종류다. 얼마 전에 S시로 출장을 갔던 그는 음식 백화점의 라면 전문점에 들렀다. 그 가게의 라면 종류는 만 가지가 넘었다. 닭 뼈와 돼지 뼈와 소뼈를 우린 뼈 국물의 종류에 따라, 국물의 농도에 따라, 가게에서 직접 뽑아낸 면발의 굵기와 익힌 정도에 따라, 차슈나 새우, 홍합 등 수십 가지 고명의 종류와 양의 정도에 따라, 이 가게의 비법 양념을 어느 정도 넣느냐에 따라, 마늘과 파를 각각 넣느냐 안 넣느냐에 따라 얼마든지 다양한 맛의 라면을 주문할 수가 있었다.

　내용을 들여다보면 그리 놀랄 일은 아니었으나 그곳이 맞춤 라면 가게인 줄 몰랐던 그는 땀을 뻘뻘 흘리며 겨우 주문을 마쳤다. 미각은 문화가 발달할수록 더욱 섬세해지는 것일까. 아니 까다로워지는 것인지도 모른다. 제프는 인간의 까다로운 주문들을 변덕 없이 늘 즐겁게 받아 준다.

　언제나 그렇듯이 가장 먼저 식사를 끝낸 사람은 그였다. 그는 슬쩍 아내와 아이들의 접시를 넘겨다보았다. 음식은 전혀 줄지 않은 그대로였다. 그가 몸을 일으키자 식구들은 마치 신호를 받은 선수들처럼 차례로 일어섰다. 그는 설거지 기계에 접시를 넣으면서 말했다.

「제프, 저번에 손님 왔을 때 해준 냉면 말이야.」

「넹, 알래스카 빙하 냉면이었습니당.」

「그거 먹고 싶은데 내일 해줄 수 있어?」

「넹, 알겠습니당.」

그의 스마트폰에 Y의 전자 메일이 도착했다는 사인이 들어왔다. Y는 고교 동창으로 그가 25퍼센트의 지분을 가지고 있는 사이버 하니드림사의 상무이사이다. 그는 곧장 서재로 가서 비디오매틱스로 메일을 확인했다. 홀로그램을 작동시키자 영사막에 실물 크기로 나타난 Y가 싱긋 웃으며 쾌활한 어조로 말했다.

「어때, 잘 지내지? 새 사업의 프레젠테이션이 완성되었어. 보고 나서 혹시 잘못된 점이 있거든 말해 줘. 난 지금 아내와 이집트로 여행을 떠나려는 참이야. 지난번에 자네가 사방이 온통 갈황색 모래인 쿠푸 피라미드 앞에서 메일을 보내왔을 때 얼마나 부러웠던지. 피라미드를 세운 건 외계인이라는 자네 주장이 맞는지 아닌지 내 눈으로 직접 보고 나서 얘기할게. 자, 그럼…….」

Y가 익살맞은 윙크를 날리며 사라짐과 동시에 사이버 도우미 아담이 나타났다.

「가족을 원하십니까? 저희 하니드림사의 주문형 가족 체험 프로그램에는 고객께서 원하시는 모든 유형의 가족이 있습니다.」

그는 등받이 의자에 편안히 몸을 눕히고서 홀로그램을 예의 주시했다.

「샘플로, 21세기 시티형 58번 가족을 소개합니다. 아버지는 61세로 레크리에이션 강사이며 유머러스하고 자상한 성격이고, 어머니는 58세로 로맨스 소설가이며 식물 가꾸기가 취미인 분으로, 북부 외곽 도시의 전원주택에서 살고 있습니다. 3개월 전에 결혼한 큰아들과 인도 여성인 그의 아내는 메흔디 예술가로 보디 페인팅 숍을 꾸려 가고 있습니다. 이 커플은 내년 석탄일에 첫아기를 낳을 예정이랍니다. 둘째 아들은 웃음 클럽의 치료사이며, 셋째 딸은 인터넷 경찰, 넷째 아들은 직업 컨설턴트로 활동 중입니다. 이들은 시간이 날 때마다 모두 함께 모여서 이색 요리와 디지털 공연과 스포츠 관람을 즐기는 화목한 가족입니다. 이들과 가족이 되기를 원하는 분은 지금 신청하세요! 이 밖에도 조선 한옥에서 4대가 함께 사는 전통 대가족 체험, 네 쌍의 쌍둥이 가족 체험, 인디안 추장족 일가 체험, 로마 시대 귀족 가문 체험 등 다양하고 이색적인 체험이 있으며 옵션 선택도 물론 가능합니다. 기본 계약 기간은 1년이며 연장 체험도 가능합니다. 주문형 가족 체험! 당신의 인생을 풍요롭게 하고 결코 당신을 후회하지 않게 할 것입니다.」

주문 생산형 가족 체험*, 이것은 오래전부터 그가 구상해 오던 아이템으로, 1년 전 사이버 드림의 정기 브레인스토밍에서 그가

---

* 한국경제신문 뉴밀레니엄 기획취재팀, 『21세기 21가지 대예측』, 은행나무, 1999.

구체적인 기획안을 내자 Y를 비롯한 핵심 멤버들이 상품화하기에 이른 것이었다.

모바일 시대 사람들의 삶은 유목민과 다를 게 없다. 지구의 동쪽 끝에서 모닝커피를 마시고 저녁에는 서쪽에서 지는 해에 머리를 붉게 물들인다. 내일과 모레엔 어디에 있을지 자신도 알 수 없다. 많은 사람들이 독신으로 자유롭게 지내거나 혹은 단기 계약 결혼을 한다. 전통적인 결혼 제도의 파탄은 이미 반세기 전에 예고된 일이었다. 어떻게 한 남자와 한 여자가 평생을 같이 살겠다고 약속하고 서로를 끊임없이 구속하면서 해로하기를 타란단 말인가. 그것은 인간의 평균 수명이 서른 살이었던 시대에나 가능했던 제도라고 사람들은 생각한다.

아이러니컬한 것은 아무도 결혼하고 싶어 하지 않고 아무도 아기를 낳고 싶어 하지 않으면서도 사람들은 전보다 더 가족을 갖고 싶어 한다는 것이다. 가족에 대한 애정을 더욱 갈망했고 전통적인 가족관을 숭배하기까지 했다.

그는 자신의 발상으로 시작된 이 사업이 성공할 거라는 좋은 예감이 들었다. Y에게 프레젠테이션에 만족한다는 메시지를 보낸 후 그는 이슥한 밤 강의 고즈넉한 분위기에 이끌려 창가로 다가갔다.

바람은 마치 여인의 숨결 같았다. 강은 흐르기를 멈춘 듯 움직임이 전혀 느껴지지 않았다. 어느 요트에선가 파티 중에 불꽃놀이를 하는 모양이었다. 하늘 높이 쏘아 올려진 불꽃들은 새까만 우주 융

단에서 활짝 피어났다가 무수한 꽃잎을 흩뿌리며 강물 위로 사뿐히 떨어져 내렸다. 마치 꼬리별 같았다. 화약 냄새를 느낀 것과 동시에 재채기가 연달아 터져 나왔다.

그는 제프를 호출했다.

「제프, 감기 백신 주스 부탁해.」

그는 환절기마다 비염 알레르기에 걸리는 특이 체질이다. 감기에도 잘 걸리는 등 자질구레한 병치레가 잦은 편이다. 홈닥터 시스템이 부착된 침대를 사용하고부터는 걱정이 줄었다. 아침에 잠에서 깨어나면 홈닥터에 바이탈 사인이 자동으로 체크되기 때문이었다. 그러나 가장 든든한 것은 역시 제프다.

제프는 1분도 안 되어 주스를 들고 나타났다.

「주인님은 작년 오늘 날짜에동 불꽃놀이 때문에 재채기를 하셨습니당.」

그런 것까지 기억하다니……. 그는 터지려는 웃음을 간신히 참았다. 주스를 들고 거실로 오는 도중에 그는 마이클의 방을 노크했다.

「뭐 하니? 아빠랑 체스 한 판 어때?」

마이클은 뒤를 돌아다보며 말했다.

「지금 영국에 있는 친구랑 화상 통화를 하고 있어요. 친구가 왕립 연구소의 행성 시범 순찰대 팀에 뽑혔대요. 통화 끝내고 곧 나갈게요.」

거실로 오자 은지가 소파에서 펄쩍 뛰어내리며 말했다.

「아빠, 줄리가 이상한 똥을 눴대, 알아?」

줄리는 그의 회사 동료인 P씨 부부의 생후 10개월 된 아기이다. P씨네는 이 요트에 자주 놀러 오는 편이다. 아마도 그가 아기를 엄청나게 좋아하여 열렬히 환영을 해주는 데다가 또 올 때마다 제프의 진기한 요리를 맛볼 수 있기 때문일 것이다. 그들은 얼마 전 대통령의 기자 회견 때에도 놀러 왔었다. 그들이 제프의 요리를 즐기는 동안 그는 계속 아기를 돌봐 주었다. 허술하게 채워진 기저귀 사이로 똥이 새어 나온 줄도 모르고 목말을 태우며 놀았던 그는 머리와 목을 비롯한 온몸에 똥칠을 했다. 똥이란, 아니 똥이야말로 실존이다. 그것은 살아 있는 인간임을 가장 확실하게 증명하는 것이 아닌가. 똥을 치우고 샤워를 하는 소동 속에서도 그는 온몸이 짜릿할 정도로 즐거웠다. 멀뚱거리면서도 한편으로는 아기의 똥을 매우 신기해하던 마이클과 은지의 표정은 볼 만했다.

그는 의아한 표정으로 물었다.

「이상한 똥이라니?」

「응, 보석 똥!」

옆에 있던 아내가 그에게 자세한 이야기를 해주었다. 어제 아침 아이의 똥 기저귀를 스마트 변기에 넣자 신호음이 울렸다. 종이 기저귀는 금세 분리 용해되었으므로 그것이 문제될 리는 없었고, 변에서 이상 물질이 검출되었다는 신호였다. 다음 단계의 버튼을 누르자 변기는 간단한 분석을 시작했다. 마침내 변은 떠내려가고 푸른빛을 발하는 정체를 알 수 없는 물질만 바닥에 남았다. 그것은 파란색과 연두색과 노란색이 절묘하게 조화를 이룬 손가락 마디만 한 옥돌이었다. 도대체 아이의 몸에서 왜 이런 것이 나온 것일까.
「오빠는 아기의 몸에서 사리가 나온 거래. 근데 아빠 사리가 뭐야?」
「사리? 하하하 그럴 리가 있나?」
아내는 웃으면서 말했다.
「후후후…… 글쎄 그게…… 베란다 유리창에 붙여 놓은 글라스데코였대요. 아기 엄마가 유리창에 글라스데코로 보라색 분홍색 파란색의 꽃 세 송이를 만들어 붙여 놨는데 그 꼬맹이가 엄마 몰래 베란다로 기어 나가 파란색 한 송이를 뜯어 먹었더래요.」
은지가 흥분한 듯 큰소리로 말했다.
「아빠, 줄리는 화분에 있는 흙도 먹었대.」
그는 한바탕 소리 내어 웃고는 말했다.
「역시 아기들이란……! 하긴 마이클이 한창 기어 다닐 때였던가, 그 애의 응가에서 비밀문서가 나왔다고 당신이 놀라서 전화했던 거 생각나?」
「맞아요, 그런 일이 있었죠. 마이클이 당신 책을 밥 대신 먹었을 줄이야…….」
「그 꼬맹이가 오늘은 또 무슨 별식을 먹었을지 궁금하군.」
그때 아내가 문득 생각났다는 듯 말했다.

「아 참, 마이클이 오늘 낮에 돼지 저금통을 가지고 은행에 갔었어요.」

「돼지 저금통, 그게 뭐지? 그리고 은행엔 왜?」

이미 전자 상거래와 텔레마케팅이 보편화된 지 오래여서 누구라도 은행에 갈 일은 거의 없다시피 했다. 신용 불량자가 구제 프로그램에 응하기 위해서라면 모를까. 아내는 울퉁불퉁한 면상에 콧구멍이 큼지막하게 그려진 빨간 플라스틱 돼지를 그의 앞으로 내밀었다.

「당신, 이 저금통 기억나요?」

「아, 알아! 어렸을 때 여기다가 동전을 모았어.」

무심코 한 손을 내밀던 그는 만만치 않은 무게에 놀라 두 손으로 받아 안았다.

「어라, 이거 제법 무거운걸.」

「꽉 찼어요. 마이클이 거기다가 동전을 모았거든요.」

「동전을? 나는 그런 걸 준 적이 없는데?」

「집 안에 굴러다니던 것들과 할아버지 할머니가 놓고 가신 것들이에요.」

「음, 그 양반들은 아직도 오프라인 머니를 사용하시나 보군.」

「뭐 동전뿐이겠어요? 전자책보다는 여전히 종이책을 사서 보시고 손 글씨 편지를 즐겨 쓰시고 먹을 갈아 향이 밴 사군자를 치시고 디지털보다는 구닥다리 아날로그 라디오가 더 편하다고 하시니까요. 며칠 전 홀로폰 통화 기억해요? 그때 어머니는 손에 시뻘건 고춧물을 들여 가며 김치를 담그고 계셨잖아요.」

그때 그 모습을 보고 그가 놀라 입을 다물지 못하자 어머니는 김치도 판소리처럼 세계 문화유산으로 지정되어 전통 한국 음식으로 보존되었어야 하는데 이젠 국적 불명의 퓨전 음식이 되어 버렸다며 오히려 안타까운 마음을 드러내었다.

그는 고개를 끄덕이며 대꾸했다.

「그래, 어쩐지 그분들에겐 그게 더 어울리는 것 같기도 해. 아 참, 마이클이 은행 갔던 일은 어떻게 됐어?」

「직원이 이제 동전은 안 받는다면서 불연소 쓰레기통에 버리라고 하더래요.」

얼마 뒤 정부는 영재 양성 및 관리에 대한 정책을 발표했다. 영재들은 국가가 특별 관리하며, 영재들끼리의 결혼을 적극 권장하여 영재를 많이 낳게 하고, 영재는 무조건 요람에서 무덤까지 국가가 책임지고 기르고 돌보겠다는 요지였다. 이 또한 대통령의 특별 메시지를 적극 수용하려는 차원에서 계획된 모양이었다.

「동량지재! 이는 국력입니다.」

「맞습니다. 열등한 놈들 백날 가르쳐 봐야 다 소용없는 짓이에요. 국가적인 낭비라구요.」

「무엇보다도 우수한 과학자를 길러 내야 합니다. 자원 없는 우리가 살 길은 오직 그것뿐입니다.」

「아무리 그래도 그렇죠. 영재들끼리의 결혼? 아니, 이게 무슨 끔찍한 혈통주의적 발상이랍니까?」

어디를 가도 그 얘기였다. 출근길에 회전문 안으로 발을 들여놓으며 그는 생각했다. 천재……. 버터처럼 미끈하고 벌꿀처럼 달콤한 말이다. 빙그르르 통유리 문이 돌아가는 짧은 동안에 그는 다시금 생각했다. 자신은 유전자 귀족일까 아니면 유전자 하층 계급일까. 오줌싸개어 잦은 질병에 몽상가 기질이 다분했던 그를 가리키며 담당자는 그의 부모에게 말했다.

「다행히 이 아이는 지능 지수가 매우 높습니다.」

그 말은 부모에게 충분히 위로가 되어 주었을 것이다. 그의 부모가 그를 선택하지 않았더라면 지금쯤 인생은 어떻게 달라져 있을까……. 그는 회전문을 빠져나오며 경미한 어지럼증을 느꼈다. 잠깐 눈을 감았다가 떴다. 새하얀 시트가 그녀의 시신을 덮는 장면이 망막을 스쳐 갔다.

오후에 그는 지방으로 출장을 가게 되었다. 일을 마치고 돌아오던 중에 그는 어린 시절을 보낸 동네가 거기서 멀지 않다는 사실을 떠올렸다. 그 집이 지금도 거기 있을까? 한번 들러 볼까. 연락도 없이? 뭐 어때·……. 옛 추억을 떠올리자 무심하고 고요했던 그의 정서가 이스트를 넣은 빵 반죽처럼 부풀어 오르기 시작했다.

한순간 들떠 있었던 게 분명하다. 인터체인지를 착각하여 전혀 엉뚱한 길로 접어든 그는 낯선 도시를 한 바퀴 돈 다음에야 다시 고속도로로 진입해 목적했던 톨게이트를 빠져나올 수 있었다. 지방 도로에서 그는 꽤 오랜 시간 길을 헤매었다. 분명 자신은 제대로 잘 운전을 하고 있다고 생각했으나 벌써 몇 시간째 같은 장소를 뱅뱅 돌고 있을 뿐 그가 원하는 길은 좀처럼 나타나지 않았다.

이상하다. 왜 이럴까……?

마침내 그는 갓길에 차를 세우고 네비게이터를 꿰뚫을 듯이 들여다보았다. 그의 차는 자동항법 시스템이 도입된 이후에 출고된 차로, 텔레매틱스형 네비게이터가 부착되어 있어 고속도로에서는 굳이 핸들을 수동 조작할 이유가 없었다. 또한 자동 업데이트 되기 때문에 출장이나 여행 중 길 때문에 애로를 겪은 적이 없었다.

그는 센터에 응급 메시지를 보냈다. 즉각 답신이 왔다.

「본 도로는 미래형의 초호화 에어버스 전용 활주로를 건설하기 위한 기초 조사 작업 중 예기치 못한 사고의 발생으로 현재 교통을 전면 통제하고 있사오니 우회 도로를 이용하시기 바랍니다. 이에 대한 더 자세한 내용이나 서비스를 원하시면…….」

그랬군. 하긴 백년 후 천년 후를 위해서는 우선 길부터 닦아야겠지. 예부터 돈과 시간이 허락하면 인간은 길을 만들어 왔다. 그러나 길고 넓고 잘 포장된 길일수록 인간을 위한 길이 아니라 파괴를 위한 길이 되어 왔다. 보이는 전쟁도 보이지 않는 전쟁도 길을 통해 왔고 또 길을 통해서 번져 간다. 그는 이맛살을 찌푸린 채 한동안 멍한 표정으로 서 있었다. 동전이라든가 조작된 엘리트 집단이라든가 활주로 건설 등 이 모든 것들이 그에게는 인간애가 결여된 맹목적 개발주의의 단면으로 여겨졌다. 하지만 지금 그는 그런 것을 깊이 생각할 계제가 아니었다. 곧 날이 어두워질 터였다. 자칫하다가는 도로 위에서 미아가 될지도 몰랐다.

그는 기계 따위에 연연하지 않고 어렴풋하나마 자신의 기억과 본능적인 느낌을 따르기로 했다. 얼마 뒤 눈에 익은 산동네 근처에 도착했다. 멀리 저녁노을을 품에 안은 마을과 그리로 향하는 좁고 구불구불한 길이 마치 전구 속의 텅스텐처럼 발갛게 타오르고 있었다. '환영합니다. 이곳은 밤하늘 보호 지구입니다'라는 자연석 팻말 앞에 차를 세워 놓고 걷기 시작했다. 길이 좁아질수록 그의 기억 속에 존재하던 옛 동네는 점점 더 뚜렷하게 모습을 드러냈다.

유리문에 '식용 랩, 억체 얼음 있음/비타민 미네랄 쌀 세일'이라는 광고지가 붙은 소규모의 슈퍼마켓을 지나자 거위 우리가 있는 마을회관이 나타났다. 그는 슬레이트 지붕의 벽돌집과 빛바랜 기와집과 뒤꼍에 텃밭을 끼고 있는 조립식 가옥들을 지나갔다. 마치 타임머신을 타고 시간을 거슬러 온 듯했다. 그가 살고 있는 최첨단의 도시와 달리 이 시골 동네는 그래도 아직까지는 아날로그적인 정서와 순수함이 남아 있다는 생각이 들었다. 창마다 흰색 커튼이 뭉쳐 있는 초등학교 근처 문방구의 게임기 앞에는 태권도복을 입은 조무래기들이 몰려 있었다. 한 아이가 친구들에게 동전 하나씩을 나눠 주자 그들은 게임기에 동전을 넣고 신나게 레버를 당기기 시작했다. 문득 쓰레기통에 버려진 마이클의 동전이 생각났다. 그러나 이곳에서 동전은 오르골이다. 아이들의 웃음소리를 저녁 하늘 가득히 울려 퍼지게 하는…….

아이들의 맑은 웃음소리와도 같은 저속의 평화로운 흐름이 온몸으로 느껴졌다. 야트막한 산 중턱에 보랏빛 구름이 반쯤 걸려 있었다. 구름도 이 동네에서는 낮게 흐르는 모양이었다.

멀리 경사 지붕과 종탑과 십자가가 걸린 성당이 보였다. 가슴이 뛰었다. 마침내 성당 옆의 '은혜의 집'에 이르렀다. 그는 감회를 억누르며 대문 안으로 고개를 들이밀었다. 예전의 단층 벽돌집은 흔적 없이 사라지고 회백색의 단아한 2층 건물이 우뚝 서 있을 뿐 사람은 보이지 않았다. 주위를 살피던 그는 대문 안으로 들어섰다. 전에는 제법 컸던 것으로 기억하는 마당이 손바닥만 해져 있었다.

마당은 그의 그림자를 소리 없이 받아들였다. 담장 옆의 감나무와 그 옆의 장미 화단을 보자 시야가 뿌옇게 흐려 왔다. 은혜의 집에 있을 때 그는 혼자가 아니었다. 연희……. 그의 옆에는 언제나 연희가 있었다. 병상에 죽은 듯이 누워 있던 핏기 하나 없는 얼굴의 그녀를 떠올리자 목구멍이 꽉 조여 왔다.

「누구십니까?」

마치 노래하듯 높고 경쾌한 목소리가 등 뒤에서 울려왔다. 자그마하고 부둥부둥한 몸매, 동글동글한 얼굴에 안경까지 동그란 것을 쓴 늙은 수녀님이었다.

「아니, 이게 누구……신가? 나인석 군 아닌가?」

파파 할머니가 된 원장 수녀님은 놀랍게도 그를 아주 또렷이 기억하고 있었다.

「엉뚱한 데가 있었지. 앓아누운 여자 친구한테 무지개를 잡아다 주겠다고 말하고는 집을 나가 사흘 동안 돌아오지 않은 적도 있었어. 아마 자네가 일곱 살 때였을걸. 그러니 내가 어떻게 자넬 잊겠나?」

노수녀님은 쾌활하게 웃으면서 마침 저녁 식사가 시작되려는 참이니 같이 밥을 먹자면서 그를 이끌었다. 그는 수녀님을 따라서 통유리 벽면의 방들을 지나 복도의 제일 끝에 있는 식당으로 들어섰다. 십여 명의 아이들이 음식이 담긴 식판을 들고 재잘거리면서 디근 모양의 테이블로 모여들고 있었다. 그도 아이들 사이에 끼어 앉았다. 아이들의 식판에 올려진 음식의 내용과 양은 각각 조금씩 달랐다.

「이거 청정 라벨 음식이야.」

노수녀님의 그 말은 유전자 변형이 없고 오염이 되지 않은 재료를 사용해서 만든 자연산 무방부제 음식이니 안심하고 많이 먹으라는 의미인 것 같았다.

왜 그 아이가 눈에 띄었을까. 마치 자석에 딸려 가 붙는 작은 클립처럼 그의 눈길은 구석자리에 쪼그려 앉은 한 소년에게로 흘러가 닿았다. 수저를 든 그의 손이 바르르 떨렸다. 종이처럼 얇은 어깨, 의자에 대롱대롱 매달린 짧은 다리, 군데군데 버짐이 피어난 갸름하고 야윈 얼굴, 아무것에도 관심이 없는 무기력하고 표정 없는 얼굴, 그저 툭 건드리기만 해도 의자에서 굴러 떨어질 듯 방심한 모습……. 소년의 주먹만 한 두 눈망울은 어디 먼 데를 떠돌고 있는 듯했고 어쩌면 아주 슬픈 꿈을 꾸고 있는 것 같기도 했다. 거울을 들여다보는 기분이었다. 30년 전 그의 모습을 비춰 주는 거울.

집으로 갈 채비를 하며 마당을 다시 둘러보고 있을 때 야트막한 담장 밑에 서 있던 소년과 마주쳤다. 그는 소년을 불러 세웠다.

「어렸을 때 여기서 장미 가시를 떼며 놀기도 했는데…… 너희도 그런 놀이 하니?」

소년은 말없이 고개를 저었다.

「어떻게 하는 거냐 하면…….」

그는 엉거주춤한 자세로 장미 줄기에서 가시를 톡 떼어 내 밑동에 침을 발라 콧등에 올려놓았다. 소년은 천천히 그것을 따라했다. 그는 눈을 감으며 말했다.

「이렇게 하고서 소원을 빌기도 했단다.」

「아저씨 소원은 뭐였는데요?」

제법 도전적인 말소리에 놀라 눈을 떴을 때 크고 말간 눈동자가 그에게 묻고 있었다. 하늘은 짙푸른 밤바다처럼 넓고 고요했고 중천에 걸린 달은 둥그런 거울처럼 시리지도 눈이 부시지도 않았다.

그를 올려다보는 소년의 어수룩한 얼굴이 진지하다 못해 경건해 보이기까지 했다.

「내 기도는 늘 똑같았어. 연희랑 같이 있게 해주세요…….」

소년은 까만 눈을 반짝이며 물었다.

「아저씨 소원은 이루어졌나요?」

노수녀님과 은혜의 집 아이들은 그가 차를 세워 둔 길목까지 배웅해 주었다. 산길을 내려오면서 아이들은 노래를 불렀다. 귀에 익은 곡조여서 그도 따라 불렀다. 술술 노래가 흘러나왔다. 자신이 가사를 모두 기억하고 있다는 사실에 더 놀랐다. 마치 어린 시절에 노래를 부르다가 그대로 마술에 걸려 백년쯤 자고 이제 막 깨어난 것 같은 기분이었다. 그들과의 작별 인사는 여러 번 거듭되었다. 차에 오르기 직전에 그는 소년에게로 다가가 손을 잡았다. 무슨 이야기를 해야 하나. 무슨 이야기를 할 수 있을까. 목이 메고 옆구리가 결려 왔다.

「내 소원은…… 이루어졌단다. 연희는 지금도 내 곁에 있어.」

소년의 얼굴이 환해지면서 탄성을 쏟아 냈다.

「우와, 아저씨 그 아줌마랑 결혼했구나.」

그는 쓸쓸히 웃으며 소년의 손을 놓았다. 돌아오는 길은 아무런 문제가 없었다. 그가 은혜의 집을 떠나온 뒤 지금껏 탄탄대로의 인생길을 걸어온 것처럼.

양부모가 그 아원에 왔을 때 거기에는 눈에 띄는 몇몇 아이들이 있었으며 다들 그보다는 조건이 나은 편이었다. 그러나 양부모는 또래에 비해 키가 크지도 않고 생긴 것도 그저 그렇고 전혀 건강해 보이지 않으며 말을 더듬는 데다가 붙임성마저 좋지 않은 그를 눈여겨보았다. 오랜 세월이 흐른 지금도 그는 그날 양어머니가 들판에 피어난 무수한 꽃들 중 가장 가련하고 보잘것없는 풀꽃, 피어나기도 전에 시들어 가는 꼴을 하고 있던 아주 작은 풀꽃에게로 사뿐사뿐 다가오던 순간을 잊을 수가 없다. 양부모는 다른 많은 아이들 중 왜 하필 자기를 선택했을까. 머리 좋은 아이를 기르는 것이 세상에 보탬이 될 거라고 믿었던 게 아닐까 생각하기도 했다. 훗날 어머니는 말씀하셨다.

「방에 들어갔을 때 네가 제일 먼저 우리를 쳐다보았단다. 나는 그때까지 그렇게 맑은 눈동자를 본 적이 없었어.」

그가 자신의 요트 하우스에 도착했을 때는 얼추 자정에 가까운 시각이었다. 그는 불 꺼진 창을 물끄러미 바라보았다. 우단처럼 새까만 유리창 속에 자신의 모습이 그대로 비쳤다. 회전문의 유리 부스 속에 서 있는 듯한 착각이 일었다. 불현듯 그는 어쩌면 저 높은 곳에서, 보이지 않는 어떤 '존재'가 이 거대한 인생의 회전문을 돌리고 있는 것은 아닐까, 인간으로서는 만져지지도 느껴지지도 않는 세상살이의 회전문이 스륵스륵 돌아가는 것을 그 존재는 그저 담담하고 무상하게 지켜보고 있는 것은 아닐까 하는 생각을 했다.

그는 문 앞의 카우치에 무너지듯 주저앉았다.

목덜미를 스치는 바람은 실크처럼 부드러웠다. 그는 눈을 감고 숨을 크게 들이마셨다. 폐부 깊숙이 스며드는 5월의 훈풍, 귀밑의 솜털을 간질이는 따뜻하고 섬세한 공기의 흐름은 골수에 스민 그의 우울을 잠시나마 잊게 해주었다. 마치 오랜 여행을 끝내고 돌아온 것처럼 몹시 피곤하면서도 쉽게 잠이 올 것 같지가 않았다. 발치에 떨어져 있는 숙면 안대가 눈에 들어왔다.

딸깍, 등 뒤에서 문소리가 났다. 누군가가 발소리도 전혀 없이 그에게로 다가오고 있었다. 그녀다. 그는 돌아보지 않았지만 느낌으로 알았다. 그녀는 그의 곁에 바싹 다가선 채로 속삭이듯이 물었다.

「많이 늦었네. 들어오지 않고 왜 여기 앉아 있어?」

「나, 오늘 거기 갔었어. 은혜의 집 말이야.」

그녀는 미동조차 없이 그의 말을 가만히 듣기만 했다.

「그 동네는 거의 그대로였어. 10년이면 강산도 변한다는 말……, 그건 잘못된 말이야. 인간이 손을 대지 않는 한 자연은 언제나 그대로야. 변하는 건 사람이지.」

「그래, 네 말이 맞아. 강산을 보는 사람의 눈이 달라지는 거겠지.」

「은혜의 집에서 나를 닮은 아이를 봤어. 부모의 주문대로 잘생기고 건강하고 똑똑한 아이로 태어났더라면 그 애도 거기 오지 않았을 테지……」

「너…… 은혜의 집 비밀을 알고 있었구나……. 언제 알았어?」

「네가 떠나고 나서.」

그해 봄은 유난히 더디 왔다. 4월이 되어서도 날은 추웠고 중순께의 어느 날인가는 진눈깨비가 날리기도 했다. 기상 이변이라고들 했다. 태양은 베일에 가려진 듯 희미하고 한낮에도 가로등이 들어왔던 그날 그는 혈액암으로 투병 중인 그녀를 찾았다. 그녀는 가쁜 숨을 몰아쉬며 말했다. 무지개가 보여. 네가 잡아다 준……. 열일곱 해의 짧은 생을 살고 간 그녀의 마지막 말이었다. 푸른 기가 돌 만큼 흰 시트가 그녀의 얼굴을 내리덮었다. 병원을 나온 그는 짙은 안개로 한 치 앞조차 보이지 않는 거리를 미친 듯이 헤매고 또 헤맸다.

「너를 보내고 나서 나는 무서운 열병에 걸렸다가 간신히 살아났어. 그때 어머니가 은혜의 집 얘기를 해주시더군. 주문 제작형 맞춤 아기에서 실패한 아이들의 임시 보호 시설이라는 것을……. 그래서 넌 그렇게 아팠던 거야, 그렇지?」

그때 그가 받은 충격과 분노는 이루 말할 수 없었다. 그러나 그녀가 이 세상 어디에도 없다는 사실은 그보다 몇백 배 더한 슬픔이었다. 그는 떠나기 며칠 전 띄엄띄엄 간신히 내뱉던 그녀의 말을 결코 잊을 수가 없었다. 나…… 이제 그만 쉬고 싶어……. 그 말을 떠올릴 때마다 그는 가슴을 쥐어뜯어야 했다. 얼마나 고통스러우면 그런 말을 했을까. 인간이란 얼마나 고단한 생을 살아 내야 하는 것인가.

그녀는 다소 복잡한 표정으로 그를 내려다보았다. 그러고는 말했다.

「인간은 욕심 때문에 한없이 잔인해지지만 그래도 슬픔의 정서가 우리를 지켜 줄 거야. ……그렇지만 난, 네가 이러는 게 싫어.」

「이러는 거, 그게 뭔데……?」

「네 그 잘난 로봇 가족! 네 그 우스꽝스러운 가족 놀이! 너는 집 안에 있는 저 로봇들에게 아내와 마이클과 은지라는 이름을 붙여 놓고 날마다 가족 놀이를 하지. 네 까다로운 주문과 유치한 어리광을 다 받아 주는 제프까지 포함해서 말이야. 하지만 그들은 단지 로봇일 뿐이야. 프로그램이 입력된 쇳덩어리라구!」

그는 부끄러우면서도 왠지 화가 나서 왜, 그게 어때서, 하고 소리 높여 외치려 했으나 이상하게도 그 말은 혀 밑에서 엉킨 채로 입 안에서만 맴돌았다. 연희 네가 이런 말을 할 수는 없어. 너라면, 너라면 충분히 이해할 텐데…… 하고 그는 입술을 실그러뜨리며 주억거렸다. 그녀는 아무런 대꾸 없이 아주 서글픈 표정으로 그를 내려다보았다. 그는 눈앞의 그녀를 향해 손을 내뻗었으나 그녀는 잡히지 않았다.

문득 이것이 꿈이거나 혹은 자신이 즐겨 사용하는 홀로그래픽 기억 장치일 거라는 생각을 했다. 그러나 곧 어느 쪽이든 상관없다는 생각을 했고, 뒤이어 이건 분명히 꿈이며, 꿈을 꾸면서 이런 생각까지 할 수 있다니 과연 인간이란 얼마나 신기스러운 존재인가

하는 생각을 했다. 그러는 동안 좁혀져 있던 그의 미간은 부드럽게 펴지고 거칠었던 숨결도 한결 부드러워졌다. 이윽고 그의 눈을 덮고 있던 숙면 안대가 카우치 아래로 툭 떨어졌다.

  밤의 강은 흐름이 거의 느껴지지 않는다. 요트 하우스는 아주 조금씩 흘러간다. 칠흑 같은 밤하늘에 아기들의 젖니 같은 샛별들이 하나 둘 돋아나기 시작한다.

소리 나는 꿈

휴게소 표지판이 보인다. 창식은 쉬어 가야겠다는 생각을 하며 옆 자리에 앉은 현중을 힐끗 쳐다본다. 현중의 표정은 처음 만났을 때와 크게 다르지 않다. 무언가에 여전히 골몰해 있다. 이 친구는 아직도 화가 나 있는 걸까. 대체 무슨 생각을 하고 있는지 알 수가 없다.

좀 전에 창식은 약속 시간보다 30분이나 늦게 도착했다. 시간에 맞게 오려고 했지만 프로젝트 건 때문에 걸려 온 교수와의 통화가 생각보다 길어졌다. 게다가 약속 장소인 제과점 근처에는 도통 차를 댈 만한 곳이 없었다. 상가 주위를 몇 바퀴나 뱅뱅 돌다가 결국은 될 대로 되라는 심정으로 도로변에 차를 세워 놓고 허겁지겁 뛰었다. 보통 날씨가 아니었다. 워낙 날이 추운데다가 웬 바람이 그리도 거센지 눈을 뜰 수가 없을 지경이었다. 제과점에 거반 다 왔을 때 창식은 놀란 나머지 뒤로 넘어갈 뻔했다. 현중이 제과점 앞의 광장 한복판에 서 있었기 때문이다. 국방색 항공 점퍼, 밤색 코르덴 바지, 흰 조깅화 차림의 현중은 장님용 지팡이를 한쪽 손에 길게 펼쳐 든 채 완전히 넋 나간 표정이었다. 세상에, 이 친구…… 정신이 어떻게 된 거 아니야? 도무지 미련한 건지 똥고집인지 알 수가 없다. 제과점에서 만나자고 했으면 당연히 안에서 기다릴 줄 알았지, 누가 이런 날씨에 밖에 서 있을 줄 알았나……. 창식은 부글부글 끓어오르는 심사를 짓누르며 한걸음에 다가갔다. 허옇게 말라붙은 입술, 시뻘겋게 부풀어 오른 귀, 초점 없는 두 눈, 핏기 하나 없이 새파랗게 질려 있는 그의 얼굴을 보는 순간 창식은 그만 소리를 꽥 질러 버리고 말았다.

창식은 휴게소 입구로 차를 몬다. 나그네 휴게소. 처음 들르는 곳이건만 어쩐지 낯설지가 않다. 그러고 보면 국도변의 휴게소란 어디나 다 비슷비슷하다. 포장마차의 동그란 간이 의자나 야구장의 어느 귀퉁이 자리, 혹은 공원의 나무 벤치처럼 말이다. 잠깐 머물렀다 떠나고 나면 거기가 어디였는지 때로는 기억 속에서 엇섞일 때조차 있다. 창식은 마당 한쪽에 차를 세우면서 불퉁스럽게 내뱉는다.

「휴게소예요. 잠깐 쉬었다 갑시다.」

현중은 뚱한 표정으로 잠시 그대로 있다가 시동이 꺼지는 소리를 듣고는 안전벨트를 푼다. 창식은 그의 옆얼굴을 빤히 쳐다본다. 알아듣긴 죄 알아듣는 모양인데 말은 하기 싫다는 건가? 보통 고집이 아니다. 창식이 아까 그처럼 만나자마자 성을 내고는 그의 한쪽 팔을 낀 채로 겅둥거리며 차 앞까지 오는 동안 덩치가 결코 작은 편은 아닌 현중은 말 한마디 없이 잡아당기는 대로 끌려왔다. 주차 딱지 붙일까 봐 잽싸게 그 자리를 빠져나온 뒤 가까스로 제정신을 차린 창식은 그제야 현중에게 사과를 했다. 그는 묵묵부답이었다. 계면쩍은 마음에 창식은 그의 눈치를 살피며 추우냐, 히터를 더 세게 틀까, 음악을 듣겠냐는 등의 물음을 던졌지만 그는 아뇨, 됐습니다,라는 들으나 마나 한 짧은 대꾸가 다였다. 그 뒤로도 상황은 같았다. 창식은 부아가 치밀었다. 급브레이크를 있는 대로 밟아서 아주 황겁을 시켜 줄까 보다 하는 심술을 몇 번이나 눌러 삭여야 했다.

  그저께 대학원 동기인 명수가 봉평에서 전화를 걸어왔다. 명수는 겨울 바다가 훤히 내다보이는 아주 조망이 그럴싸한 곳에 숙부가 별장을 지어 놓았다며 와서 한 이틀간 쉬고 가라고 청했다. 승희와 헤어진 후 이즈음에 이르기까지 창식이 어떻게 지내는지 누구보다도 잘 아는 명수였기에 그런 제안을 한 것이 틀림없었다. 창식은 그러마고 했다. 명수는 무슨 이유에선지 현중이도 함께 왔으면 좋겠는데…… 하고 말꼬리를 흐렸다. 명수는 속이 깊은 친구였다. 창식은 그가 현중을 언급하는 데에는 필히 그럴 만한 이유가 있을 거라고 생각했다. 창식은 쾌히 현중과의 동행을 자청했다.

  짧은 겨울 해가 휴게소 뒤편에 스러지는 빛 한줄기를 태우고 있다. 황혼 때문일까. 얼어붙은 나뭇가지 중간쯤에 걸린 거무스레한 까치둥지가 위태로워 보인다. 차에서 내린 창식이 트렁크를 돌아 현중에게로 다가간다. 창식이 어설프게 팔짱을 끼자 현중은 슬며시 제 팔을 뺀 후 창식의 팔꿈치께를 잡는다. 현중에게는 이 자세가 더 익숙하고 편한 모양이다. 그들은 반 보 정도 사이를 두고 나란히 걷기 시작한다. 휴게소 건물 앞의 너른 마당은 검은 자갈들로 가득하다. 두 사람의 발밑에서 자그락자그락 자갈 부딪히는 소리가 난다.

「화장실부터 좀 들릅시다. ……앞에 계단이에요.」

저편에서 말을 안 하니 창식도 말하기가 싫다. 하지만 이 경우엔 어쩔 수가 없다. 계단이 끝났다, 문턱이 있다, 바닥이 얼었으니 조심하라는 등의 말을 창식 혼자 계속 구시렁거리게 된다. 화장실에는 의외로 훈기가 돈다. 들창 앞에 놓인 연탄난로 덕인 것 같다. 키가 크고 비쩍 마른 체형인 창식과 키는 작지만 살집이 좀 붙은 현중이 나란히 서서 볼일을 본다. 세면대에도 나란히 선다. 물은 지독히 차다. 손끝에 물을 묻히면서 창식은 무심히 거울을 본다. 가로다지로 길게 붙은 사각 거울. 그 속에 현중이 멀거니 서 있다. 경면이 고르지 않아서인지 현중이 실제보다 더 땅딸막해 보인다. 얼굴은 길고 훌쭉하며 눈은 왕방울만 해져 있다. 창식이 시선을 떨어뜨리려는 찰나 현중이 그를 보고 씨익 웃는다. 순간 창식은 숨이 콱 막히는 느낌이다. 온몸이 쭈뼛해지며 구둣솔 같은 머리칼이 죄다 곤두서는 것 같다. 창식은 눈을 홉뜨고 숨을 멈춘 채로 서서히 허리를 편다. 그러고는 거울 속의 현중을 노려본다. 현중의 눈길이 이내 거울 속의 더 먼 곳으로 사라진다. 창식은 여전히 모호하고 의아한 표정으로 양미간을 찡그린 채 그를 지켜본다. 현중은 마른 세수를 하듯이 두 손으로 턱 언저리를 이리저리 쓰다듬으며 나직하게 말한다.

「오늘 아침에…… 면도를 반쪽밖에 못했어요.」

잔뜩 굳어 있던 창식의 어깨에서 힘이 쭉 빠진다. 창식은 부러 무뚝뚝하게 대꾸한다.

「뭐…… 별로…… 표 안 나는데요.」

현중은 빙긋 웃으며 덧붙인다.

「전기면도기를 빠뜨렸어요…… 변기통에.」

창식은 괜히 머쓱해진다. 묘한 여운과 함께 낭패감이 밀려든다. 화장실을 나서면서 창식은 현중의 표정을 살핀다. 그는 차 안에 있을 때보다 기분이 훨씬 나아 보인다. 북쪽도 동쪽도 다 산이다. 걸리 보이는 가파르고 높은 산은 눈이 그대로 쌓여 희끄무레하고 바로 앞자락의 야트막한 산은 겨울 산 같지 않게 푸르다. 이맘때의 국도변은 논밭, 나뭇길 할 것 없이 다 황갈색이다. 그 색은 얼어붙고 메마르고 죽은 듯이 잠자는 땅의 빛깔인 것이다. 붉은 머리카락으로 산발한 해가 그 황갈색의 품 안으로 조금씩 스며들기 시작한다. 날이 어슬어슬 저물어 가고 있다.

간이식당의 유리문을 밀던 창식은 창에 선팅된 붉은 글자를 읽는다. 동배름……. 식당 안으로 들어와서야 창식은 납득할 수 없었던 그 단어가 우동 담배 필름의 끝 글자라는 걸 깨닫는다. 창식은 저도 모르게 헛웃음을 흘린다. 마냥 부대끼던 마음이 살짝 누그러지는 듯하다. 테이블은 꼭 네 개, 손님은 하나도 없다. 가운데에 원통형의 커다란 구식 연탄난로가 벌겋게 타오르고, 그 위에는 두되들이 양은 주전자가 기세 좋게 김을 뿜어 올리고 있다. 연탄난로를 때는 휴게소라니! 창식은 어째 가난했던 어린 시절로 되돌아온 착각마저 인다. 난로 옆 테이블에 자리를 정하고서 창식이 메뉴를 불러 주며 말한다.

「만두, 컵라면, 햄버거, 털보 우동……. 뭐 먹을래요?」

「컵라면 싫어요. 햄버거도.」

「그럼 만두랑 우동 먹읍시다.」

「털보 우동엔…… 털실이 들어 있을 것 같아요.」

창식은 크크 웃고 만다. 현중이 어떤 사람인지 창식은 잘 모른다. 그러나 현중을 처음 만났을 때 묘한 호기심을 느꼈던 것은 아마 그의 이런 엉뚱한 면 때문일 것이다. 창식은 지난여름에 명수를 찾아갔다가 현중을 만났다. 현중은 명수의 육촌 동생이었다. 야간 대학에서 사회 복지학을 전공하고 있다던 명수의 맹인 육촌 동생에 대해서는 언젠가 한번 들은 적이 있었으나 만난 건 그때가 처음이었다. 그날 셋은 함께 술을 마셨다. 창식이 한참 술을 마시다 보니 도저히 이해할 수 없는 게 하나 있었다. 명수의 술잔이 비면 어느새 앞 못 보는 현중이 술을 따라 주는 것이었다. 창식은 결국 명수에게 그걸 묻지 않을 수 없었다. 명수가 웃으며 말했다. ……우리 사이의 묵계야. 현중이가 제안했지. 술잔이 비면 내가 젓가락을 세워서 톡톡 두 번 쳐. 그럼 저 애가 내 빈 잔을 채워 주는 거지.

유머는 자애(自愛)다. 그리고 휴머니즘이다. 그건 창식이 나름으로 오래오래 생각한 끝에 내린 개똥철학이다. 자기 자신을 사랑하지 않는 한 절대로 유머가 생겨날 수 없다. 세상이 망하지 않은 이유, 절망한 자가 자살로 생을 마감하지 않는 이유도 인간에게 '유머'라는 덕목이 있기 때문일 것이다. 믿었던 대상으로부터 배반당했을 때 어떻게 허허 웃으면서 아무렇지도 않게 돌아설 수 있을까. 창식은 그럴 수 없었다. 결코. 지금도 승희 생각만 하면 자다가도 벌떡 일어나게 된다.

결혼식은 내년 봄쯤이 어떨까. 바로 요 얼마 전 첫눈 내리던 날에 그에게 안기면서 그녀가 했던 말이다. 잊었던 분노가 불끈 되살아난다. 앙큼한 년. 창식은 뜨거운 우동 그릇을 턱밑으로 바짝 들이대고는 굵은 면발을 입 안으로 그러넣기 시작한다. 사랑에 눈이 먼다더니 정말 눈이 멀어도 단단히 멀었던 게 틀림없다. 그녀는 시쳇말로 양다리를 걸치고 있었다. 저쪽 남자와는 이미 약혼까지 한 사이였다. 두어 번의 젓가락질을 하고 나니 우동 그릇 안은 고춧가루와 파만 둥둥 뜬 멀건 국물뿐이다. 허겁지겁 퍼 넣은 게 무엇이었는지 허기는 그대로 남아 있다. 다시는 그따위 사랑놀이에 빠지지 않겠다. 절대로. 창식은 멜라민 수지 재질의 그릇을 양손으로 부여잡고 국물을 후룩후룩 들이켠다. 마치 그릇까지 와작와작 씹어 삼킬 듯한 기세로.

「바람 소리 때문에…… 거기…… 서 있었어요.」

시적시적 만두를 먹고 있던 현중이 뜬금없이 그런 말을 한다. 빈 그릇을 내려놓으며 창식은 물끄러미 현중을 건너다본다. 아마 아까 광장 앞에 얼어 죽은 귀신 형상으로 서 있어 부아를 치밀게 했던 그 얘기인가. 여든에 이 앓는 소리라더니, 이 친구가 철딱서니 없는 어린 계집애처럼 웬 감상인지 모르겠다. 창식은 시큰둥하니 고개를 외로 꼬고 출입문 반대편의 들창을 쳐다본다. 암청색 하늘을 가로지른 서너 가닥의 전깃줄이 부르르 떨고 있다.

「언젠가 미연이는…… 바람 소리 얘길 했어요.」

현중이 미연을 만난 건 3년 전이다. 그 무렵에 현중은 살기 싫었다. 실명은 그의 악몽이었고, 그는 그 악몽을 도저히 현실로 받아들일 수가 없었다. 누군가가 돌봐 주어야만 목숨을 이어 나갈 수 있다면 그건 엄밀히 말해 사는 게 아니다. 구차하게 사느니 깨끗하게 죽고 싶었다. 생명? 존엄성? 그런 말을 꺼내는 사람과 그는 대판 싸움질을 하고 싶었다. 그가 생각하기엔 스스로 선택한 죽음만이 자신이 인간임을 증명하는 유일한 길이었다. 어떻게 하면 단 한 번에 생을 마감할 수 있을까. 응급실에서 다시 살아나는 건 또 다른 악몽일 뿐이다. 그는 날마다 완벽한 자살을 꿈꾸었다.

 잘 들어 보세요. 소리도…… 우리에게 세상을 보여 줘요. 그가 누군가에게 이끌려 어떤 맹인 친목 단체에 거의 반강제로 나갔던 날 한 여자 애가 다가와 악수를 청하며 그렇게 말했다. 여자 아의 말이 하도 같잖아서 그는 콧방귀를 뀌었다. 여자 애는 천연덕스럽게 자기 이야기를 했다. 나는 태어날 때부터 앞을 못 봤어요. 나는…… 맹인 학교에 입학하기 전까지 내가 맹인이라는 것조차도 몰랐답니다.

 그렇게 말문을 트기 시작한 친구가 미연이었다. 미연이와는 집으로 가는 방향이 같아 두 사람은 첫날부터 함께 다니기 시작했다. 네 살 연하인 미연은 어느 때부턴가 그를 오빠라고 불렀다. 미연은 피아노 조율사였다. 그녀는 그 단체에서 맹인 수강생에게 피아노와 기타를 가르치고 자신은 플루트 레슨을 받았다.

 어젯밤 꿈에 초등학교 때 친구를 만났어. 어느 날인가 그가 말하자 미연은 반갑게 대꾸했다. 오빠는 보이는 꿈을 꾸는구나. 좋겠다. 내 꿈은 늘 소리로 시작돼. 베개 밑에서 울려오는 사람들의 발소리, 간지러운 속삭임, 거침없이 달리는 차 소리, 급브레이크를 밟는 소리…… 아득히 먼 데서 들려오는 바람 소리, 그 가운데 희미한 플루트 소리…… 내 꿈은 그렇게 온통 다 소리뿐이야. 오빠, 바람 소리에 귀 기울여 봐. 틀림없이 들릴 거야, 플루트 소리가…….

 식당에서 나온 두 사람은 뚜벅뚜벅 보조를 맞추어 걷는다. 창식의 왼쪽 팔에는 현중의 팔이 감겨 있고, 오른손에는 검은 비닐봉지가 들려 있다. 과자와 음료를 사 넣은 봉지가 걸음을 내디딜 때마다 이리저리 건들거린다. 2차선 국도에는 상행선 하행선 차들의 헤드라이트가 서로 비껴간다. 띄엄띄엄 걸린 외등 불빛 속에 어슴푸레하게 잠긴 휴게소는 스산하기 짝이 없다.

이제 창식은 서른한 살이다. 서른이라는 나이는 묘한 강박증을 불러일으켜 허리띠를 꽉 조여 맨 것처럼 숨이 막혔으나 한 살을 더 먹고 나니 외려 숨통이 트인다. 이제껏 살아오면서 그가 잘한 것, 열심히 한 것은 공부밖에 없다. 특별한 일이 없는 한 앞으로도 그럴 것이다. 이제라도 아이비리그로 가서 MBA를 수료하지 그래. 걔네들 연봉이 얼만 줄 알아? 쳇, 여기서 뛰어 봤자 보따리 강사밖에 더 돼? 승희는 늘 그게 불만이었다. 그녀가 그와의 결혼을 망설였던 이유도 아마 그것일 터였다. 결혼? 창식은 싸늘한 표정으로 머리를 절레절레 흔든다. 그건 인간의 평균 수명이 3, 40세일 때 종족 보존을 위해 고안해 낸 하나의 제도일 뿐이다. 외롭지 않느냐고? 한낱 어리광이다. 결혼을 하건 안 하건 어차피 누구나 다 혼자다.

그런데…… 불현듯 얼굴 하나가 떠오른다. 어젯밤 뮤직 비디오의 화면 속에 갇혀 있던 한 남자의 얼굴. 어제는 세미나 발제 때문에 종일 자료 찾고, 그걸 정리하고, 전자 상거래 프로젝트 때문에 회의가 있어 정신없이 바쁜 하루였는데 어찌 된 일인지 자정이 넘어도 잠이 오지 않았다. TV를 틀었다. 뮤직 비디오가 나오고 있었다. 뉴에이지 계열의 편안한 음악이었는데 왠지 레퀴엠처럼 들렸다. 음악과 함께 화면 속으로 얼굴 하나가 클로즈업되었다. 물속에 잠긴 얼굴. 두 눈은 흐릿하게 반쯤 감겨 있고, 무엇에 취한 듯 몽롱해 보였다. 자는 건지 깨어 있는 건지 알 수 없었다. 어찌 보면 늙은이였고, 어찌 보면 어린아이 같기도 했다. 창식은 무연히 그 얼굴을 바라보았다. 입에서 뽀글뽀글 흘러나오던 공기 방울이 조금씩 조금씩 줄어들었다. 그러고는 곧 석고 데스마스크처럼 굳어지기 시작했다. 오싹 소름이 끼쳤다. 자려고 누웠을 때 막연한 불안감이 그를 짓눌렀다. 승희의 웃는 얼굴이 어른거렸다. 가슴 한복판에 뜨거운 촛농이 똑똑 떨어지고 있었다. 혼자……. 또다시 혼자라는 걸 느껴야 할 때의 참담함과 막막함이라니…….

이런저런 생각에 창식의 걸음이 자꾸 느려진다. 걸음을 내디딜 때마다 어둠 속에서 찌그럭찌그럭 자갈 부딪히는 소리가 난다. 그 소리가 싫지 않다. 자신의 한쪽 팔에 매달린 이 앞 못 보는 친구. 그의 온기가 어쩐지 싫지 않다.

소년을 만난 것은 굽이진 내리막길을 막 돌아설 때였다. 지나는 차가 많지 않아 주위가 매우 어두운데다가 산속이어서 길은 군데군데 빙판이 져 있었다. 창식은 속도를 한껏 즐였다. 그때 전조등의 긴 불빛 띠 안으로 멀리 도로 한가운데에 버티고 선 왜소해 보이는 한 사람의 모습이 들어왔다. 그 사람은 이편을 향해 두 팔을 크게 흔들어 댔다. 편승이 목적인 듯싶었다. 벌써 버스가 끊어질 시간인가. 차 안의 디지털시계를 내려다보았다. 7시 5분. 이 정도면 버스가 끊어질 시각은 아니다. 창식은 그냥 지나칠 셈이었다. 이제 무엇이든 복잡하게 얽혀 드는 건 싫다. 피하고 싶다. 그런데 일이 그렇게 되지 않았다.

그는 어른이 아니라 아이였다. 차 앞으로 무작정 다가서는 대상이 열 살 남짓한 소년임을 알았을 때 창식의 마음은 어느 사이랄 것도 없이 흔들렸다. 게다가 그 소년은 겁도 없이 타이어에 바짝 붙어 섰다. 창식은 차를 세우고 소년 쪽으로 난 창문을 열었다. 갑작스런 정차와 제 옆의 창문이 열리는 소리, 동시에 쏟아져 들어오는 냉기에 현중은 어리둥절해하며 두 눈을 끔벅거린다. 소년은 창문으로 얼굴을 바짝 들이밀며 절박하게 말한다.

「아저씨, 저 좀 태워 주세요.」

창식은 마뜩지 않은 표정으로 묻는다.

「어디까지 가는데?」

「중간에 아무 데서나 내려 주세요. 아저씨, 꼭요……」

소년은 차에 매달린다. 열린 창틀에 손을 얹은 채로 자꾸 엉겨 붙는다. 현중은 자기를 사이에 두고 창식과 한 소년의 오가는 말로 상황을 대충 맞추어 본다. 한 아이가 차를 얻어 타기 위해 손을 흔들었을 것이다. 그에게도 그런 경험이 있다. 스물셋, 그해 여름에 그는 친구와 태종대에 갔다. 그들은 장난삼아 히치하이크를 했다.

그날 태종대에서 그는 바다에 뜬 익사체를 보았다. 절벽 끝에 서서 내려다보던 사람들이 놀라 웅성거렸다. 그는 얼떨결에 카메라 렌즈를 맞추고 셔터를 눌렀다. 진한 잉크 빛의 바다 위에 둥둥 떠 있던 진홍색 셔츠 차림의 익사체. 그것은 그가 누린 찬란한 여름의 잔상이다. 망막색소변성. 자신의 시력이 서서히 사라져 시계가 닫히고 있음을 그때는 까맣게 몰랐다.

「타, 인마!」

창식이 낯을 잔뜩 찡그린 채 퉁명스럽게 내뱉는다. 소년은 그 말이 떨어지기가 무섭게 뒷문을 열고 날름 올라탄다. 창식이 창문을 닫은 후 차를 출발시키려다가 반쯤 몸을 틀고 뒤를 향해 소리친다.

「얀마, 문 덜 닫혔어. 다시 열었다 닫아 봐.」

문이 열렸다가 거의 부서질 만큼 세게 닫힌다. 동시에 차가 매끄럽게 도로 위를 구르기 시작한다. 소년은 현중의 바로 뒷자리에 구부정하게 앉아 있다. 창식은 백미러로 소년을 보려 하지만 그러기에는 차 안이 너무 어둡다.

「야, 꼬마, 거기 불 좀 켜봐.」

소년이 팔을 뻗어 천장에 붙은 차내등 스위치를 똑딱거린다. 곧 차 안이 밝아진다. 창식은 소년의 얼굴을 볼 수 있도록 백미러의 각도를 살짝 튼다. 희고 갸름한 얼굴, 착해 보이는 눈망울, 이마를 덮은 머리칼, 밤색인지 감색인지 쉽게 분간할 수 없는 얇은 점퍼, 낡은 배낭 하나를 끌어안은 소년은 후드득후드득 몸을 떤다. 길에서 오랫동안 바람에 이리저리 할퀴었던 모양이다. 소년의 배낭 안에서 희미하게 가릉거리는 소리가 난다.

「거 뭐냐? 개냐?」

'개'라는 말에 현중은 화들짝 놀란다. 현중에게는 개에 대한 나쁜 기억이 있다. 미연과 함께 길을 가고 있을 때 느닷없이 나타난 미친개 때문에 무척 고생한 경험이다. 개라면 무조건 벌벌 떠는 미연은 울면서 현중의 팔에 매달렸다. 미연아, 움직이지 마. 가만있으면 별일 없을 거야. 개는 금방이라도 달려들어 갈기갈기 물어뜯을 것처럼 사납게 짖어 댔으나 조금 뒤 거짓말처럼 사라졌다. 긴 안도의 한숨 끝에 미연이가 들릴 듯 말 듯 속삭였다. 오빠가 있어서 정말 다행이야. 오빠 고마워…….

「강아지예요. 할머니가 싫어해서요.」

소년은 배낭의 지퍼를 내리고 강아지를 어루만진다. 끙끙거리던 강아지 소리가 점차 희미해진다. 창식이 어디에서 내려 주어야 할지를 물었을 때 소년은 아무 대답이 없다. 무언가 골똘히 생각하는 것 같더니 한참 만에야 입을 뗀다.

「고속버스나 시외버스 타는 데가 나오면 내릴게요.」

적당히 속력을 내면서 창식은 백미러 속의 소년을 힐긋거리며 묻는다.

「아까 서 있던 데는 누구네 집이니?」

「외할머니네요. 엄마가 이사하고 나서 데리러 온댔는데…….」

「그래서? 엄마한테 가려구? 이사한 집은 알아?」

그 물음에 소년의 얼굴은 눈에 띄게 어두워진다. 강아지를 꺼내 품에 안으며 소년은 말없이 그저 고개만 가로저을 뿐이다. 강아지는 눈은 떴을까 싶을 만큼 작다. 강아지를 제 볼에 비비면서 소년은 강릉 시내로 엄마를 찾아가는 거라고 말한다. 어떡하든 강릉까지만 가면 엄마가 일한다는 가게를 찾아갈 수 있을 거라고 덧붙인다.

창식은 가볍게 혀를 찬다. 침묵을 지키던 현중이 소년에게 묻는다.

「너, 할머니한테 말하고 나왔니?」

「아뇨. 그치만…… 지금은 아실 거여요. 내가 편지를 써놨거든요.」

굽이진 산길은 아무리 운전에 자신 있어도 조심스럽다. 날은 이미 오래전에 저물어 사방이 먹물 통 속인 데다 돌고 또 돌아도 똑같은 S자 길이다. 게다가 도로 표면이 얼어 있는지 내리막길에선 스르륵스르륵 미끄러지기까지 한다. 창식은 커브를 돌 때마다 전조등의 밝기를 한껏 올린다. 느린 속도로 가다 보면 으레 뒤에서 달려오던 차들이 불빛을 깜빡여 댄다. 분명 이곳 지리를 훤히 아는 차들이리라. 그는 속도를 더욱 늦추고 차를 한쪽으로 몰았다. 꽤 여러 대의 차가 그의 차를 추월해 갔다.

혼자만의 상념에 빠져 있던 현중이 무겁게 입을 뗀다.

「조금만 더 기다리지 그랬니. 지금쯤 엄마가 오고 계실지도 모르잖아. 너네 아빠는?」

소년은 조금 뜸을 들였다가 병원에요, 강릉에 있는 시립 병원에 있댔어요, 하고 말을 시작했다. 소년은 자기가 기억하는 아빠의 모습은 둘 중 하나라고 했다. 술에 취해 있거나 아니면 술에서 깨어나는 중이거나 말이다. 아빠는 하루는 술을 먹고, 다음 날은 하루 종일 잤다. 그리고 깨어나면 또다시 술을 마셨다.

니 에미는 어디 갔냐? 아직도 안 왔어? 이놈의 집구석! 그날은 아빠가 여느 때보다 이른 시각에 귀가했다. 파출부로 일을 나간 엄마는 늘 8시쯤 돌아온다. 그러니 조금 있으면 돌아올 터였다. 아빠도 물론 그걸 모르지는 않으련만 들어서자마자 그처럼 깐죽거리듯 내뱉는 말투는 소년을 불안하게 했다. 밥 차려 드릴게요. 소년은 낮에 먹었던 김치찌개 냄비를 찾아 가스레인지 위에 올려놓고 가스 불을 켰다. 소년은 어떡하든 아빠의 비위를 맞추고 싶었다.

흥, 에미라는 년은 허구한 날 싸돌아다니고, 자알 한다. 아빠의 얇은 입술 사이에서 쉿소리 섞인 말소리가 새어 나왔다. 아빠의 벌그죽죽한 눈자위와 옅은 술 냄새가 소년의 마음을 무겁게 했다. 아빠는 많이 취한 것 같지는 않았다. 그러나 소년은 이럴 때의 아빠가 더 무서웠다. 겨우 입가심만 하고 술에 허기가 진 채로 돌아왔을 때의 아빠는 불 붙여 놓은 폭죽이나 다름없다. 아니나 다를까, 아빠는 냉장고 안에 얼굴을 들이민 채로 욕을 해대기 시작했다. 아니 이 육시할 년이, 술을 얻따 숨긴 거야 엉? 소년의 가슴속에서 쿵쾅쿵쾅 북소리가 울리기 시작했다.

어느새 김치찌개가 끓었다. 행주로 냄비 손잡이를 싸서 양손에 들고 막 내려놓고 있는데 아빠가 소년의 뒤통수를 냅다 갈겼다. 야 이 새꺄, 안 들려? 빨랑 가서 쏘주 사와. 열 셀 때까지 안 왔단 봐라, 이 새끼, 다리몽댕이를 죄 뿐질러 버리고 말 테다!

가게에서 술을 사들고 나온 소년은 그저 앞만 보고 달렸다. 언 뺨에 바람이 스칠 때면 따갑고 쓰라리다 못해 정신이 얼얼했다. 비닐봉지를 건 손가락 마디는 잘려 나갈 것처럼 아팠다. 작고 딱딱한 플라스틱 슬리퍼 속에 끼어 있는 맨발은 이미 감각조차 없었다. 잔설이 얼어붙은 골목길은 슬리퍼 바닥이 닿을 때마다 죽죽 미끄러져 여러 번 나동그라질 뻔했지만 숨 돌릴 겨를조차 없었다. 낡은 연립 주택의 계단을 서너 개씩 한꺼번에 뛰어올랐다. 숨을 몰아쉬며 왈칵 문을 열어젖혔을 때 주방 앞에 모로 누워 있던 아빠가 벌떡 몸을 일으켰다. 그새 깜빡 잠이 들었던 모양이었다.

소년은 그때처럼 자신이 그렇게 어리석게 느껴진 적이 없었다. 시킨 대로 술을 사온 것, 그것도 곧이곧대로 세 병이나. 도중에 도망가지 않은 것. 너무 빨리 달려온 것. 그 모든 것이 후회스러웠다. 그날 소년과 엄마는 탐새도록 아빠의 술주정에 시달려야 했다.

이야기를 듣던 창식은 머리를 설레설레 흔든다. 괜히 화가 난다. 그는 핸들을 잡아 뽑을 듯이 움켜잡은 채 백미러에 비친 소년의 풀죽은 얼굴을 보며 끌끌 혀를 찬다. 너도 참 고달픈 인생이구나. 불행한 족속들은 대개 어린 시절을 가난하거나 외롭게 보냈으며 유머가 전혀 없는 부모 밑에서 자랐다는 공통점을 지닌다. 이 또한 그의 개똥철학으로, 틀린 경우를 별로 보지 못했다. 창식의 부모는 부부란 전생의 원수라고 굳게 믿는 사람들이었다. 실제로 두 사람은 서로 원수였다. 그래도 이혼으로 인해 가정이 깨지는 건 원치 않았다. 허울만 그럴듯한 한 가닥 자존심 때문일 것이다. 사춘기 이후 창식은 심리적으로 언제나 혼자였다. 그래도 어쨌거나 자신은 저 아이처럼 얻어맞고 자라진 않았으니 그나마 다행으로 여기며 위안이라도 삼아야 할 것인가. 술기운을 빌려 어린 자식과 아내를 때리다니, 비겁한 놈이다. 창식은 마치 제가 맞기라도 한 것처럼 눈을 치켜뜨고 목소리를 높인다.

「아니, 왜 그러구 살아? 너네 엄마랑 넌 왜 만날 얻어맞기만 해? 둘이 같이 대들면 되지?」

소년이 훌쩍거리며 겨우 대꾸한다.

「아빠가 얼마나 무서운데요. 근데 그날은……..」

그날 아빠가 상을 들어엎어 소년의 몸이 김치찌개로 뒤범벅되었을 때 엄마는 소리를 지르며 아빠에게 대들었다. 엄마가 그런 건 그때가 처음이었다. 아빠는 주먹으로 엄마의 얼굴을 사정없이 때렸다. 쓰러진 엄마의 머리끄덩이를 움켜잡았다. 아빠의 거센 손아귀에 잡힌 엄마의 머리칼들은 한 움큼씩 뽑혀 나갔다. 아빠는 엄마의 머리통을 발로 차고, 허리를 짓이겼다. 아빠의 몸에서 걷잡을 수 없는 광기가 흘렀다. 소년은 아무 생각도 들지 않았다. 오직 한

가지, 저 발길질을 멈추게 하지 않으면 곧 엄마가 죽을 거라는 생각 외에는. 소년은 저도 모르게 옆에 있던 걸 집어 들고 아빠에게로 달려들었다.

집 앞에 경광 등을 단 경찰차가 왔다. 소년과 엄마는 그 차를 탔다. 아빠는 따로 들것이 실린 채 구급차에 옮겨졌다. 그때를 생각하면 소년은 늘 온몸이 신열로 들끓고, 숨이 턱밑까지 받쳐 오르는 느낌이다. 경찰차 안에서 엄마는 소리 없이 울고 있던 소년을 부서질 만큼 꽉 끌어안았다. 그러고는 나지막하게 끊임없이 속삭여 주었다. 괜찮다, 괜찮아. 넌 아무 잘못 없어. 엄마야. 엄마가 그런 거야……. 엄마의 속삭임은 자장가처럼 소년의 몸 안에서 잠을 끌어올렸다. 이런…… 우리 강아지 떨고 있구나. 많이 춥니? 엄마는 스웨터를 벗어 소년의 등에 씌워 주고 등을 쓸어 주었다. 따뜻한 기운이 몸 전체로 퍼졌다. 거물거물 졸음이 쏟아지기 시작했다. 도저히 저항할 수 없을 만큼 무겁게 내려앉는 눈꺼풀 사이로 무언가가 자꾸 눈을 찔렀다. 햇살이었다. 들쭉날쭉 깨진 소주병처럼 날카롭고 가시가 박힌 것처럼 따가운 빛. 해가 떠오르고 있었다. 빌딩의 유리창들은 다 핏빛이었다.

잘 달리던 차가 별안간 서 버렸다. 창식은 무슨 일인가 싶어 얼른 밖으로 나가 타이어를 살피고 발로 툭툭 차본다. 펑크가 난 건 아니다. 보닛을 열어 본다. 무언가 타는 냄새가 좀 나는 것 같기도 한데 어디를 어떻게 살펴보아야 하는지 알 수가 없다. 허리를 구부려 얼굴을 있는 대로 처박고는 이것저것 만져 본다. 팬 벨트, 실린더 헤드, 점화 플러그, 퓨즈, 하다못해 축전지에 이르기까지 죽 살펴보았으나 겉보기엔 다 멀쩡하다. 무엇이 문제인지 좀처럼 짚이는 게 없다. 분명한 건 날이 급격히 추워지고 있다는 느낌뿐이다. 보닛을 닫고 차 안으로 들어와 앉은 창식은 그제야 오일 계기판을 읽는다. 계기판이 제로다. 허탈감에 빠진 그가 손바닥으로 제 이마를 치며 부르짖는다.

「이런 젠장! 기름 넣는 걸 까먹다니……」

세 사람 모두 차에서 내린다. 현중을 뒤에 세워 놓고 창식과 소년이 차를 길 한쪽으로 밀기 시작한다. 차는 그런대로 슬슬 잘 밀려간다. 달도 없는 산속 길은 코앞에서 누가 불시에 튀어나와도 모를 만큼 어둡다. 단단한 어둠에 갇혀 있던 세 사람의 실루엣은 차가 지날 때마다 전조등 불빛에 희뜩희뜩 되살아난다. 산 중턱의 가드레일 앞에 차를 한갓지게 세워 놓고 세 사람이 우두커니 선다. 창식은 아직도 얼떨떨하다. 이런 일은 난생처음이다. 그는 이제껏 수중에 돈이 떨어져 본 적이 없다. 세미나라든가 그룹 스터디는 항상 완벽하게 준비했다. 저 스스로를 나름 꽤 주도면밀한 부류에 속한다고 생각해 왔는데 이런 일을 겪다니, 꼭 무엇에 씐 것만 같다. 소년의 이야기에 혼이 빠져 있었는지도 모른다. 달리 방법이 없다. 기름을 사다 붓는 수밖에. 셋이 함께 움직이기는 힘들 것이다. 궁리 끝에 현중과 소년에게 말한다.

「내가 기름을 사오는 동안에 두 사람은 차 안에서 기다리는 게 좋겠다.」

현중과 소년은 차에 탄다. 좀 전대로 현중은 앞에, 소년은 뒷자리에 앉는다. 창식은 운전석 문 앞에 허리를 구부린 채로 서서 소년에게 묻는다.

「어이 꼬마! 너, 이름이 뭐지?」

「성민이요. 조성민.」

소년의 대답은 제법 활기차다.

「응 성민아, 너한테 부탁 좀 하자. 너, 이 아저씨랑 여기 꼼짝 말고 같이 있어. 혼자 딴 차 타고 훌쩍 가버리거나 말없이 나가 버리면 안 돼. 너도 알겠지만 이 아저씨는 앞이 안 보여. 그래서 혼자 있으면 좀 무서울 수도 있어. 꼭 차 안에서 기다려. 너, 약속할 수 있어?」

소년이 창식을 바라보며 네, 하고 답한다. 차내등 불빛 아래 드러난 소년의 둥글둥글한 두 눈에서 창식은 아이다운 무심함과 순박함을 읽는다. 창식은 이내 고개를 돌려 현중에게 묻는다.

「어때 현중이, 괜찮겠어?」

현중은 씨익 웃으면서 대꾸한다.

「설마 쿠웨이트까지 가는 건 아니겠지? 차에다 표시해 놓고 가. 어디 세워 뒀는지 금세 알아볼 수 있게.」

창식은 너털웃음을 터뜨린다. 차 문을 닫고 돌아서면서 생각한다. 대체 저 장님 친구의 몸 어느 구석에 이런 넉넉한 익살이 숨어 있는 걸까. 생판 모르는 소년과 단둘이 남게 된 저 친구는 불안하거나 두렵지 않은 걸까. 얼마만큼의 외로움을 견디고 나면 저 경지에 이르는가. 칼날 같은 바람이 그의 살갗을 스친다. 바람은 단칼에 그의 귀를 베어 낼 것만 같다. 등을 둥글게 말고 두 손으로 귀를 감싸던 창식은 불현듯 그게 아니라는 생각이 든다. 현중의 말을 곱씹어 본다. 쿠웨이트까지 가는 건 아니겠지? 기실은 두려운 거다. 창식이 돌아오지 않을까 봐. 아니, 너무 멀리 갈까 봐. 오래오래 자기 혼자 남아 있게 될까 봐 불안한 것이다. 차에다 표시해 놓고 가. 창식이 차 세워 둔 곳을 지나칠까 봐, 헤맬까 봐, 자기를 못 찾을까 봐 걱정되는 것이다. 너무도 무서운 것이다. 그것이야말로 현중이 지닌 생의 반어법이다. 창식의 가슴에 무엇인가 뜨거운 것이 뭉쳐진다. 그 뜨거운 기운이 눈가로 몰린다. 창식은 애써 제 감정을 가라앉히려는 듯이 도리질을 하며 허둥허둥 뛰어간다.

멀리 산모롱이 검은 숲 저편이 붉게 타고 있다. 그 불기운이 점차 가까이 번져 온다. 언 땅을 비추는 길고 강한 헤드라이트 불빛과 함께 코너에서 스테이션왜건 한 대가 모습을 드러낸다. 창식은 두 손을 번쩍 쳐들고 흔든다. 속력을 줄이고 차창을 내리는 왜건 앞으로 뛰어들 것처럼 다가간다. 아까 소년이 그랬던 것처럼.

강아지가 끼깅댄다. 소년이 강아지를 달래며 어른다. 현중은 왼팔의 손목에 찬 점자 시계 뚜껑을 열고 더듬어 본다. 8시 10분 전. 아마도 소년은 저녁 식사 전일 것이다.

「너 뭣 좀 먹을래? 거기 아까 산 과자랑 캔 같은 게 있을 텐데…….」

곧 과자 봉지 버스럭거리는 소리와 함께 고소한 마늘 향이 풍겨 온다. 소년이 현중의 옆구리에 과자 봉지를 들이대며 말한다.

「아저씨도 좀 드세요.」

「아니야, 난 됐어. 너 많이 먹어.」

그러자 소년은 그럼 이거라도 드세요, 하면서 캔 하나를 그의 손에 쥐어 준다. 그는 손끝으로 고리를 더듬어 뜯어낸 후 입 안으로 한 모금 부어 넣는다. 차갑고 달콤하며 쌉싸래한 커피가 식도를 타고 내려간다. 소년이 와삭와삭 스낵을 씹는다. 소리가 자못 경쾌하다. 꼴깍대며 음료를 삼키는 소리가 달게 들린다. 몹시 배가 고팠던 모양이다.

적막하다. 어디선가 자꾸 찬바람이 스며든다. 과자를 다 먹어 치운 소년이 그의 등 뒤에서 흐드득흐드득 떨기 시작한다. 히터도 안 들어오는 데다가 찬 음료를 들이켠 탓이리라. 현중은 점퍼를 벗어 뒤로 넘기며 말한다.

「이거 입어. 그리고 졸리면 한숨 자. 그 아저씨 오면 깨워 줄게.」

소년은 아니에요, 됐어요, 라고 우물거리면서도 그가 넘겨주는 점퍼를 얼른 받아 든다. 그러고는 아저씨, 우리 강돌이 한번 안아 보실래요, 하면서 이제껏 제가 안고 있던 강아지를 현중에게 건넨다. 얼떨결에 받아 든 강아지가 그의 허벅지 위에서 꼬물꼬물 움직인다. 꼭 주먹만 한 그것, 약하디 약한 생명체. 강아지가 축축하고 따뜻한 혓바닥으로 그의 손등을 핥는다. 간지럽다. 왠지 애틋하다. 강아지가 그의 품속을 파고든다. 그는 복슬복슬한 강아지 털을 부드럽게 쓸어 준다. 빛을 잃은 다음부터 그는 살아 있는 것 앞에 함부로 손을 내밀지 못하게 되었다. 쥐와 뱀을 스치게 될까 봐 두려웠고 개를 무서워하게 되었다. 미연이처럼.

지난봄 선교원에서 야외 나들이를 갔을 때 미연이가 그의 손에 무언가를 살짝 쥐여 주었다. 가볍고 보들보들하고 차갑고 촉촉하고 향긋한 것. 그는 연하디 연한 상추 이파리를 떠올렸다. 그녀가 그의 귀에 대고 속삭였다. 꽃이야. 동백꽃이래. 오빠 이거 어떻게 생겼는지 알지? 물론 현중은 기억했다. 시야가 닫히던 그해 봄에 선운사의 동백을 사진에 담은 적도 있었다. 그는 보드랍고 탐스러운 꽃송이를 쓰다듬었다. 그러나 아무래도 아닌 것 같았다. 손안의 것은 그가 기억하는 동백이 아니었다. 푸르디푸른 꽃……. 상추처럼 푸르고 싱싱한 꽃이 어느새 그의 머릿속 가득히 피어나고 있었다.

이제 막 검실검실 턱밑에 수염이 돋기 시작하던 사춘기 무렵의 그는 사진작가를 꿈꾸었다. 자유롭고 꿈이 많던 시절이었다. 꼭 그맘때의 그가 익사체로 바다를 표류한다. 물속에서 눈을 부릅뜬다. 깊고 어두운 바닷속, 좁고 탁한 동굴 속에 그가 갇혀 있다. 팔을 내젓고 다리를 움직인다. 동굴은 열리지 않는다. 무언가가 잔뜩 그를 짓누른다. 꿈이 아닐까. 곤히 잠든 그는 누군가의 장딴지에 짓눌려 있거나 지독한 열병을 앓고 있는 중일지도 모른다. 이 기분 나쁜 꿈이 싫다. 아무리 손을 내저어도 걷히지 않는 어둠, 실낱같은 빛 한 줄기 새어 들지 않는 한결같은 이 어둠이 싫다. 미연의 속삭임이 들린다. 나는 태어나서 지금까지 아무것도 본 적이 없어. 내가 기억하는 건 오직 소리뿐이야……. 미연의 소리가 들린다. 악몽에 짓눌린 듯 터져 나오던 외마디 비명 소리.

그날 현중은 미연과 함께 길을 걷고 있었다. 그들은 인공 수정체 삽입 수술로 한쪽 눈의 시력을 되찾은 지인을 만나고 돌아오는 중이었다. 현중은 다른 때보다 들떠 있었다. 비록 자신과 미연은 신경망이 제대로 남아 있지 않아 개안 수술이 불가능한 상태라지만 누가 알겠는가. 전자 공학이나 소재 공학 등 기술 과학 분야와 연대한 현대 의학은 하루가 다르게 기적을 만들어 내고 있다. 이루어지든 이루어지지 않든 희망을 품어 보는 건 흉이 아닐 것이다. 현중은 그런 생각을 하며 힘차게 발걸음을 내디뎠다.

두 사람은 길을 건너야 했다. 그곳은 4차선의 완만한 내리막길이었다. 음향 신호등이 없는 데다가 길 건너는 다른 이가 없어 그들은 한참을 서 있었다. 차가 연달아 지나간 다음 더 이상 차 소리가 들리지 않자 그는 케인으로 앞을 더듬으며 미연의 손목을 잡아끌었다. 아직 길을 다 건너지 못했는데 둔중한 느낌의 차 소리가 아주 가까이에서 들려오고 있었다. 그와 미연은 겅둥거리며 뛰었다.

길을 다 건넌 줄 알고 아주 잠깐 방심한 사이, 느닷없는 광풍이 그를 밀쳤고, 미연의 외마디 비명 소리가 그의 고막을 찢었다. 미연의 손목과 케인을 놓쳐 버린 것이 그녀의 비명 소리를 듣기 전인지 후인지 그건 지금도 모른다.

둔탁하고 다급한 발소리에 이어 누군가가 다가와 그를 부축했다. 수런거림과 혼란스러움 속에서 그는 사방에 대고 미연을 불렀다. 한 사내가 다가와 메마르고 신경질적인 목소리로 일러 주었다. 그 여자 분, 트럭에 치었어요. 머릿속이 텅 비는 것 같았다. 아무 생각도 들지 않았다. 그저 와들와들 손과 무릎이 떨리기만 했다. 바짓가랑이를 타고 뜨거운 오줌이 흘러내렸다. 미연이 그 자리에서 즉사했다는 걸 안 것은 그날 저녁 병원에서였다.

어제는 미연이 죽은 지 꼭 한 달째 되는 날이었다. ……오빠랑 같이 가면 이상하게 마음이 놓여. 나 혼자 가는 것보다 덜 무섭고, 처음 가는 길도 겁나지 않고……. 길을 건너기 전에 미연은 그런 말을 했었다. 후후…… 그의 입에서 바람 같은 웃음이 새어 나온다. 바보. 미연이는 바보다. 무섭지도, 겁이 나지도 않는다고? 이제 현중은 길을 건너는 일이 무섭다. 처음 가는 길은 겁이 난다. 그날 이후로는 홀로 남겨지는 것이 두렵다. 앞이 안 보이는 삶, 그것은 죽음의 지뢰밭을 혼자 걷는 일인지도 모른다.

차 안이 너무 조용하다. 현중은 소년 쪽으로 고개를 돌리고 성민아, 성민아 하고 나직이 불러 본다. 대답이 없다. 그의 무릎에 웅크린 강아지도 잠든 것일까. 움직임도 소리도 없다. 어깨에, 목덜미에, 냉기가 떨어진다. 서늘한 기운이 등을 죽 훑어 내린다. 으스스 몸을 떨고 난 그는 정적 속에서 눈을 부릅뜬다. 어둠……. 어둠 속에서 소년의 옅은 숨소리가 나붓나붓 내려앉고 있다. 어디선가 들려오는 희미한 플루트 소리. 현중은 온몸의 감각을 열고 멀리서 들려오는 그 소리에 귀를 기울인다. 쏴아쏴아 밀려오는 바람 소리, 마른 나뭇잎 서걱거리는 소리, 가느다란 휘파람 소리, 자박자박 마른 땅을 걷는 발소리……. 이것이 미연이 말하던 소리 나는 꿈일까.

 아아, 창식이 어서 돌아왔으면……. 차 안은 너무…… 춥다.

섬 안의 섬

 간밤에 내린 눈 때문에 언덕길이 미끄럽다. 수명은 발자국이 찍혀 반들거리는 곳보다 눈이 그대로 쌓인 쪽을 골라 딛는다. 좁은 골목길로 들어선다. 시멘트 블록의 야트막한 담벼락을 지나 막다른 골목, 암녹색의 철 대문 앞에 선다. 집은 동네의 다른 집들과 달리 어딘가 모르게 한갓져 보인다. 대문은 군데군데 페인트칠이 벗겨진 채 녹슬어 있다. 문은 틀림없이 열려 있을 것이다. 그녀는 비닐봉지를 왼손에 옮겨 들고는 시퍼렇고 빳빳하게 곱은 오른손에 입김을 쐰 뒤에 문을 슬쩍 밀어 본다. 나직한 쇳소리가 나면서 문이 달칵 열린다.
 시멘트 벽들과 인조석으로 외양을 입힌 단층 슬래브 집은 더없이 적요하다. 마당의 눈도 그대로이다. 그녀는 쌓인 채 얼어 가는 눈 위를 걷는다. 장독대 옆 담 쪽에 그리 크지 않은 대추나무 한 그루가 오뚝하다. 어머니는 초여름이나 되어야 초록의 새순이 터져

나오는 그 나무를 양반 나무라 부르며 알뜰히 건사해 왔다. 그 대추나무를 쳐다보는 어머니의 흐뭇한 표정은 하나뿐인 아들인 오빠를 바라볼 때와 조금도 다르지 않았다. 그러나 나무엔 몇 년째 열매가 통 맺히지 않는다. 아마도 어머니가 자리에 누운 뒤부터 그랬던 것 같다.

알루미늄 새시 현관문 앞에서 두어 번 발을 굴러 구두 밑창의 눈을 털어 낸다. 창틀 아래쪽에 성에가 꽃무늬처럼 어룽져 있는 유리문을 당겨 연다. 아크릴직의 두꺼운 커튼과 검은색의 낡은 소파 때문인지 집 안은 어둑시근하다.

「엄마, 저 왔어요.」

인기척이라곤 없다. 내심 의아해하며 거실로 올라선다. 수원에서 떠나기 전에 미리 전화를 걸어 둘까 하다가 그만두었던 것은 거동이 불편한 어머니가 이런 날씨에 외출할 리가 없다고 생각했기 때문이었다.

거실 바닥은 밍근하다. 어머니는 여간해서 보일러를 틀지 않는다. 중풍 후유증 때문에 날이 좀 추워지면 왼편 수족의 마비 증세로 고생을 하면서도 몸에 밴 내핍은 여전히 고집스럽다. 어머니가 발병하고 나서 오빠는 거반 20년이나 된 이 낡은 집을 수리하느니, 차라리 새 아파트로 이사를 가는 게 낫다며 집을 팔려고 했다. 어머니는 오빠의 말이라면 늘 못 이기는 척 따라 주었으나 집 문제만큼은 도무지 양보하려 들지 않았다. 결국 오빠는 대대적인 집수리를 해야 했다. 보일러를 새로 놓고 베란다 쪽의 디딤이문을 알루미늄 새시 창으로 바꾸고 도배까지 다 새로 했다. 그래도 한겨울이면 집 안엔 어디선가 냉기가 스며든다. 아무리 화사한 꽃무늬 커튼을 달아 놓아도 어딘가 썰렁하고 쓸쓸한 기운이 감도는 건 막을 수가 없다.

소파 앞 탁자 위에 과일 봉지를 내려놓고 안방으로 다가간다. 빈방에서 다소 티릿하면서 퀴퀴한 냄새가 느껴진다. 창틀과 다락 문틀에 못을 박아 매놓은 나일론 빨랫줄은 겹쳐 넣어놓은 수건과 속내의들로 잔뜩 처져 있다. 아랫목에 깔린 이부자리 모양새로 보아 어머니는 조금 전까지 누워 있었던 것 같다. 그녀는 총총걸음으로 거실을 가로질러 건너편 수경의 방으로 간다.

문을 열자 어둠침침한 빈방에 떠 있던 사향 계열 향수의 잔향이 코끝을 스친다. 목에 두르고 있던 머플러를 풀고, 모직 롱코트를 벗어 행거에 걸쳐 둔다. 행거에 걸린 수경의 옷들이 자연스럽게 눈에 들어온다. 광택이 나는 폴리에스테르 바지, 아방가르드 풍의 스커트, 해초처럼 너울거리는 러플이 붙은 블라우스……. 어려서부터 유독 옷 욕심이 많았던 수경은 지금도 여전한 모양이다. 수경이 식품 영양학과를 졸업한 후 생뚱맞게 광고 회사에 취직했을 때 그녀는 동생의 전공과 직장 일이 어떤 연관성을 갖는지 쉽게 납득할 수 없었다.

「언닌, 참 답답해. 도대체 내 밥벌이가 그 따위 따분한 전공하고 무슨 상관이야? 내가 맡은 건 이벤트 파트라구.」

수경은 그 일을 재미있어 했고, 일에 폭 빠져 결혼 따위는 뒷전이었다. 작년 가을까지만 해도 엄마 모시고 혼자 살겠다더니 나이 서른에 이르자 어느새 그 말이 쏙 들어가 버렸다. 형민과 결혼 말이 나오기 시작한 것도 그 무렵부터였다.

방 한복판에 멀뚱히 서 있던 그녀가 책상 앞의 회전의자를 끌어내 앉는다. PC 모니터와 자판기가 놓인 널찍한 책상 위에 중소기업 상품 전시회, 속옷 전문 회사의 기획 패션쇼, 컴퓨터 회사의 판촉 행사 팸플릿 들이 어지럽게 널려 있다. 두꺼운 웨딩 잡지도 눈에 띈다. 잡지를 비스듬히 낀 채 되는 대로 아무 페이지나 펼쳐 본다. 혼수품, 드레스 숍, 신부 화장, 신혼여행지, 섹스와 피임…….

「형민 씨 집에서는 날짜 잡자고 성화야. 상견례부터 해야 하는데 엄마도 저렇고 어떡하지? 오빠하고는 통화하기도 힘들고…….」

짜증 섞인 어투로 한숨을 내쉬며 하던 수경의 말이 새삼스럽다. 그나저나 정말 이 노인네가 대체 어딜 가신 걸까. 갈 만한 곳이 쉽게 짚어지지 않는다. 이웃에 살던 어머니의 친구들도 하나 둘 동네를 떠나 이젠 마을 갈 만한 곳도 없다. 수원에 사는 그녀에게 길음동 친정 나들이는 기차를 타고 부산을 가는 것만큼이나 먼 길이다. 홀시아버지를 모시는 처지여서 자주 오기도 쉽지가 않다. 마침 시아버지가 방학을 맞은 혜리를 데리고 큰 시누이 집에 다니러 간 터라 그나마 모처럼 시간을 낸 것이다.

「으응, 이 신발이…… 뉘귀여? 누가 왔어? 진이 엄마?」

어머니의 목소리다. 그녀는 한걸음에 달려 나간다. 진이 엄마는 격일로 일해 주러 오는 파출부 아주머니이다. 오늘은 화요일이니 오지 않을 것이다. 수경의 말에 의하면 그네는 첫날 일을 해본 다음에 수경에게 노골적으로 말하더란다. 단독 주택이어서 힘들고 노인의 병구완을 하는 셈이니 일당에 얼마간이라도 더 얹어 달라고. 어머니의 잔소리에 파출부들이 통 붙어 있지를 않던 터라 수경은 그냥 두말 않고 그렇게 해주고 있다. 물론 어머니는 그 사실을 전혀 모른다.

「엄마, 추운데 어디 갔었어요?」

수경의 방에서 뛰쳐나오는 그녀를 보자 어머니는 놀라는 기색이다. 주름으로 처진 양 눈가가 접히며 둥그런 눈에는 이내 반가움이 실린다.

「으응 저짝 방에…… 쥐새끼가 드나드는 거 같아서.」

장독대 뒤편의 그 방은 오빠가 결혼하기 전까지 쓰던 방이었다. 지금은 창고나 다름없다. 오빠네가 시드니로 떠나면서 자기들의 살림 가재도구들을 한데 몰아넣어 두었기 때문이다. 삼청 냉돌일 그 방을 노인네는 왜 갑자기 둘러볼 생각을 한 걸까. 혹시 오빠 일에 대해 무언가 눈치를 챈 건 아닐까. 어두운 방구석에 쪼그리고 앉아 손자를 어루만지듯이 먼지투성이의 살림살이를 보듬었을 거라 생각하니 돌연 가슴이 답답해진다. 그녀는 어머니를 부축하여 이끌며 주억거린다.

「어휴, 쥐가 좀 파먹으면 어때요? 어차피 쓰지도 않을 물건…….」

그 말이 채 끝나기도 전에 어머니는 눈초리를 치켜뜨며 버럭 성을 내지른다.

「뭔 소리여? 그걸 왜 안 써?」

겨우내 방 안에만 틀어박혀 있어서인지 어머니의 얼굴은 해쓱하다. 베개를 베고 누웠던 쪽의 머리칼은 납작하게 눌리고 쏠린 채 뒤엉켜 있다.

「거기서 좋은 거 많이 사올 텐데요, 뭐.」

듣기 좋게 둘러대자 어머니는 겨우 화를 누그러뜨리는 듯하면서도 얼굴은 여전히 뿌루퉁하다.

「이건 뭐냐?」

소파 한가운데에 털썩 앉으며 어머니는 탁자 위에 놓인 검은색 비닐봉지를 당긴다. 안에 담긴 사과와 귤을 보고는 금세 샐쭉해진다. 비닐봉지를 한쪽으로 밀치며 공연히 트집을 잡는다.

「빵 사오지 그랬니? 저번에 사온 앙꼬 빵 맛있던데…….」

느릿느릿 뱉어 내는 말이지만 발음은 예전보다 훨씬 좋아져서 이제는 그다지 어색하지도 않다. 처음 한동안은 아무도 어머니의 말을 제대로 알아듣지 못했다. 자음은 하나도 없이 모음만이 뒤섞여 웅얼대는 소리였기 때문이다. 어느 날 갑자기 들이닥친 고질이었다. 밤새 잘 자고 일어나 보니 입은 붕어처럼 튀어나온 채 왼편으로 돌아가 있고, 사지는 뻣뻣하게 굳어 손끝 하나도 까딱하지 못했다. 처음엔 그 병 특유의 언어 장애는 말할 것도 없고 침이나 음식물을 삼키는 것조차 힘들어 했다. 발병 후 몇 주 동안은 빠른 회복을 보였다. 병을 이기고자 하는 노인의 집념은 놀라웠다. 보통 4개월 내에 손가락을 굽히고 펼 수 없으면 그 이상의 회복이 불가능하다는 말에 지레 겁을 먹었던지 손에서 물렁한 고무공을 떨어뜨리지 않았다. 어둠 속에서도 그걸 노상 힘주어 눌러 대곤 했다.

올해로 4년째에 이르자 병은 이제 더 이상 호전되는 기미가 없다. 그래도 한약, 침, 지압 등, 한방 치료를 꾸준히 받은 덕에 이제 보행이나 언어 구사는 그리 문제 될 게 없다. 양말이나 신발 신을 때를 제외하고는 말이다. 무릎이 잘 구부려지지 않는 데다가 주로 오른손만 쓰기 때문에 그럴 때마다 유독 짜증이 심했다.

「먼저 들어가라. 난 어제부터 뒤를 못 봐서 무지근하니 영…….」

상체를 구부정하게 숙이고서 한 걸음씩 뒤뚝거리는 어머니의 걸음걸이는 답답하리 만큼 굼떠 보인다. 오른편 다리를 내딛은 후 왼편 다리를 끌어당기고, 다시 오른편 다리에 체중을 옮겨 싣는다. 깁스붕대를 감은 것처럼 니은 자로 꺾은 왼팔을 유난히 건들거린다. 그녀는 안쓰럽다는 생각은 간 곳 없이 절로 고개가 돌려진다. 당신 특유의 엄부럭이다. 부자연스럽긴 하지만 그런대로 잘해 나가다가도 어머니는 자식들 앞에서는 몹시 힘들고 괴로운 양 엄부럭을 떠는 것이다.

풍이 든 뒤로 어머니는 가끔 철없는 어린아이처럼 생떼를 부렸다. 오빠네가 호주로 떠나기 전후에 가장 심했었다. 국내 굴지의 전자 회사 시스템 개발부 소속인 오빠는 호주의 한 국영 기업체와 공동 개발하는 프로젝트 팀에 선발되어 2년간 시드니에 나가 있게 되었다. 오빠네는 줄곧 쉬쉬하다가 출국을 한 달 앞두고서야 노인네에게 알렸다. 어머니는 곡기를 끊은 채 내리 울기만 했다. 득달같이 달려온 올케 언니는 의사를 불러 진료를 받게 하고 곁에 앉아 속삭거렸다.

「어머님, 이러시면 아범 발목 붙잡는 거밖에 안 돼요. 어머님이 모르셔서 그렇지 아범이 거길 갔다 와야 진급도 빠르고요, 모든 게 그이한테 유리하다구요.」

나직한 말투나 팔다리를 주무르는 짓거리가 공순하기 그지없었음에도 교묘하게 을러대는 꼴이었다. 영리한 며느리는 시어미의 속을 꿰뚫고 있었다. 아들에게 유리하다거나 불리하다는 말 한마디면 노인과의 줄다리기는 그리 어려울 것이 없으리라는 것을. 그때까지 눈을 꾹 감은 채 곧 숨이 넘어갈 것처럼 가르랑거리던 어머니는 어느새 겁먹은 어린아이처럼 눈을 끔벅이며 며느리를 올려다보았다. 그 여세를 몰아 올케 언니는, 2년은 금세 지나간다는 둥 갔다 오면 잘 모실 거라는 둥 야살을 떨며 노인네를 다독거렸다. 링거 한 병을 맞은 뒤에 어머니는 일어나 앉아 올케 언니가 떠주는 미음을 납죽납죽 받아먹기 시작했다.

오빠네는 아무런 문제가 없었다. 두 달 후면 계약 기간인 2년을 다 채우고 돌아올 일만 남았다. 그런 오빠가 사흘 전에 그녀에게 전화를 걸어왔다. 오빠가 전화를 걸어오는 일은 극히 드물었으므로 그녀는 다소 긴장했다. 전화선을 타고 들려오는 오빠의 말투 또한 평소와 달리 어눌하고 조심스러웠다.

「네 올케 언니 말이야, 지난달에 준석이 데리고 밴쿠버로 들어갔어. 너도 알다시피 내 처남이 거기서 웬만큼 자리를 잡았고, 얼마 전엔 장모까지 도서 갔잖아. 사실 우리가 거기로 이민 갈 생각을 한 건 벌써 오래됐어. 문제는 어머니인데 말이야…….」

수화기 저편에서 무거운 한숨 소리가 들려왔다. 그녀는 오빠의 말을 대꾸 없이 그저 듣기만 했다. 오빠는 조만간 귀국해서 회사 문제라든가 집 문제를 처리할 생각이라고 했다. 그러면서 그녀에게 몇 가지 서류를 좀 떼어서 부쳐 달라고 했다. 그녀 생각에 그건 그저 형식적인 것에 불과했다. 오빠가 정작 하고 싶었던 말은 따로 있었다.

「어머니가 충격 받으실까 봐…… 네가 좀…….」

전화기를 잡은 그녀의 손은 땀이 배어 미끄러웠다. 오빠는 자기들의 그 결정을 그녀가 어머니에게 귀띔해 주기를 바랐다. 전화를 끊기 전에 거듭 되뇌었다. 부탁한다, 너만 믿는다. 두서없이 그런 말들을 늘어놓던 오빠의 목소리는 어렵게 서두를 꺼낼 때와는 달리 홀가분하다는 낌새가 역력했다.

아랫목에 앉아 바깥에 귀를 기울인다. 화장실에서는 아무런 기척이 없다. 아직도 변기에 앉아 있는 걸까. 노인 환자들은 대변을 볼 때 혈관이 수축되어 갑자기 혈압이 오르기 때문에 화장실에서 쓰러지기도 한다던데. 차멀미를 하는 것처럼 속이 울렁거린다. 서울역에서 내려 4호선으로 환승하기 위해 통로를 걸어야 했을 때 그녀는 그 길이 한없이 길게 느껴졌었다. 길음역에서 마을버스를 탔을 때 좁은 골목길을 내달리는 기사의 운전은 거의 곡예에 가까웠다. 그녀는 어머니가 누워 있던 자리의 반쯤 개켜진 캐시밀론 이불을 뭉쳐 베고 비스듬히 몸을 눕힌다. 평평한 방바닥이 한쪽으로 기우뚱하니 쏠린다. 장롱, 삼단 서랍장, 그 위의 TV가 주르르 미끄러지면서 앞으로 넘어올 것만 같다. 반대편으로 돌아누우며 이불 밑으로 발목을 묻는다. 엉덩이, 등 밑에서 따뜻한 기운이 올라와 온몸 가득 스멀스멀 퍼진다. 노곤하고 나른하여 졸음이 쏟아진다. 눈을 뜨는 것조차 힘들다.

엄마, 오빠는 안 와요. 어머니는 비뚜름하니 돌아간 입을 실쭉거리며 코웃음을 친다. 세상 사람 다 그래도 니 오래비는 안 그런다. 단호하고 확신에 찬 어투다. 오빠네가 캐나다로 이민을 간대요. 어머니의 비뚤어진 입이 흉하게 실룩거린다. 흥, 걔네들이 너 같은 줄 아니? 어머니는 맞은편에 앉은 그녀를 손가락질하면서 이기죽거린다. 너는 내가 입원했을 때도 얼굴만 비죽 들이밀고는 그날로 가버렸어! 그녀의 눈 밑이 붉어진다. 무어라고 대꾸를 하려는데 목구멍이 꽉 조여든다. 말도 안 되는 어깃장이다. 그땐 시모가 돌아가신 직후여서 도저히 집을 비울 수 없었다는 걸 어머니도 분명히 기억하고 있을 것이다. 구구하게 변명을 늘어놓기가 싫다. 오래된 자개장롱을 물끄러미 바라본다. 검은 장롱에 박힌 조개 두늬들은 눈부신 햇살과 가벼운 기풍에 흔들리는 물결처럼 영롱하다.

수경이가 결혼하고 나면 엄마는 이 집에 혼자 남는 거야. 혼자! 그게 어떤 건지 아세요? 엄마는 화장실에서 나오다가 갑자기 쓰러질 수도 있어. 토사물 때문에 숨이 막혀 그 자리에서 변고를 당할 수도 있다구요!

열없쟁이 닦아세우듯 지지르는 그녀의 말에 어머니의 얼굴은 시뻘겋게 달아오른다. 부르르 떨며 옆에 있던 두루마리 화장지를 들어 그녀를 향해 냅다 던진다. 빗나간 두루마리 화장지가 그녀 옆에 툭 떨어진다. 화장지는 둥글게 감겨진 띠처럼 기다랗게 풀려지며 데굴데굴 굴러간다. 왜요? 두려워요? 그녀는 어머니를 쏘아보며 무어라고 심술궂게 뇌까린다. 두루마리 화장지는 흰 꼬리를 남기며 끝없이 구른다. 그녀는 그걸 집으려고 벌떡 일어나 달려 나간다. 공처럼 계단 위를 통통 튕기고서 아래로 떨어진 두루마리는 집 앞 내리막길을 타고 계속 구른다. 순식간에 눈앞에서 사라져 버린다. 그녀는 언덕배기에 선 채로 멀거니 아래를 내려다본다 활주로처럼 넓고 긴 길이다. 온통 형광물질을 바른 듯 도드라진 흰빛이다. 눈이 부시다. 몸이 가붓하다. 까치발로 팔짝 뛰면 곧장 솟구치

듯 날아오를 수도 있을 것 같다.

　어디선가 관을 타고 올라오는 수돗물 소리, 달그락달그락 접시 부딪히는 소리에 이어 사람들의 수런거림이 귓전에 어수선하다. 눈을 뜬다. 어스레한 방 안에 시계 초침 소리만 그득하다. 그녀는 얼른 몸을 일으켜 앉는다. 등이 서늘해지면서 한기가 돈다. 목덜미에 손을 둘러 본다. 머리칼과 폴라 티셔츠에 땀이 배어 축축하다.

　'아파트에 사는 한 칠순 노인이 사망한 지 여드레 만에 발견되었다고 하지요?'
　라디오에서 진행자가 조간신문에 실린 토막 기사를 짧게 언급한다. 라디오는 안테나가 길게 뽑힌 채 소파 앞의 탁자 위에 올려져 있다. 네, 유서를 남긴 걸로 봐서 자살로 추정된다고 합니다만……. 남녀 진행자가 꽤 심각한 척 그 사건에 대해 몇 마디를 더 주고받은 뒤 발라드 풍의 가요를 내보낸다. 귀에 익은 곡이다. 언젠가 저녁쌀을 씻어 안치면서 들은 적이 있었다. 평소 그녀는 대중가요야말로 팔아먹기 위해 만들어 낸 작위적인 감상일 뿐이라고 생각해 왔다. 그러나 왠지 그날따라 그 곡이 가슴에 와 닿았다. 섬세하고 부드러운 음색에 힘입어서 그런지 그렇게 싸구려 같지만은 않았다. 쌀을 씻다 말고 개수대에 기대어 선 채로 노랫말에 귀를 모았다.
　'……나는 앉은뱅이 섬 하나. 파도에 실려 자꾸만 떠밀려 가네. 까마득히 멀리 떠나온 나를 네가 찾아올 수 있을까. ……어두운

밤하늘 푸른 바다 한가운데, 오늘도 나는 너를 기다린다네.'

식탁 앞에 쭈그리고 앉은 어머니의 등은 활처럼 굽어 있다. 무언가를 먹고 있다가 등 뒤에서 기척을 느끼고 굼뜬 동작으로 돌아본다. 몰래 먹다 들킨 사람처럼 움찔한다. 멋쩍은 듯 오른손에 든 수저를 허공에 두어 번 흔들고는 웅얼댄다.

「똥 누고 나면 당최 속이 헛헛하니 어질거려서 입매나 할까 하고……」

미처 넘기지 못한 음식물이 입가로 꾸역꾸역 길려 나온다. 내씹던 희끄무레한 내용물 하나가 기어이 입에서 툭 떨어진다.

「깨울까 했는데 아주 달게 자드라……」

어머니는 얼른 주워 입 안으로 다시 집어넣고는 게질게질 씹는다. 그녀는 다가가 대접을 들여다본다. 우툴두툴한 닭 껍질이 수북하다. 절로 진저리가 밀려온다.

「파 뿌리 넣고 달인 오골계 수탉이야. 이게 풍 환자한테 그렇기 좋다드라. ……먹어 볼래?」

그녀가 도리질을 하자 어머니는 재차 권하지도 않는다. 언젠가 수경이가 쓸쓸하게 웃으며 하소연한 적이 있었다.

「노인 환자들은 원래 다 그런가? 추어탕 해라, 녹두 빈대떡 부쳐라, 먹고 싶다는 게 왜 그렇게 많아? 아줌마가 또 관두겠다고 할까 봐 조마즈마해. ·····저번엔 보신탕 사오라고 어찌나 성화를 해대던지……」

섬 안의 섬 245

미역국을 데우고 밥 두 공기를 푼 뒤 그녀는 어머니 옆에 나란히 앉는다. 어머니는 닭을 발라 먹느라고 기름이 묻어 번질번질한 손을 젖은 행주에 쓱쓱 닦고는 국그릇 앞으로 바투 다가앉는다. 그녀는 부러 느릿느릿 수저질을 한다. 미역국에 밥을 말아 떠먹고 있자니 불현듯 10년 전 혜리를 낳았을 때가 두서없이 떠오른다.

그 무렵 어머니는 근 20년간 꾸려 오던 갈비 집을 정리하고 나름 한가한 시간을 보내고 있었지만 그녀의 출산은 안중에도 없었다. 오빠의 결혼식 날이 달포 남짓 남았기 때문이었다. 그녀는 병실 문 열리는 소리만 나면 친정어머니인가 싶어 돌아보았다. 부석부석한 얼굴로 신생아를 품에 안고 막 퇴원하려는데 그제야 어머니가 병원 입구를 바삐 들어서고 있었다. 그녀는, 아무리 집이 어수선해도 네 산후 조리는 내가 해주마, 하면서 어머니가 갓난애를 안고 앞장을 서면 어찌 되었거나 따라나설 양이었다.

「뭐, 안사돈 양반이 어련히 잘 알아서 건사해 주시겠냐? 난 함 준비하고 치과까정 다니느라고 정신이 하나도 없다.」

그러면서 어머니는 손으로 자꾸 입을 가렸다.

「하필이면 이때 이놈의 이가 망가질 게 뭐냐…… 틀니 해 넣으려고 이를 죄 뺐다.」

그리고 보니 어머니의 양 볼이 홀쭉했다. 어머니는 강보에 싼 갓난애를 안고 들여다보면서도 잔치 전에 치과 치료가 다 끝날 수 있을지만 걱정하고 있었다. 그러고는 이내 갓난애를 그녀의 팔에 넘겨주고서 황당히 돌아섰다. 그녀는 갓난애를 어설프게 안고서 어머니의 뒷모습을 바라보았다. 어머니는 두 팔을 재게 놀리며 빠르게 걸었다. 쏟아지는 봄 햇살 때문인지 어지러웠다.

산후 조리를 하는 동안 내내 젖몸살의 고통은 끔찍했다. 젖가슴은 물론 양 겨드랑이 밑까지 뻐근하고 송곳으로 푹푹 찌르는 것처럼 아팠다. 젖꼭지는 마치 면도날에 베인 것처럼 쓰라려 아이의 입에 물릴 때마다 절로 눈물을 질금거렸다. 게다가 젖은 퉁퉁 붇기만 할 뿐 시원하게 나와 주지 않았다. 답답하고 울울했다. 별스럽지 않은 일에도 노염을 탔다. 본시 애틋한 정을 나누는 모녀지간은 아니었지만 출산 날짜를 뻔히 알면서도 오빠의 혼삿날을 겹치게 잡은 어머니가 마냥 야속했다. 갓난아이는 빈 젖을 물고 쌔근덕거리며 바동바동 빨아 댔다. 그녀는 친정어머니가 끓여 준 미역국을 한 대접만 먹는다면 금새 젖이 잘 돌 것만 같았다. 공연히 뒤틀린 심사 탓이었을 것이다.

「접때 동짓날에 말이야, 팥죽 좀 쑤라니까 그 여편네가 애동지라면서 끝까정 안 쒀 주더라. 흥 그 여편네, 다 좋은데 음식을 왜 그렇게 못하는지? 이 시래기나물 무쳐 놓은 꼬락서니 좀 봐라.」

어머니는 쥐고 있던 수저 손잡이 끝으로 시래기나물을 이리저리 헤집어 놓는다.

「음식도 못하면서 양념 씀씀이는 얼마나 헤픈지……. 속옷은 삶으래두 만날 락스에 담갔다가 제대로 헹구지도 않고 널구…….」

「엄마, 그만해 둬요. 그만큼 해주는 사람도 없어요.」

그녀는 불퉁스럽게 면박을 주고는 일어선다. 빈 그릇들을 주섬주섬 걷어다가 설거지통에 담근다. 나이 먹어도 젊었을 때와 한 치 변화가 없는 저 꼬장꼬장한 성미, 남이 대충 넘어가는 꼴을 못 보는 어머니의 깐깐한 성질이 오늘따라 미워진다. 찬그릇을 냉장고에 쟁여 넣고 식탁 위를 닦는다. 아침 먹은 후 행주질을 제대로 하지 않았는지 국물 떨어뜨린 자국, 그릇 놓였던 자국들이 희뿌옇게 말라 쉽게 지워지지 않는다. 어머니는 양파 한 조각을 집어 들고는 아작아작 씹어 먹으면서 여전히 엉두덜거린다.

「에이그, 몸뚱이가 웬수지. 몸만 성하면 이까짓 부엌일이 일이냐?」

젖은 수세미로 뽀득뽀득 닦아 내자 식탁 유리는 물기로 번질거린다. 그녀는 뜨거운 물에 행주를 빨아 짠 뒤 물기를 꼼꼼하게 닦아 낸다. 어머니는 무릎을 벽 쪽으로 되틀고 비뚜름하니 앉아 그녀가 하는 양을 빤히 지켜보며 끝없는 신세타령이다. 그녀가 웅크린 채 식탁 밑을 걸레질하기 시작하자 그제야 늘쩡거리며 자리에서 일어선다. 주먹으로 허리를 두어 번 두들긴 후 어기적어기적 거실로 올라가더니 라디오 코드를 빼서 품에 안고는 방 안으로 들어간다.

걸레질을 마치고도 한동안 넋을 놓은 듯이 앉아 있던 그녀는 쌀통 옆 수납장을 열어 잡곡 봉지들을 뒤적거려 본다. 누런 봉지 안에 작은 되 한 되 남짓한 붉은 팥이 남아 있다. 팥을 씻어 무르게 삶아 낸 후 앙금을 걸러 내고 있는데 방에서 어머니가 부른다.

「수멩아, 거 냉장고에 있는 내 약 좀 데워 와.」

목소리가 짜랑짜랑하다. 아버지가 살아 계셨을 때도 큰소리를 내는 쪽은 언제나 어머니였다. 아버지가 돌아가신 때는 그녀가 고등학교 입시를 치렀던 그해 겨울이었다. 그날 밤 두 사람은 무슨 일 때문인지 크게 싸웠다. 늘 그렇듯이 어머니는 시종일관 아버지를 야멸치게 닥아세웠다. 마침내 아버지가 노기 어린 기침 소리를 내며 마루로 나오더니 이어 현관문을 열고 나가는 소리가 들렸다. 그때까지 자지 않고 있던 그녀는 살그머니 마루로 나와 보았다. 제대로 닫히지 않은 현관문 틈새로 칼날 같은 밤바람이 스며들었다. 안방에서는 여전히 혼잣말로 구시렁거리는 어머니의 목소리가 흘러나왔다. 그녀는 한참동안 우두망찰하니 서 있었다. 마룻바닥의 냉기가 발바닥을 타고 온몸으로 전해졌다. 바람 한 점, 아니, 미세한 움직임조차 없는 어슴푸레함 속에서 그녀의 옆에 있던 고무나무의 누렇게 뜬 이파리 한 잎이 맥없이 뚝 떨어졌다.

약봉지에 빨대를 꽂아 건네자 어머니는 쪽쪽 소리를 내가며 한 방울도 안 남기고 깨끗하게 빨아 먹는다. 그녀는 사과를 세워 반으로 가른 뒤 여섯 조각을 낸다. 사과를 깎는 그녀의 모습을 힐긋거리며 어머니는 띄엄띄엄 말을 잇는다.

「넌 나이 먹을수록 더 니 아부지구나. 길쭘한 얼굴에, 가느다란 눈매하며…… 생전 가야 말 한마디 따습게 할 줄 모르고…….」

그날 밤 집을 나간 부친은 영영 돌아오지 못했다. 식구들은 이튿날 오후에야 파출소로부터 전화 연락을 받았다. 부친은 응급실에 혼수상태로 누워 있었다. 뺑소니차에 치었고, 사고를 당한 후 영하 16도의 날씨에 몇 시간 동안 노상에 방치되어 있었다는 점은 환자에게 치명적이었다. 여덟 시간에 걸친 뇌수술을 받았으나 부친은 영원히 깨어나지 못했다. 상을 치르면서 어머니는 전날 밤의 다툼을 까맣게 잊은 듯 참담한 모습이었다. 문상을 온 친지들에게는 쉬어 잠긴 목소리로 넋두리를 했다. 그 양반이 뭐에 씌웠던가 봐. 그러지 않고서야 왜 오밤중에 그 큰길까지 나갔을까. 맨발에 슬리퍼짝을 끌고서⋯⋯.

「얘, 큰길에 눈 하나도 안 녹았쟈?」

포크에 찍은 사과 한쪽을 받아들며 어머니는 호기심이 많은 어린아이 같은 표정으로 묻는다.

「날이 워낙 추운걸 뭐.」

「고속도로에서 버스가 뒤집혀서 사람이 많이 죽었댄다. 조금 아까 뉴스에 나왔어.」

어머니는 사과를 한 입 베어 우적우적 씹으며 달력을 올려다본다.

「낼모레가 입춘인데 날이 왜 이 모양이냐. 빨랑 봄이 왔으면⋯⋯.」

봄이 왔으면 좋겠다는 노친의 말꼬리가 가슴을 알싸하게 훑어내린다. 어머니의 얼굴을 슬쩍 훔쳐본다. 무심한 듯 천연덕스러운 그 얼굴에 봄날 아지랑이 같은 아련한 희망이 어려 있다. 아버지가 돌아가시고 나서 어머니는 전보다 더 그악스러워졌다. 매사를 돈과 연결 지었다. 오빠가 재수를 하게 되자 그녀에게 대학 입학을 포기하라고 윽박지르기도 했다. 어머니의 의중과 어긋날 때 슬쩍 눙치고 곰살궂게 비위를 맞춰 가면서 일을 풀어 나가는 수경과 달리 그녀는 그런 일에 영 서툴렀다. 그녀와 어머니는 사사건건 부딪혔다. 그녀가 고리삭은 어머니의 뜻에 반발하며 제 고집을 밀어붙일 때면 어머니는 부아가 치밀어 더는 못 참겠다는 듯이 두 팔을 휘두르며 달려들었고 상스러운 욕을 있는 대로 죄 퍼부었다. 그리고 막판에는 늘 당신의 박복한 팔자타령이었다. 그녀는 욕을 먹는 것보다도 그것이 더 듣기 싫었다.

「김 서방 하는 일은 요즘 어떠니?」

「그냥 그렇지 뭐…….」

가난한 집 맏아들이라고 한사코 반대하던 결혼을 했던지라 그녀는 어머니 앞에서 한 번도 힘들다는 내색을 한 적이 없었다. 네가 좋아서 한 결혼이니 그 집 귀신 되는 날까정 죽은 듯이 살아라. 어머니의 그 말 한마디가 뇌수에 박혀 노상 궁핍한 살림이나 시집살이의 어려움에 대해 하소연을 하거나 투정한 적도 없었다. 그녀에게 친정어머니는 마음속에선 한없이 그리운 존재였음에도 막상 이렇듯 얼굴을 맞대고 있노라면 하고픈 말은 가슴에만 묻게 되는 것이었다. 어머니는 허구한 날 옷이며 구두며 화장품을 사들이고 열두 가지 것을 죄다 찍어 바르고 다닌다며 수경의 흉을 있는 대로

섬 안의 섬　251

보다가, 이미 귀에 딱지가 앉도록 들어온, 앓아누운 지 사흘 만에 세상을 떠난 외조부 이야기를 되풀이했고, 얼마 전 아들네와 같이 살기 위해서 일산으로 이사 간 동네 친구 얘기를 했다.

「게을러 터지고 투깔스럽다고 예 와서 만날 큰메누리 흉을 보드니 같이 살잔 말 나오기 무섭게 집부터 내놓드라. 흥, 그기 식모 살이지 뭐……」

체머리를 흔들며 비아냥조로 내뱉던 말을 툭 끊고는 짐짓 라디오에 귀를 기울인다. 〈지구촌은 지금〉이라는 해외 소식 프로그램인 모양인데 용케 '시드니'라는 지명을 놓치지 않았던 모양이다. 등을 잔뜩 굽히고 라디오 앞으로 바짝 다가든다. 어머니가 든 포크 끝에 사과 반쪽이 아슬아슬 달려 있다.

'……오늘 낮 12시경, 이곳 와일드 파크에서 몸길이 70센티미터 정도의 검은색 코카투 앵무새가 한 어린아이의 왼쪽 눈을 쪼아 실명하게 만든 사건이 있었습니다.'

사과 조각이 기어코 툭 떨어진다. 호주의 현지 특파원은 그 어린아이가 유모차에 눕혀져 있던 생후 15개월짜리 여자 아이였음을 덧붙인다. 어머니는 그제야 고무줄 통치마 폭에 떨어진 사과 조각을 집어 날름 입에 넣고는 주억거린다.

「그래도 거긴 여기랑 다르댄다. 공기두 맑고 살기가 좋대.」

「누가 아니라우.」

그녀는 가볍게 눈을 흘기며 피식 웃는다. 남은 사과 한 쪽을 어머니에게 마저 건네고서 빈 접시를 들고 막 일어서려는데 전화벨이 울린다. 수경이다. 수경은 높은 톤으로 숨도 안 쉬고 빠르게 말을 쏟아낸다.

「언니, 오빠 전화 받았지? 캐나다니 뭐니 그 따위 얘기 들었어? 그게 말이나 돼? 이민 안 가면 아예 이혼하겠다고 했다며?」

「그게…… 무슨 말이니?」

「올케 언니 말이야. 그 여우가 죽어도 여긴 안 들어오겠다고 했다잖아. 그래서 오빠랑 싸우고 먼저 들어갔다던데, 못 들었어?」

어느새 라디오를 꺼버린 어머니가 슬며시 전화 내용을 엿듣고 있다. 그녀는 말꼬리를 얼버무린다. 다행스럽게도 그쯤에서 수경이가 목소리를 낮추며 덧붙인다.

「아 참, 나 오늘 집에 못 들어가. 리허설 때문에 철야거든. 엄마한테 말 좀 잘 해줘.」

수화기를 내려놓는 그녀를 쳐다보면서 어머니가 먼저 입을 뗀다.

「또 못 들어온대니? 걘 툭하면 철야랜다. 무슨 놈의 회사가 그런지 원…….」

곁에 있던 작대기를 집어 들어 등을 긁기 시작하면서 어머니는 시무룩한 표정으로 흘금거리며 묻는다.

「너두 가얀지? 지금 갈래?」

잔뜩 풀이 죽은 목소리다. 그녀는 슬그머니 시선을 떨어뜨리며 아니라고, 즈금 있다가 갈 거라고 우물거린다. 말할까, 말하지 말까. 일찍 알아서 좋을 게 없어. 아니, 어차피 알게 될 텐데……. 몇 번이나 입술을 깨물었다가 마침내 말을 꺼낸다.

「엄마…… 집에…… 오빠 도장 있죠?」

등을 긁던 손놀림을 뚝 멈추고서 어머니는 뜨악한 표정으로 그녀를 쳐다본다.

「어, 그냥…… 오빠가 뭘 좀 부탁을 해서요. 무슨 서류가 필요하대나…….」

별일 아니라는 듯 일부러 심드렁하게 말한다. 어머니는 눈을 가느스름하게 뜨고 그녀를 빤히 올려다보기만 한다. 그녀는 무어라고 둘러댈까 궁리하며 입을 달싹거린다. 그러는 동안 어머니는 그 특유의 직관으로 그녀의 침묵을 교묘하게 파헤치고 있다. 곧이어 어머니의 크고 둥그스름한 두 눈에 불안, 의심스러움, 두려움의 그림자가 일렁거린다. 그걸 보자 그녀는 힘이 쭉 빠져 그만 자리에 힘없이 주저앉는다. 어머니의 얼굴이 점차 일그러진다. 금방이라도 울음이 터져 나올 듯한 표정이다.

「니 오래비한테 뭔 일 있자? 왜 그런다니? 걔가 나한텐…… 아무 일 없댔는데…….」

울먹거리며 재차 그녀를 되곱쳐 묻는다.

「무슨 일이야, 응? 뭔 일이니?」

좁은 목구멍 안에 주먹만 한 돌덩이가 박힌 듯 꽉 조여 온다. 침조차 삼켜지지 않는다. 눈가가 맵고 뜨거워진다. 그녀 안에 고여 있던 감정들이 한꺼번에 복받쳐 오른다. 썰렁한 빈집에 혼자 남은 노친네. 낮엔 찬밥 한 덩이 떠먹고 휑뎅그렁한 방 안에 쭈그리고 앉아 종일 라디오나 듣고, 밤이면 TV 앞에서 무료함을 달래야 하는 무덤 속 같은 나날들. 어서 날이 가고 빨리 봄이 왔으면……. 병들고 외로운 이 노친네에게 한 가닥 희망은 타지에 나간 아들의 귀가, 오직 그것뿐이다. 아니라고, 오빠에겐 아무 일도 없다고 더듬거리며 세차게 도리질을 하지만 주책없이 흘러내리는 눈물은 그녀도 어찌할 도리가 없다.

키이힉— 키이이힉—

느닷없는 소리에 놀라 그녀가 고개를 쳐든다. 어머니가 웃고 있다. 목 졸린 거위의 울부짖음 같은 희한한 소리를 내며 웃고 있다. 기이하게 일그러진 얼굴. 우는 것도 웃는 것도 아닌, 화난 것도 놀란 것도 아닌 저 표정……. 어머니는 어깨를 들썩인다. 사레들린 것처럼 기침을 쏟아낸다. 그러면서도 끼룩끼룩 웃어 댄다. 도저히 참을 수 없다는 듯이 끊임없이 웃는다. 멈추어지지 않는 웃음 때문에 숨이 차고 힘에 겨운지 한 쪽 팔을 내젓고 허리를 앞으로 구부리고 옆으로 뒤틀기 시작한다.

쭈뼛한 기운이 등줄기를 훑는다. 더럭 겁이 난다. 달려들어 어머니의 양팔을 힘주어 잡고 얼굴을 들여다본다. 온통 물기로 번들거린다. 눈물 콧물이 뒤섞여 흥건하고, 입가엔 거품 같은 침이 부걱부걱하다. 버들버들 떨고 있는 어머니의 어깨를 감싸 안는다. 젖은

섬 안의 섬 255

얼굴을 품에 안으며 되뇐다.

「아니에요, 엄마…… 오빠한텐 아무 일 없어요. 괜찮아요, 괜찮아. 정말 아무 일도 없어요…….」

짧은 겨울 해가 이울어 짙은 어스름이 내려앉은 방 안은 검푸른 바다 한가운데처럼 어둡다. 어머니를 두 팔로 부둥켜안은 그녀의 몸은 손바닥만 한 거룻배에 올라탄 양 되똑거린다. 흔들흔들 자꾸 어디론가 떠밀려 가고 있다. 너른 바다 한복판. 맵고 시린 바람 한 줄기가 그녀를 세게 밀친다. 물살이 거칠게 일렁거린다. 어머니의 입에서 젖은 딸꾹질이 새어 나온다. 후드득거리며 몸을 떨기도 한다. 그녀는 어머니의 등을 연신 부드럽게 쓸어내린다.

천장의 회색 반자 한가운데에 매달린 백열전등의 불빛이 부엌 구석구석을 불그스레하게 적신다. 그녀가 움직일 때마다 체크무늬 롱스커트 밑에는 기괴한 형상의 그림자가 어른어른 따라다닌다. 끓는 팥죽에 나무 주걱을 넣어 천천히 저어 준다. 뜨거운 김이 올라와 주걱을 쥔 그녀의 손이 이내 축축해진다.

「엄마한텐 오빠 얘기, 절대 비밀이야. 요즘…… 엄마가 약간 이상하거든. 혈압이 높은 데다가 툭하면 숟가락 떨어뜨리고, 슬픈 연속극을 보면서 키득키득 웃지를 않나…….」

전화를 끊기 전에 수경이가 황급히 소곤거리며 당부하던 말이 머릿속을 떠나지 않는다. 죽이 퍽퍽 튄다. 그녀의 손등에까지 튀어

오른다. 찬물에 손을 헹구고 손등을 들여다본다. 덴 자국이 벌겋다. 시린 건지 쓰라린 건지 도무지 감각이 없다. 마냥 혼란스럽다. 저도 모르게 긴 속숨이 흘러나온다.

어머니는 팥죽 한 그릇을 아주 달게 먹고는 그 자리에 미끄러지듯이 누워 버린다. 어머니 이부자리 밑으로 손을 넣어 본다. 알맞게 따뜻하다.

「엄마, 저…… 갈게요.」

「그려. 어여 가.」

눈을 반쯤 감은 채 희미하게 대꾸를 하는 어머니 얼굴을 물끄러미 내려다보고 나서 돌아선다. 안방 문을 닫고, 거실을 지나 현관문을 닫는다. 마당을 가로질러 나간 뒤 문밖에 서서 철 대문을 앞쪽으로 당긴다. 대문에 달린 잠금장치가 걸리지 않아 뒤로 밀쳤다가 있는 힘을 다해 잡아당긴다. 철컥. 자물쇠 걸리는 소리가 명료하다. 둥그런 쇠붙이 문고리를 잡은 채로 대문을 두어 번 흔들어 본다. 열리지 않는다. 묘한 느낌이다. 노친네를 겹겹으로 가두어 놓고서 아주 멀리 달아나는 것만 같다.

한줄기 붉은 외등 아래에서 문득 걸음을 멈추고 뒤를 돌아다본다. 낮게 드리워진 밤하늘 아래 다닥다닥 붙은 여러 채의 집들이 좁은 골목 안에 그득하다. 그중의 어느 집에선가 생선 굽는 냄새가 나고, 창 너머로 아이들이 싸우는 소리, 남자의 고함 소리가 흘러나온다. 우뚝우뚝 솟은 집들 틈바구니에 앉은뱅이처럼 끼어 있는 회백색의 단층 슬래브 집 한 채……. 한없이 고즈넉해 보인다. 마치 너른 바다 위에 떠 있는 외딴섬처럼. 푸르스름한 밤안개에 휩싸인 그 섬이 시나브로 가라앉고 있다.

구름 위의 집

 바퀴가 활주로에서 벗어나는 순간 나는 몸을 움찔했다. 베인 살 갗에 알코올이 스칠 때처럼 찌릿한 통증이 온몸을 관통했다. 비행기는 금세 구름 위로 솟구쳐 올랐다. 이 순간만큼은 모든 걱정을 떨어내고 싶었다.
 호준은 여덟 살짜리 사내아이답게 기내 시설물이며 의자에 부착된 기기 등에 강한 호기심을 보였다. 아이는 리모컨으로 채널을 탐색했고 개봉관에서 상영 중인 만화 영화를 찾아내고는 좋아라 했다. 국제선이 처음인 아이는 승무원들이 서빙하는 음식에 눈이 동그래졌다. 내가 집에서는 금기 식품으로 꼽았던 콜라를 주문해 주자 좋아서 입을 다물지 못했다.
 그러나 딱 거기까지였다. 비행기 안에 더 이상의 새로운 것은 없었다. 아이는 이내 엉덩이를 들썩거렸고 몸을 비비 꼬았다. 비행기가 1만 미터 이상의 고도와 시속 900킬로미터에 가까운 속도와 영하 50도의 바깥 기온을 지나오는 동안 언제 내릴 거냐며 성화를 해대다가 갑자기 무슨 생각을 한 것인지 고개를 삐딱하니 꽂고는 물었다.

「근데에…… 지금 아빠한테 전화해도 돼?」

「뭐? 안 돼. 비행기에선 휴대폰 쓸 수 없어.」

할 말이 더 있는 것처럼 입을 달싹거리던 아이는 쌀쌀맞은 내 대답에 주춤했다. 무슨 말을 더 물을까 봐 겁이 났던 나는 슬그머니 고개를 돌렸고 좌석 뒷주머니에 꽂힌 쇼핑 카탈로그를 빼들고는 뒤적거렸다.

「엄마, 아빠가 우리 비행기 타고 여행 가는 거 알아?」

뜨끔했다. 어떻게 대답할까 하고 내가 잠시 머뭇거리는 사이에 아이는 재차 물었다.

「엄마가 아빠한테 전화했어?」

뒷골이 뜨거워지는 느낌이었지만 나는 아주 태연하고도 자연스럽게 대꾸했다.

「응, 했어.」

아이가 또 무슨 말을 물어 올까 두려웠던 나는 아무렇게나 펼쳐든 카탈로그 속 양주 리스트에 단단히 시선을 꽂았다. 헤네시, 발렌타인, 시바스리갈……. 어느 결에 툭, 아이가 쥐고 있던 루피 캐릭터 인형이 떨어진다. 방금 전까지만 해도 무슨 생각을 하는지 고개를 쭉 빼고서 통로 건너편의 희뿌연 창을 바라보고 있더니 어느

새 잠이 들었는가 보다.

 의자를 한껏 뒤로 젖힌 옆의 사람들도 모두 곯아떨어졌다. 쉽게 잠을 이루는 그들이 부럽다. 휴가로 일주일간 자리 비울 것을 생각해 연일 야근을 한데다가 오늘은 너무 이른 새벽에 홀연 잠에서 깨는 바람에 눈은 뻑뻑하고 몸은 말할 수 없이 고단하지만 좀처럼 잠은 오지 않는다. 난기류를 빠져나가는지 비행기가 약간 흔들렸다. 어쩌면 내 머릿속이 어지러운 탓이거나 혹은 내가 지나치게 예민한 것인지도 몰랐다.

 남편이 사업을 시작하면서 나를 당황스럽게 한 것은 바닥을 드러낸 은행 잔고나 대출금을 당장 갚으라는 은행의 독촉장만이 아니었다. 그는 출장이다 접대다 하며 툭하면 외박을 했고 술에 절어 들어와서는 대포처럼 뻥뻥 쏘아 대는 허풍으로 사람의 진을 빼놓기 일쑤였다. 아이에게 전화를 걸어 주던 일이 점차 줄었고 늦도록 아빠를 기다리다가 무릎걸음으로 다가드는 아이를 피곤하다며 밀어내기까지 했다. 서서히 말수도 줄었다. 사업을 시작할 때만 해도 처음 들어 보는 이름을 수도 없이 열거하면서 일이 진행되는 바를 시시콜콜 설명해 주려 들었다. 그러나 이제 남편은 우리의 신용카드가 모두 정지되었다는 얘기조차 해주지 않았다.

 내 월급에 차압이 들어올지도 모른다는 전화 한 통을 받은 날 저녁, 마트에서 나는 카드 사용이 정지되었다는 사실을 알았다. 계산대 앞에 쌓여 있던 물건을 다시 카트에 담아 밀어 두고 나는 화장실에 가서 울었다. 말로만 듣던 신흥 빈곤층은 바로 내 모습이었다. 이제 갓 초등학생이 된 호준을 어떻게 길러야 할까……. 하나만 낳아서 정말 보란 듯이 잘 길러 보자고 말했던 건 남편이었는데…….

시드니에 사는 이모로부터 거의 10년 만에 전화를 받은 건 그로부터 며칠 후였다.

이모는 지난겨울에 이모부가 돌아가셨다는 소식과 함께 보고 싶으니 꼭 한 번 다녀갔으면 좋겠다고 했다. 전화기를 내려놓던 나는 출구 없는 방에 웅크리고 있다가 빠끔히 열린 창 하나를 발견한 기분이었다. 남편에게 호준을 데리고 시드니에 간다는 걸 알린 것은 비행기 티켓을 사고 난 뒤였다. 어디? 어딜 가겠다고? 이모에게 다녀오겠다고 말했을 때 남편은 핏발 선 눈으로 되물었다. 여름휴가랑 연차 합치면 열흘쯤 돼. 방학이고 하니까 애한테 구경도 시켜 줄 겸. 그래서? 덜컥 비행기 표부터 사버렸다? 나한텐 일언반구 의논도 없이? 이제 난 아주 없는 사람이니? 내가 그렇게 우습게 보여? 남편의 눈을 똑바로 맞받으며 나는 싸늘하게 내뱉었다. 그러는 당신은? 당신은 나한테 의논하고 일 저질렀어? 어떻게 월급 차압까지 당하게 하냐구? 홍! 그래 그 말이 얼마나 하고 싶었니? 너 잘난 줄은 벌써부터 알고 있었지만 용케도 잘 참는다 했다. 나는 이를 악물고 남편을 노려보았다. 당신이란 사람 정말…… 지긋지긋해……. 남편 또한 나의 시선을 무섭게 맞받아쳤다. 남편의 얼굴에 서서히 균열이 일었다. 몇 분간의 짧지만 숨 막히는 정적 속에서 확인한 건 서로를 향한 무서운 분노와 염증이었다.

그 뒤로 남편은 내가 여행 준비를 하건 말건 내내 모른 척 입을 다물었고, 분명 출국 날짜를 알고 있으련만 떠나오기 전날에는 아예 집에 들어오지 않았다.

기내 등이 들어오면서 곧 착륙하려 하니 안전벨트를 매달라는 멘트가 흘러나왔다. 비행기 바퀴가 활주로에 닿는 것이 느껴졌다. 곧 이모를 만날 거라고 생각하니 가슴이 떨렸다.

입국 수속을 마치고 컨베이어 벨트 앞에서 짐이 올라오기를 기다렸다. 내 것인 줄 알고 벨트에서 얼른 끌어내렸으나 내 가방이 아니었다. 그러나 정작 내 짐이 올라왔을 때는 알아보지 못하고 내 앞을 훨씬 많이 지난 다음에야 달려가서 겨우 끌어내렸다. 혹시 이모랑 내가 서로를 몰라보는 건 아닐까……. 나는 걱정이 되었다.

이모를 마지막으로 본 것은 20년 전쯤으로, 그때 이모는 40대 중반이었다. 지금쯤 이모도 많이 늙었으리라, 할머니가 되어 있겠지 하는 상상은 늘 해왔다. 그동안 무소식에 절연하다시피 해온 것이 전적으로 내 책임이랄 수만은 없었다. 오랫동안 이모는 나에게 거의 엄마 같은 존재였다. 초혼에 실패한 뒤 우리 이웃에서 살 때만 해도 이모는 재혼 따위는 결코 안 할 것처럼 말했다. 그러나 엄마가 돌아가신 뒤 이모는 갑자기 재혼을 했고 곧 남편을 따라 호주로 이민을 가버렸다. 이모에게 버림받았다는 생각에 엄마가 죽었을 때만큼이나 울었던 나는 시드니에서 이모가 전화를 할 때마다 냉랭하게 굴었다. 이모의 전화는 차츰 줄어들었고 아버지가 재혼한 뒤부터는 완전히 소식이 끊겼다.

「엄마, 저 할머니가 아까부터 나를 쫓아와.」

아이의 말에 나는 걸음을 멈추고 뒤를 돌아다보았다. 대여섯 발짝 떨어진 곳에 70대 후반으로 보이는 노파 하나가 시선을 잃은 채 멀뚱히 서 있었다. 중국인일까, 아니면 일본인? 후리후리한 키에 거무튀튀하고 홀쭉한 얼굴의 노파를 훑깃거리면서 나는 노파의 국적을 가늠하고 있었다.

「할머니가 나보고 자꾸 원복이래. 사탕두 줬어.」

그렇다면 한국 노파인 모양이군. 실내가 좀 더운 편인데 재색 머플러를 친친 감고 있는 것을 빼고는 별로 특별할 것이 없어 보였다. 아파트의 경로당 근처나 애들 놀이터 앞에서 흔히 마주칠 수 있는 평범하고 순박해 보이는 노파였다.

「아마 할머니가 너를 원복이라는 아이로 착각하셨나 봐.」

내 말에 아이는 목소리를 낮추며 말했다.

「근데 저 할머니 바보 같아. 계속 웃기만 한다.」

그 말을 귓전으로 들어 넘기면서 나는 아이를 놓치지 않으려고 손을 꽉 잡았다. 입국장은 몹시 붐볐다. 이모는 쉽게 눈에 띄지 않았다. 대신 누런 밀짚모자를 쓴 남자가 내 이름이 적힌 피켓을 들고 있었다. 나는 얼결에 그쪽을 향해 손을 흔들고는 발걸음을 옮겼다.

「엄마, 이 사탕 어떡혀?」

아이의 손에 들린 캐러멜 사탕은 녹아서 비닐에 찐득찐득 엉겨 붙어 있었다.

「껍질이 붙어서 못 먹겠네…… 그냥 버려야겠다.」

나는 휴지통에 사탕을 던져 버리고 아이와 함께 걸음을 서둘렀다.

「엄마, 저 아저씨 루피 같아.」

공항에서 미스터 손을 처음 보았을 때 호준은 속삭이듯 내게 말했다. 루피는 아이가 좋아하는 만화의 주인공으로, 늘 밀짚모자를 쓰고 등장하며 몸을 제 마음대로 늘이고 줄이는 고무 인간이었다.

「그럼 머리 기른 루피 아저씨네.」

나는 아이의 귀에 대고 빠르게 속삭였다. 말총처럼 길게 묶은 그의 헤어스타일을 말한 거였다. 그는 자신을 이모 친구의 아들이라고 소개하며, 이모가 엊저녁에 갑자기 발목을 다쳐 꼼짝할 수 없는 형편이어서 대신 나왔노라고 했다. 빈티지 청바지에 저지 셔츠 차림인 그는 인색하지 않게 이 말 저 말 주워섬기긴 하면서도 수줍어하는 기색이 역력했다. 곧 그는 내 짐을 빼앗아 들고 시억시억 주차장을 향해 걸었다. 대여섯 발짝 앞의 그는 잊을 만하면 밀짚모자를 눌러썼다. 가을이라지만 바람은 의외로 훈훈했다.

이모는 내가 들어서자 발목에 깁스를 한 것도 잊은 채 달려들었다.

「아이쿠 얘야, 난 꼭 네 엄마가 걸어 들어오는 줄 알았다.」

나를 얼싸안으며 좋아하던 이모는 나를 먼눈으로 보았다가 가까이서 들여다보았다가 하면서 죽은 엄마를 떠올리고 있었다. 20년이라는 세월은 어떤 무서운 기억도 추억이 되게 하는가 보았다. 이모는 편안한 얼굴로 죽은 엄마를 입에 올렸다.

「이모, 어느새 할머니가 되었네.」

흰 머리칼이 성성한 60대 초반의 이모는 젊었을 적과는 달리 살이 올라 둥글둥글하고 푸근한 인상의 할머니가 되어 있었다. 처녀적의 엄마와 이모는 쌍둥이로 혼동될 만큼 비슷했다고 한다. 내가 여고생일 때 세상을 떠난 엄마는 내 의식 속에 항상 마흔 줄의 젊은 여인으로 남아 있다. 엄마가 살아 있다면 이렇게 늙어 있겠구나……. 이모를 부둥켜안은 내 몸 한구석에 새삼 뜨거운 물결이 일렁였다.

「널 데리고 다니면서 구경도 시켜 주고 해야 하는데 내가 이게 무슨 꼴이라니…….」

이모는 몹시 안타까워했다. 시내의 스트라스필드에서 오랫동안 음식점을 해오던 이모는 이모부가 돌아가시기 직전 사업을 정리하고 변두리로 옮겨 앉았다고 한다. 가까이에 공원과 운동 시설이 있는 쾌적하고 조용한 동네였다. 교회와 한인 슈퍼마켓이 그다지 멀지 않다는 점을 이모는 강조했다. 이모부와의 사이에 자식이 없던 이모에게 유일한 가족은 미미라는 이름의 토이 푸들이었다. 이모가 말끝마다 우리 딸 우리 딸 하고 불러서 처음엔 개의 이름이

'울딸'인 줄 알았다. 온순하고 영리한 데다가 얼마나 곰살갑게 구는지 모른다며 자랑이 끝이 없었다. 자식새끼며 푸네기에 비할 게 아니라는 말 앞에서는 나도 모르게 질투심이 일기까지 했다. 쟤, 어제도 산책을 못 시켰는데 어쩌면 좋으니……. 발목을 다친 이모의 제일 큰 걱정은 애완견의 운동 부족이었다. 모른 척할 수가 없어 저녁 식사 후에는 호준과 함께 미미를 산책시키고 돌아왔다.

「친구들 만나서 밥 먹고 수다 떨고…… 한국 드라마 얘기도 많이 하지. 한인 슈퍼에 가면 얼마든지 테이프를 빌려다 볼 수 있으니까. 아 참 '사랑과 배신'이라고, 너도 그거 봤지?」

이모는 우리나라에서 방영되었던 드라마에 대해 나보다 훨씬 더 잘 알고 있었으며 내용을 속속들이 다 꿰고 있었다. 내가 드라마에 대해 전혀 알지 못하자 이모는 고개를 절레절레 흔들며 이해할 수 없다는 표정을 지었다.

「이모는 참…… 퇴근하고 돌아오면 집안일 하랴 애 숙제 봐주랴 정신없는데 연속극 볼 시간이 어딨어요?」

말을 쏟아 내고 나니 나는 울컥 스스로가 더욱 가엾고 딱하게 느껴졌다. 그래, 출근하면 그때부터 온종일 매출 부진이니 클레임이니 홍보 이벤트니 하는 것들에 시달리고, 퇴근해서 돌아오면 학교에서 학원으로, 태권도장으로 계속 뺑뺑이 돌려진 어린것 때문에 한순간도 마음이 편치 않았었지. 전에 없는 감상에 사로잡힌 나는 이모가 잠든 뒤에도 혼자 우두커니 앉아서 캔 맥주를 비워 갔다.

구름 위의 집

생각해 보면 직장 생활을 하면서 아이를 낳아 지금에 이르기까지, 어떻게 그 시간들을 지나왔나 싶었다. 혹한의 이른 아침마다 혼곤히 잠든 어린것을 싸안고 시어머니에게로 향할 때면 몸보다도 마음이 더 추웠고, 밤새 열감기에 시달린 아이를 내려놓고 돌아설 적에는 발목에 쇠공이라도 매달린 것 같았다. 아이가 병치레를 할 때마다 시어머니는 남편과 똑같은 표정을 지으며 슬그머니 운을 떼시곤 했다. 그만두기엔 아까운 직장이다만 어린것이 너무 불쌍하구나…….

아이가 젖병을 떼고 기저귀를 떼자 나를 옭아맨 굵은 오랏줄 하나가 툭 떨어져 나가는 듯한 기분이었다. 아이가 혼자 서고 혼자 숟가락질을 하자 숨통이 트이는 것 같았다. 아이가 똥을 누고 나서 스스로 뒤처리를 하고 나오던 날은 만세라도 부르고 싶은 심정이었다. 놀이방을 드나들고 유치원에 재미를 붙이고…… 그러면서 아이는 혼자의 힘으로 할 수 있는 것이 점점 더 많아졌다. 이제 초등학생 학부모가 되었으니 조금 느긋한 마음을 가져도 되지 않을까.

그러나 선배들의 말을 들어 보면 정작 엄마의 역할은 이제부터 시작이란다. 또래 친구들 가운데에서 원어민 영어 과외와 미술 레슨 그룹에 끼지 못한 아이는 호준뿐이라는 것을 알고서야 선배들이 한 말을 제대로 이해했다. 멀쩡하게 직장 잘 다니던 선배들이 아이의 학교 진학과 때를 같이 하여 사표를 내고 집에 들어앉는 것은 다 그만한 이유가 있었던 것이다. 한번은 남편에게 나 직장 관

두고 아이 뒷바라지 제대로 한번 해볼까 봐, 하고 제법 진지하게 말을 건네 보았다. 그는 펄쩍 뛰었다. 힘든 시절 다 지냈는데 이제 와서 무슨 얘기냐고 했다. 하지만 그가 그러는 데엔 또 그럴 만한 이유가 있었다.

전자 회사에 다니던 남편은 늘 벤처 사업을 하고 싶어 했다. 그렇게 말렸건만 기어이 사표를 냈다는 걸 알았을 때 나는 내 앞에 드리워지는 심상치 않은 먹구름을 느꼈다. 사업에 어느 정도 기반을 잡은 사람들, 화수분 같은 자금줄을 갖고 있는 사람들도 속수무책으로 나가떨어지는 이 불황의 늪에서 사업이라니……. 게다가 남편은 연구 외적인 일에는 젬병인 사람이 아닌가. 남편은 퇴직금에 은행 융자를 보탠 비슷한 처지의 몇몇 사람들과 어울러 결국 그 일을 시작했다. 그러고는 신제품 개발을 위해 밤낮 없이 뛰었다. 매양 걱정스러운 눈으로 바라보는 내게 이것은 국제 특허까지도 가능한 제품이라며 큰소리를 쳤다. 그러나 역시 말처럼 쉽지 않은 세상이었다. 집까지 팔아서 털어 넣었지만 특허를 내는 일도 제품화하는 일도 다 지지부진이었다. 금방 돈이 될 줄 알고 뛰어들었던 멤버들은 하나 둘 빠져나갔다. 남은 사람들끼리 어떻게든 해보려고 발버둥을 치는 것을 옆에서 지켜보는 일은 못할 짓이었다.

나는 호준을 데리고 시내의 볼 만한 관광지를 그럭저럭 구경했다. 그러는 중에도 계획했던 일들을 잊지 않고 실행에 옮겼다. 출국

전에 미리 연락을 취해 둔 K 여사를 만나 조기 유학에 대한 구체적인 상담을 한 것도 그중 하나였다. 옛 직장 상사의 부인인 K 여사는 두 딸의 학업을 위해 이곳에 온 지 3년째였다. 그녀는 각기 8학년과 고등학교에 재학 중인 두 딸이 이곳에서 두각을 나타내고 있다며 은근히 자랑을 했다. 영어는 이제 언어라기보다는 세계 어디에서나 통용되는 플래티넘 카드 같은 거예요. 애들한테 그런 카드 하나 정도는 만들어 줘야 하지 않겠어요. 확신에 가득 찬 그녀의 말을 듣고 있노라니 호준에게 진심으로 미안한 생각이 들었다. 그래, 맞는 말이다. 절대 흔들리지 말자. 나는 주먹을 불끈 쥐었다. 이모가 있지 않은가. 이모는 내 의지처가 되어 줄 것이다. K 여사는 몇 학교를 거론하면서 내게 아이를 데리고 직접 답사할 것을 권했다. 내가 부탁도 하기 전에 K 여사는 답사에 동행해 주겠다는 약속까지 했다.

「내일은 블루 마운틴에 가보려무나. 니가 운전하는 건 그렇고 해서 내가 미스터 손에게 부탁해 놨단다.」

이모는 조카딸을 데리고 다니면서 관광을 시켜 주지 못하는 게 몹시 마음에 걸렸던 모양이었다.

「뭐 하러 그러셨어요. 미안하게…….」

「걔가 먼저 그러겠다고 하더라. 나한텐 아들 같은 녀석이기도 하고. 믹싱 작업도 끝나고 해서 며칠 시간 여유가 있는가 봐.」

그는 리코딩 사무실을 갖고 있으며 스스로 곡도 만드는 모양이었다. 부드러운 듯하면서도 어딘가 오만한 느낌이 없지 않던 그가 음악을 하는 사람이라는 말을 듣고 나니 그런대로 이미지가 맞아떨어지는 것 같았다.

「주말인데 그 사람도 가족과 함께 지내야 하지 않아요?」

「그 앤 아직 미혼이야. 나이는 좀 있지만…….」

공항에서 첫인사를 나눌 때 목덜미까지 발갛게 물들어 있던 그를 떠올렸다. 밀짚모자와 그 이상한 말총머리라니……. 그날 그는 이모네 집에 우리를 내려놓고는 그대로 가버렸다. 학창 시절부터 유난히 예술인들에 대한 동경이 많았던 나는 그의 그러한 모습을 자유롭고 개성적인 분위기로 후하게 쳐주고 싶었다.

다음 날 미스터 손은 약속 시간에 대어 나타났다. 블루 마운틴으로 가는 동안 차 안에서 그는 이런저런 이야기를 했다. 그가, 저희는 80년대 초 제가 중학교에 들어가던 해에 이민을 왔어요, 하는 대목에서 나는 소리 높여 외쳤다. 어머, 그때 나도 중학생이었는데……! 서로 그 당시의 추억을 묻고 답하면서 함께 웃었다. 맞아요, 그때 그 노래가 유행했었죠……. 동년배라는 사실이 급속도로 서로에게 친밀감을 더해 주는 것 같았다. 그는 이민 온 직후 부모님의 고생담을 담담히 풀어 놓았다. 그러다가 문득 생각난 듯 그 얘기를 했다.

「어제 교포 신문에 시드니 공항에서 가족을 잃어버린 한국인 할머니 얘기가 실렸어요.」

인상착의를 듣는 순간 나는 공항에서 본 그 노파라는 걸 알았다.

「아, 그분…… 우리 호준이에게 사탕을 줬던 분이에요! 그치 호준아?」

나는 동의를 구하기 위해 뒷좌석으로 고개를 돌렸으나 호준은 그새 잠들어 있었다.

「공항 안에서 사흘을 떠돌고 있었대요.」

「아니 어떻게 그런 일이……?」

「청소부가 알아차리기까지 어느 누구도 관심조차 없었던 거죠.」

「가족들한테 연락했대요? 어디 사시는 분이래요?」

「전혀 기억하지 못하신대요. 당신 이름도 주소도 전화번호도.」

「저런…… 치매기가 있으신가 보군요.」

노파의 재색 머플러와 히죽히죽 웃던 모습이 눈앞에서 생생하게 되살아났다.

「보호소에 의탁 중이라던데…… 곧 연고자가 나타나겠죠.」

노파에 대한 이야기는 그쯤에서 끊겼다. 눈앞에 성큼 모습을 드러낸 블루 마운틴 때문이었다. 심해와 연근해의 블루, 성하와 봄의 그린이 기묘하고 조화롭게 섞인 독특한 산 빛에 취해 나는 탄성을 질렀다. 호준을 깨워 앞장세우고 그와 나란히 걸었다. 그러나 에메랄드를 녹여 낸 듯 선명하고 순결한 그 파란빛의 산이 속은 아주 시커먼 탄광 산이라는 걸 눈으로 확인한 순간 나는 입을 다물지 못했다.

「겉 다르고 속 다른 산이죠?」

미스터 손이 장난스럽게 물었다. 나는 쓴웃음을 지었다. 겉으로는 해외여행이나 다니는 팔자 좋은 여편네 같겠지만 내 속도 결코 멀쩡하지는 않을 것이다. 아빠한테 전화할래. 호준은 공중전화를 볼 때마다 졸라 댔다. 이모는 이모대로 조카사위가 한번쯤 전화를 할 법한데…… 하면서 그의 전화를 몹시 기다리는 눈치였다. 그래 갈 테면 가, 아주 가버리라구! 하고 고래고래 소리를 지르던 남편. 그는 아직도 화가 나 있을까. 뻥 뚫린 시커먼 탄광 입구를 보고 서 있자니 왠지 무력감이 엄습했다. 남편과의 일도 복잡한데다가 첫날 이모와 나누었던 이야기까지 얽혀 들어 더욱 그런 것인지도 몰랐다.

「요즘 들어 부쩍 죽은 언니 생각이 더 난다. 그렇게 떠나온 게 늘 마음에 걸렸어.」

옛이야기를 더듬는 이모의 눈에 짙은 회한이 서렸다. 내 생각대로 이모가 재혼을 서두르고 도망치듯이 우리 곁을 떠나 버린 건 그 일을 겪고 나서였다고 한다. 그 무렵에 이모는 잠을 자다가드 가슴을 짓누르는 압박감에 깨어나곤 했고, 길을 가다가도 겹겹 안개에 갇힌 기분이었다고 했다. 그 일이란 지금까지 수수께끼로 남아 있는 엄마의 유언이었다.

기력이 피폐하여 자주 혼수상태로 빠져 들었던 엄마는 돌아가시기 바로 전날 오랜만에 맑은 정신을 되찾았다. 여보, 아무래도 내가 다시 일어나지 못할 거 같아요. 바싹 마른 입술에 침을 발라 가며 엄마는 곁에 있던 아버지에게 띄엄띄엄 말을 이었다. 반찬 값을 조금씩 쪼개서 계를 하나 부었다는 것. 그렇게 해서 작년 겨울에 천만 원의 곗돈을 탔다는 것. 3부 이자 사채를 놓아서 돈을 불려 준다기에 이모에게 맡겼다는 것 등이 이야기의 요지였다. 이모가 아버지에게서 그 얘기를 들은 것은 장례를 치르고도 한 달이나 지난 뒤였다. 아버지와 통화를 하다가 지나가는 바람처럼 그 말을 들은 이모는 미처 전화를 끊지도 못하고서 달려왔고, 밤새도록 땅을 치고 울면서 억울함을 하소연했다. 이모는 돈을 만져 보기는커녕 엄마한테 계를 들었다는 얘기조차 들어 본 적이 없다고 했다. 한숨과 눈물로 밤을 꼬박 지새운 이모는 새벽녘에 이르러서는 드라이아이스와도 같은 마지막 탄식을 쏟아 냈다. 영원히, 정말 영원히 모를 일이야. 세상에서 나를 가장 사랑한다고 믿었던 언니가 떠나면서 이렇게 내 가슴을 아프게 할 줄은…….

호준은 블루 마운틴보다도 돌아오는 길에 들른 동물원을 더 좋아했다. 아이는 캥거루에게 먹이를 주면서 너무나 뿌듯해했다. 미스터 손은 아이의 뒤를 따라다니며 자상한 설명을 곁들였고 우리 모자를 세워 놓고 사진을 찍어 주느라 바빴다. 호준을 바짝 끌어당긴 채 활짝 미소를 지으며 그가 셔터를 누르기를 기다리고 있을 때면 내 안에 두 개의 상반된 감정이 빠르게 엇갈리며 지나가곤 했다. 집에 두고 온 고집불통의 남편과 파인더 뷰를 통해 나를 바라보고 있는 남자. 괘씸한 남편일랑 잊고 싶다는 열망 속에서도 남편에 대한 죄책감은 계속 무게를 더해 갔고 카메라 앞에서 미소 짓던 나를 열없게 만들었다.

이모와 저녁을 먹기로 한 레스토랑으로 가기 전에 잠깐 본다이 비치에 들렀다. 그곳은 꼭 철 지난 동해 바닷가 같았다. 뜨겁지 않은 가을 햇살과 부드러운 바닷바람이 낯선 마음을 시나브로 녹여주었다.

「여긴 태평양과 만나는 바다라서 파도가 높아요. 그래서 수영하는 사람들보다는 서핑족들이 많구요. 여름엔 모래가 얼마나 아름다운지 몰라요.」

여름날 금빛의 사각거리는 모래밭을 연상하는 것은 어렵지 않은 일이었다. 작열하는 태양 아래 한껏 달아오른 여름 바다가 패기와 열정의 시간이라면 가을 바다는 열기를 가라앉히고 뒤를 돌아보는 자숙의 시간인지도 몰랐다.

호준이 물놀이를 할 수 있을 정도가 되고부터 남편은 여름휴가지를 거의 동해로 정했다. 갈 때마다 그는 자신이 복무했던 군 부대 인근의 동네를 들렀다. 작고 조용하고 거의 변화가 없는 그 동네엔 그가 전화를 빌려 쓰거나 고추장을 얻어먹었다는 구멍가게 아주머니가 아직도 장사를 하고 있었다. 호준을 데리고 처음으로 그곳을 찾았던 해였을 것이다. 인사나 하고 가자며 가게 앞에 차를 세우는 남편에게 나는 핀잔을 주었다. 세상에, 설마 아주머니가 당신을 기억할 거라고 생각하는 거예요? 여길 거쳐 간 군인이 당신

혼자인 줄 알아요? 그는 전혀 개의치 않는다는 듯 쾌활하게 웃으며 대꾸했다. 뭐 어때…….

나처럼 무슨 생각에 골몰한 듯 한동안 바다만 바라보던 미스터 손이 희미한 미소를 지어 보이며 말문을 열었다.

「사실 여긴 저한테 남다른 추억이 있는 장소예요.」

그가 처음으로 이 해변에 온 건 열다섯 살 되던 해의 여름이었다고 한다. 자전거를 타고 15킬로미터를 달려 해변에 도착한 그는 모래밭에 털썩 앉은 후 세 시간 동안 꼼짝도 하지 않고 그저 바다만 바라보았노라고 했다. 그때 그가 보았던 것은 무엇이었을까. 저 푸른 망망대해와 쏟아지는 햇살과 후끈한 열기로 데워진 금빛 모래사장, 그 위의 길게 누운 벌거벗은 여신들이었을 테지.

「가슴이 두근거리고 속이 불타는 느낌이었어요. ……사춘기였거든요.」

그 말을 하면서 그는 조금 쑥스러워했다.

「그해 여름에 전 형하고 여기 자주 놀러 왔어요.」

그날도 여느 날과 다름없이 그는 바다에서 헤엄을 치며 놀았다. 지치도록 놀던 그가 물기를 뚝뚝 떨어뜨리며 모래사장으로 올라온 것은 배가 고파서였다. 얼마나 오래도록 헤엄을 쳤는지 다리가 후들거릴 지경이었다. 그때 멀리서 그를 본 형이 토마토처럼 시뻘겋게 익은 얼굴로 구르듯이 달려오더니 우악스럽게 잡아끌고는 한쪽 구석으로 몰아갔다. 그러더니 마구 두들겨 패는 것이 아닌가.

「아니 왜요?」

「이유도 모르면서 그냥 얻어맞았어요. 그렇게 나를 패고도 형은 화가 안 풀렸는지 씨근덕거리며 혼자 휑하니 가버리더군요. 나는 엉엉 울다가 혼자 집으로 돌아왔지요. 너므나 분하고 억울해서 형을 죽이고 싶다는 생각까지 했어요.」

그날 저녁을 먹을 때 그는 TV에서 뉴스를 보게 되었다. 본다이 비치에 출현한 망치 상어. 경보 사이렌이 울리고 헬리콥터가 뜨고 해변은 온통 발칵 뒤집혔다. 해수욕을 하던 사람들은 모두 벌벌 떨며 뭍으로 기어 올라오고 있었다. 다들 하얗게 질린 표정이었다. 헬리콥터에서 부감으로 찍은 화면에 공포의 망치 상어가 잡혔다. 굶주렸던 모양인지 망치 상어는 계속 먹을 것을 찾아 바다 위를 배회하고 있었다. 그런데 거기서 불과 얼마 떨어지지 않은 곳에 검은 머리의 소년 하나가 유유히 아주 태평스럽게 헤엄을 치며 놀고 있었다.

「형한테 죽도록 얻어맞았던 이유를…… 형이 엉엉 울면서 나를 두들겨 팼던 이유를…… 그제야 알았죠. 그게 바로 핏줄이고 가족이란 거겠지요.」

그의 입에서 흘러나온 '가족'이라는 말이 내 가슴속에 크고 넓은 파장을 낳았다.

「남의 나라에 와서 산다는 게 어떤 건지…… 자기 땅에 사는 사람들은 몰라요.」

구름 위의 집 277

그의 고갯짓은 단호했다. 보일 듯 말 듯 웃고 마는 그의 인색한 미소처럼 그의 말이나 몸짓에 밴 절제와 냉정함은 이런 연유 때문이었을까. 이국땅에 뿌리내리기까지 남모르게 겪어 내야 했던 고통 속의 가족사를 슬쩍 넘겨다보는 듯했다. 회한과 열패감, 뼛속 깊은 외로움과 골수에 사무친 그리움……. 그에게 가족은 분명 이 모든 기억을 통째로 아우르는 것일 터였다. 우리 얘기는 우리만이 안다는 식의 끈끈한 연대감과 진한 가족애는 필시 그의 자부심일 테고, 내가 얼핏 오만이나 자아도취로 오해했던 그 사람 고유의 과묵한 분위기는 결국 이민자 특유의 향수랄까 우수인지도 몰랐다.

집에 돌아와 차를 마시며 쉬고 있다가 문득 생각이 나서 이모에게 물었다.

「아 참, 공항의 그 할머니 얘기, 이모도 아세요?」

「응, 너도 들었구나.」

가족이 나타났는지를 물었더니 이모는 머리를 절레절레 흔들었다.

「이상하네요. 간단할 거 같은데 왜 그리 오래 걸린대요?」

「그러게 말이다. 방금 전화한 친구가 그러는데, 노인네가 치매기가 있긴 해도 중증은 아니래. 그래서 더러 맑은 정신으로 돌아올 때가 있대. 그런데도 집 주소나 아들딸 얘기를 물으면 입을 꾹 다물어 버린다는구나. ……아무래도 고의적인 유기 같아.」

우리 회사의 미스 오 생각이 났던 것은 왜일까. 말단 직원인 미스 오에게는 오래전부터 사귀어 온 사랑하는 사람이 있었다. 남자는 하급 공무원으로 가난하지만 심성이 더없이 착한 사람이었다. 변치 않는 애정에도 불구하고 그들이 결혼하지 못하는 진짜 이유는 남자의 친할머니 때문이었다. 부모님이 차례로 돌아가시자 그는 할머니와 같이 살았는데 할머니가 중풍을 맞으신 후 반신불수가 되었다. 게다가 조금씩 치매가 오기 시작했다. 이런저런 시행착오를 고루 겪은 뒤 결국 너싱홈에 모셨고 매달 박봉의 반 이상이 그 비용으로 빠져나간다고 했다. 언니, 난 복제 인간이니 생명 연장이니 그런 거 결사반대예요, 라고 말하면서 미스 오는 긴 한숨과 함께 덧붙였다. 몹시 죄송한 일이지만 할머니가 돌아가시는 날 우린 축배를 들 거예요.

「그런데 참 이상하구나. 장 서방이 한번쯤 전화를 할 만한데…….」

이모가 궁금증을 노골적으로 드러냈다. 눈치가 빠른 이모에게 더 이상 숨길 수가 없었다. 그저 묵묵히 듣고만 있던 이모가 내 이야기를 다 듣고 난 뒤 물었다.

「그래 넌 이제 어떻게 하고 싶니?」

에두르지 않고 맞바로 바르집는 이모의 어법이 딴은 부담스러웠다. 글쎄……. 나는 어떻게 하고 싶은 걸까. 하루에도 열두 번 만리장성을 쌓았다가 허물었고 하루에도 수십 번 전화기를 들었다가 놓았다가 했지만 결론을 내릴 수 없었다. 손아귀 하나 가득 움켜쥐고 있다고 생각했는데 나는 빈손이었다. 나는 어쩌면 모래를 쥐고 달려왔던 것이리라.

나는 착잡한 심정으로 대답했다.
「호준이를 데리고 여기 와서 살까 해요. 그게 여의치 않으면 애 혼자만이라도 여기서 공부시키고 싶어요.」
「그러면 뭐가 좋은데?」
물음의 진의를 알 수 없었던 나는 이모의 무표정한 얼굴을 살피면서 불만스러운 목소리로 뇌까렸다.
「하다못해 영어 하나는 확실하게 건지잖아요. 요즘 한국엔 그거 때문에 이산가족 되고 기러기 아빠로 사는 사람들이 얼마나 많은데요.」
「솔직히 털어놓자면, 너더러 오라고 했을 때만 해도 난 너네 식구가 예 와서 살게 되면 얼마나 좋을까, 하고 혼자 헛바람을 켜기도 했단다. 허나 그건 다 내 욕심이고……. 이민이든 유학이든 내 나라 내 집 떠나 사는 이들의 그 시난고난한 삶이라니……. 사실 조기 유학, 난 그거 별로 좋다고 생각 안 해. 어린 나이에 엄마 아빠 떨어져서 유학이랍시고 와서 마음고생하고 방황하고 우울증 걸리고 결국은 마약에 손대고 돌이킬 수 없는 지경까지 가는 거, 숱하게 봤다.」
「그런 애들도 물론 있겠죠. 하지만 성공한 예도 많아요!」
나는 이모의 말이 너무 서운해서 역정을 내듯 대꾸했다. 내가 이모 재산에 눈독이라도 들일까 봐, 혹은 엉겁결에 애를 떠맡게 될까 봐 지레 그루박고 경계하려는 것인가. 저요, 혹시라도 호준이를 조기 유학 시킨가 해도 이모한테 폐 끼치고 싶은 생각 손톱만큼도 없어요! 하고 야멸치게 받아치고 싶은 것을 애써 참았다. 서먹하고 어색한 기운이 감돌았고 잠시 후 이모가 혼잣말처럼 중얼거렸다.

「네 생각이 그렇다니 할 말이 없다만 장 서방은 어떨지 그 입장에서 생각해 봤니? 자식의 주검 앞에서 통곡하던 아내가 눈을 꼭 감은 채 꼼짝도 하지 않는 남편을 있는 대로 나무랐더란다. 남편이 겨우겨우 눈을 뜨는데 보니 피눈물을 흘리고 있더라지. 사업 망해 알거지 되자 마누라는 등 돌리고 자식은 떠나가고……. 그 사람 마음이 어떨지……. 애 입장에서도 그렇다. 어린 마음에 골병들게 하면서 그깟 영어가 뭐 그리 대수라고…….」

자는 줄 알았던 호준이 비척거리며 방에서 걸어 나오는 바람에 소스라치게 놀랐다. 혹시 어른들의 이야기를 들은 게 아닐까 하여 이모와 나는 순간적으로 눈빛을 교환했다. 달려가서 왜 그러니 하고 묻자 아이는 아빠 꿈꿨어,라고 말했다. 다행히 이야기를 들은 것 같지는 않았다. 아이는 졸음에 겨운 눈으로 화장실에 다녀온 뒤 내 무릎 위에서 잠들었다.

순금 같은 햇빛과 가없이 펼쳐진 푸른 바다와 청량한 바닷바람은 내 안에 있던 쇳덩이 같은 근심을 순간이나마 잊게 했다. 아침에 일어났을 때만 해도 간밤 이모와의 일 때문인지 심란하고 우울했는데 미스터 손의 말대로 크루즈 투어를 하기로 한 것은 탁월한 선택이었다. 런치 뷔페에서 와인 한 잔을 마셨을 뿐인데 온몸이 나른하니 취기에 젖어 드는 느낌이었다. 밴드가 연주하는 흥겨운 리듬 속에서 마치 넘실대는 바다 위에 내 몸이 둥실 떠 있는 듯한 착각을 일으켰다.

「그 할머니가 드디어 가족을 찾았대요.」

휴대폰으로 누군가와 통화를 마친 미스터 손이 핫뉴스라며 알려 주었다. 가슴뼈 밑에 묵직하게 걸려 있던 돌멩이가 밑으로 쑥 빠지는 느낌이었다.

「어떻게 된 거래요? 가족들이 정말 치매 할머니를 버린 거예요?」

「웬걸요.」

고개를 저으며 천천히 입을 떼던 미스터 손의 표정은 그리 밝지 않았다. 노파는 작은아들네서 몇 달 머물고 돌아가려던 중이었다. 작은며느리가 공항까지 모시고 나왔으나 어린 딸애가 카트에 부딪혀 크게 다치는 바람에 급히 병원에 가야만 했다. 작은며느리는 노친이 비행기에 타는 것을 확인하지 못했던 것이다.

「앉은 채로 꼼짝도 하기 싫으셨대요. 돌아가서 큰아들 큰며느리 만나는 것도 면구스럽고, 살아 있는 것도 죄스럽고, 이렇게 살아가는 것도 싫고, 그냥 이대로 떠돌다가 죽고 싶기도 하고……. 이해되세요?」

어쩌면 노파는 노인성 우울증을 앓고 있었던 게 아닐까. 당사자가 아니고서야 그 복잡 미묘한 감정을 어찌 다 헤아릴 수 있으랴.

하지만 이해할 수 있느냐는 말에 나는 나도 모르게 고개를 끄덕이고 있었다.

「뒤를 좀 돌아보세요. 멀리서 보니까 시드니항도 꽤 멋있죠?」

나는 말 잘 듣는 아이처럼 뒤를 돌아다보았다. 멀리서 보면 멋있는 게 경치뿐이겠는가. 사람도 또한 그렇다. 결혼 전 멀리서 지켜볼 때 빛났던 그의 미덕들은 결혼 후 가까이서 보게 되자 참을 수 없는 그의 결점이 되었다. 나를 사로잡았던 그의 호방함은 무책임함, 나를 감동시켰던 어진 마음은 융통성 없음과 다르지 않았다.

이런 생각을 숨긴 채로 아득히 먼 바다를 바라보다가 무심코 고개를 돌렸을 때 미스터 손의 두 눈이 빨아들일 듯 강한 힘으로 나를 내려다보고 있었다. 그는 얼마나 오랫동안 나를 지켜보고 있었던 것일까. 초등학교 6학년 때 전학을 가던 남자 애가 내게 쪽지를 건네면서 지었던 그 표정이었다. 짜릿한 기운이 등뼈를 타고 몸 구석구석으로 퍼져 갔다. 가슴 뛰는 소리가 어찌나 큰지 내 귀에까지 들릴 지경이었다. 하필 배가 기우뚱 흔들렸기 때문일 것이다. 엉겁결에 그의 가슴에 안긴 꼴이 되었던 것은. 그의 입술이 내 이마에 닿을 듯 스쳤다.

「엄마, 뭐 해?」

악을 쓰는 목소리에 놀라 뒤를 돌아다보니 호준이 씩씩대며 서 있었다.

「화장실 어디냐고 내가 몇 번이나 물었잖아. 왜 들은 척도 안해?」

「어, 그랬니. 음악 소리 때문에 안 들렸어.」

나는 군색한 변명을 주절거리며 얼른 아이에게로 달려갔다. 화장실은 출입구 바로 앞에 있었다.

「뭐야, 여길 못 찾아서 그 난리를 친 거야?」

아이는 눈을 빗뜨며 나를 보더니 쌩하니 화장실 안으로 들어가 버렸다. 나는 창가 테이블에 자리 잡은 미스터 손의 앞에 앉으면서 넋두리하듯이 중얼거렸다.

「쟤가 웬 안 하던 어리광인지 모르겠어요. 요새 이모할머니가 떠받들어 줘서 버릇이 나빠진 것 같아요.」

「영리하고 예민한 아이 같아요. 아까 수족관에서는 아빠랑 온 애들을 유난히 부러운 눈길로 쳐다보더군요. 아빠도 같이 오셨더라면 좋았을걸…….」

남편에 대한 이야기는 조금이라도 비껴가고 싶었다. 그러나 어느새 떠나오기 전 마지막으로 본 남편의 얼굴이 눈앞을 가로막고 있었다. 그날 남편은 새벽 3, 4시쯤에 귀가했다. 그즈음의 그는 술자리가 잦았고 대체로 몸을 가누지 못할 만큼 취해 들어왔다. 그가 가지고 있는 문제가 술자리를 갖고 누군가를 접대한다고 해서 해결될 성질이 아니라는 것을 잘 아는 나로서는 남편의 그러한 행동이 더욱 못마땅할 뿐이었다. 숨을 쉬지 못할 만큼 술내가 진동하던 다른 때와 달리 그날은 그나마 양호한 편이었다. 문 따는 소리와

인기척에 나는 얼핏 잠에서 깨어났다. 그가 침대 발치에 앉아 양말을 벗고 있을 때쯤에는 말가니 깨어 있었음에도 나는 그대로 누워 있었다. 남편은 내가 깨어 있다는 것을 알고 있었던 모양이었다. 어둠 속에서 남편은 혼자 주절거렸다.

……지금도 그렇지만 어렸을 때 난 개를 무척이나 좋아했어. 개 기르는 게 소원이었는데 좀처럼 아버지가 허락하지 않으셨지. 삼송리 마당 넓은 집으로 이사를 하고 나서야 난 그 소원을 풀었어. 몽실이라는 잡종 암캐였는데 정말 내 첫사랑이라 해도 과언은 아니었지. 어느 날 몽실이가 새끼를 낳았어. 제 새끼를 지극정성으로 돌보더군. 그 모성애에 감동을 받은 내가 어머니란 정말 이렇게 위대한 존재구나 하는 생각까지 했을 정도였어. 그런데 며칠 후 내가 학교에 갔다가 돌아와 보니 강아지 세 마리가 도두 죽어 있는 게 아니겠어.

식구들은 모두 놀랐지. 왜 이런 일이 생긴 건지 다들 알 수 없어 했어. 강아지 세 마리가 죄다 한결같이 혀를 빼물고 죽어 있었거든. 하루 종일 생각해도 이유를 모르겠더라고. 자려고 누웠는데 정신이 번쩍 들면서 몽실이가 여름 내내 두르고 있었던 목줄이 떠오르는 거야. 그 목줄은 날벌레들 때문에 고생하는 몽실이를 위해 내가 일부러 사다가 둘러 준 거였는데……. 그때 상점 주인이 개가 새끼를 낳으면 꼭 풀어 주라고 했는데 난 까맣게 잊고 있다가 그제야 기억해 낸 거야. 그 목줄에는 모기나 벌레들이 달라붙지 못하게 하는 약물이 발라져 있었거든.

 눈도 채 못 뜬 강아지들이 젖꼭지를 눈으로 찾았을 리 없고, 여기저기 마구 핥으면서 젖꼭지를 찾았을 테지. 그때 목줄을 핥았을 거야. 그 약물은 강아지들에게 치명적인 독이었을 테고……. 내가 목줄을 사다가 걸어 준 건 정말로 몽실이를 위해서였어. 그치만 결과적으로 나는 몽실이에게 아주 큰 슬픔을 주었던 거야…….

 그때 나는 남편의 말을 귀담아 듣고 싶지가 않았다. 무슨 얘기를 하는지도 몰랐다. 안 하던 주사까지 한다고 생각하니 짜증이 밀려들었다. 조금 더 잠을 자두지 않으면 내일 회사 일을 하는 데 지장이 있을지도 모른다는 생각에 조바심이 났다. 벌떡 일어나서 베개를 들고 호준이 방으로 와 버렸다.

「실례지만…… 미스터 손, 아직 미혼인 이유를 물어봐도 될까요?」

 미혼인 남녀에게 아직 결혼하지 않은 이유를 물어보는 것은 내 스타일이 아니다. 군 복무를 했던 동네의 구멍가게 아주머니를 찾아가 인사를 하는 것만큼이나 촌스러운 짓일 테지. 하지만 이 남자에게만큼은 왠지 꼭 묻고 싶다는 생각을 했다.

「비웃을지 모르지만…… 무서워서 못했어요. 믿었던 여자가 날 버릴까 봐요. 식구들을 끝까지 책임져야 한다는 것도 저는…… 자신 없었구요.」

 나를 똑바로 쳐다보는 그의 눈빛을 받아 낼 수가 없었다. 나는 슬며시 눈을 내리깔았다. 그는 조만간 다시 아웃백으로 떠날 거라고 했다. 사막에서 길을 잃어서 하마터면 죽을 뻔했던 첫 번째 아웃백 모험담을 들려주었다. 울룰루의 밤하늘은 또 어떻고요. 머리 위로 손을 뻗으면 팝콘 같은 별들이 죄다 손끝에 걸려 떨어질 것만 같지요. 침낭에 누워 별이 가득한 그 밤하늘을 바라보고 있노라면 꼭…… 우주의 미아가 되어 버린 느낌이에요. 그는 잃어버린 별을 찾듯 내 눈동자를 바라보고 있었다.

「서울엔 언제쯤 올 계획이에요?」

「거긴…… 계획 없어요.」

「어, 왜요?」

「서울에선 별을 볼 수 없으니까요.」

실망하는 내 표정이 너무 빤했던가 보다. 그는 금세 안색을 바꾸며 장난기 어린 투로 말했다.

「혹시 밤 문화라면 모를까요.」

「밥 문화? 밤 문화?」

「밤, 나이트클럽요! 서울이야말로 가장 저렴한 가격으로 먹고 마시고 여자들과 놀 수 있는 데니까요.」

「무슨 말이에요?」

「대학 들어가던 해에 입학 기념으로 고국엘 갔었어요. 그때 서울의 밤 문화를 알게 됐죠. 정말 쇼킹했어요. 친구들에게 말해 주니까 다들 엄청 부러워하대요. 그래서 몇 년 전에 저축한 돈 전부 갖고 친구들하고 다 같이 가서 신나게 놀고 왔어요. 하지만 다시 가고 싶은 마음은…… 없어요.」

이민 오기 전 어린 시절의 기억은 이미 소멸되었고, 어른이 되어 찾아간 고국의 기억은 오직 현란한 밤 문화였다니……. 씁쓸하고 허탈했다. 게다가 술에 취해 여자들 끼고 놀고 있는 그를 떠올리면서 배반감을 느끼는 까닭은 무엇인가. 창밖으로 시선을 돌린 채 한동안 그냥 멀거니 앉아 있었다. 얼마 뒤 일어서려고 보니 호준이 퉁퉁 부어오른 표정으로 나를 노려보고 있었다.

갭파크에 도착한 것은 거의 석양 무렵이었다. 터키석 빛깔의 망망대해와 깎아지른 듯한 거대한 단애는 보는 것만으로도 위압감을 주었다. 파도가 몰려와 끊임없이 부딪히며 철썩거려도 바위들은 그저 태무심했고, 물감으로 찍은 듯 선명하고 고운 언덕 위의 지붕들은 유순하고 따뜻해 보였다. 산등성이를 따라 이어진 산책로엔 관광객들이 끊임없이 오가고 있지만 거대한 대자연이 눈앞에 펼쳐져 있기 때문인지 사방이 허허롭고 적막하게 느껴졌다.

호준은 산책로 입구에서부터 말썽을 부리기 시작했다. 아이는 일부러 그러는 게 분명하다는 걸 느낄 수 있을 만큼 지척거렸다. 왜 그러니? 어디 아프니? 아이는 입을 동여 물고 한마디도 안 했다. 무언가에 단단히 골이 난 게 분명했다. 저기까지만 갔다가 집에 가자. 아저씨가 기다리잖아, 어서. 그러나 아이는 내 손을 뿌리치고는 벼랑 앞의 철책에 손을 감아쥔 채로 전혀 움직일 생각을 하지 않았다. 나는 미스터 손에게 자리를 피해 달라는 눈짓을 했다.

「왜 그러는 거야? 너, 대체 뭐가 못마땅한 거야?」

「엄마 나빴어! 엄마, 아빠한테 진짜루 전화했어? 전화 안 했지? 아빠, 우리 여기 온 거 모르지? 어젯밤 꿈에 아빠가 숨바꼭질하는 것처럼 나를 찾고 있었어. 난 다 알아. 엄마, 저 아저씨 사랑하지?」

「그게 무슨 소리야? 니가 뭘 안다고 그런 말을 함부로 해!」

「다 알아. 엄만 아빠랑 이혼할 거잖아! 싫어, 난 엄마 싫어!」

외국인들이 좁고 비탈진 산책로를 끊임없이 지나가고 있었다. 그들은 눈물이 그렁그렁한 채로 악을 박박 쓰는 동양인 어린애와 얼굴이 홍당무가 된 채로 어쩔 줄 몰라 하는 여자를 저마다 힐금거렸다.

나는 호준을 와락 끌어안았다.

「그게 무슨 소리야? 엄마가 호준이를 얼마나 사랑하는데!」

아이는 몸을 비틀어 기어이 내 품에서 빠져나가 철책 앞에 빳빳이 서 있었다. 꼭 다문 입술과 넝쿨처럼 철책을 단단히 감아쥔 붉은 손을 보고 있노라니 저 완강함과 고집스러움이 꼭 남편과 닮았다는 생각이 들면서 불현듯 아이가 미워졌다.

「그래, 니 맘대로 해. 따라오든지 말든지!」

나는 쌩하니 몸을 돌려 좀 전에 미스터 손이 올라간 길을 따라

걷기 시작했다. 바람이 점차 거칠어져 후드 점퍼 깃은 연신 퍼덕거렸고 머리칼도 자주 얼굴을 휘감았다. 벼랑 꼭대기에서 내려다본 바다는 무시무시했다. 천길 낭떠러지 아래에서 파도는 우르르 몰려와서 온몸을 사정없이 내던졌고 그때마다 바다는 시퍼렇게 질린 낯으로 진저리를 치는 듯하였다. 미스터 손이 다가서면서 호준이는요? 하고 물었다. 떨떠름한 표정의 그의 얼굴을 보고 있노라니 찬물에 얼굴을 씻은 듯 정신이 들었고 갑자기 어떤 불길함이 섬광처럼 스쳐 갔다.

  아이는 없었다. 어딜 간 거지. 어딜……? 허둥대면서 어찌할 바를 몰라 하는 나를 붙잡아 세우고서 미스터 손은 아이를 마지막으로 본 게 어디냐고 물었다. '마지막'이라는 말이 묘하게 빗장뼈 밑을 질러 왔다. 내가 아이를 두고 간 곳, 마지막으로 본 곳은 철조망을 두른 절벽 앞, 가파른 낭떠러지 앞이었다. 분명히 철책이 둘러쳐져 있음에도 내 눈은 방정맞게 낭떠러지를 더듬고 있었다. 혹여 아이의 신발이 떨어져 있기라도 할까 봐 나는 질끈 눈을 감았다. 목이 터져라 이름을 불렀다. 내가 야단을 좀 쳤기로서니 이놈이 이렇게 화풀이를 하려는 것인가. 아니야, 아무리 그래도 그런 나쁜 마음을 먹을 리가 없어. 나는 미친 듯이 산책로를 뛰어다녔다. 올라가고 다시 내려오고 또다시 올라갔다. 혹시라도 나를 골려 주려고 이놈이 여기 숨은 게 아닐까. 산책로 옆의 민틋한 버덩 길로 뛰어 들어가 샅샅이 솔숲을 훑기도 했다. 그러나 아이는 어디에도 없었다.

처음엔 야단맞은 분풀이로 잠깐 숨으려고 했겠지. 일이 엉뚱하게 꼬여 지금 어딘가 낯선 곳을 헤매고 있는 게 분명해. 그게 아니면 누군가의 유괴? 그렇게 어수룩한 애는 아닌데……. 그나저나 애 아빠가 이 사실을 알면……? 그는 아무리 고단한 날도, 또 아무리 억수로 취해 들어와도 아이 방에 가장 먼저 들른다. 곤히 잠든 아이의 궁둥이를 투덕투덕 두들겨 주고, 잠결에 애가 뭐라고 웅얼거리기라도 하면 낄낄거리면서 뺨을 맞비비며 뭐라고 묻는다. 아이도 잠결에 무어라고 대답한다. 자는 애와 취한 아빠의 종작없고 뜬금없는 대거리는 대개 아빠가 아이를 끌어안은 채 곤히 잠드는 것으로 끝나기 마련이었다. 중구난방 표류하던 생각은 가장 일상적이고 익숙하고 평화스러운 그 장면에 이르자 인내의 끝을 보였다. 왈칵 눈물이 솟구쳤고 나는 무너지듯 주저앉고 말았다.

인천 공항에는 부슬부슬 비가 내리고 있었다. 공항버스가 시내로 들어서자 마치 몇 달이라도 되는 긴 여행을 끝내고 입성하는 기분이다. 홀가분하면서도 벗어 두었던 갑옷을 다시 꺼내 입은 듯 몸도 마음도 묵직해진다. 비 오는 거리는 퇴근 시간과 맞물린 탓에 혼잡하기 이를 데 없었다. 호준은 웜뱃 인형을 끌어안은 채 무슨 노래인가를 입속으로 흥얼거렸다. 궁둥이를 들썩거리며 자주 창밖을 내다보다가 같은 말을 되풀이하기도 했다.
「엄마 집에 언지 가? 버스가 왜 이렇게 느려?」

나는 호준의 머리칼을 쓸어 넘기며 그때의 일을 떠올렸다. 미스터 손이 갭파크의 건너편 해변에서 혼자 물수제비를 뜨고 있던 호준을 찾아내기까지 악몽도 그런 악몽이 없었다. 눈물범벅이 된 내 얼굴을 보자 아이는 제가 무슨 짓을 저질렀는지도 모른 채 울음보를 터뜨렸다. 아이를 찾지 못했더라면 난 갭파크를 떠나지 못했을 것이다. 단 한 발짝도. 석 달이 아니라 3년, 아니 30년이라도, 나는 떠나지 못했을 것이다. 거기 그 자리를 한없이 맴돌고 있었을 것이다. 아마 나는 먹을 수도 잘 수도 없었을 테지. 더 이상 이름을 부를 수도 없고, 울 힘조차 남아 있지 않았을 것이다. 숨을 쉬는 것조차 고통스러운 얼굴로 갭파크의 또 다른 바위가 되어 속수무책 파도를 맞고 있겠지. 비 오고 바람 부는 날이면 맨발로 경둥거리며 사람들 앞을 가로막은 채 묻고 또 물을 것이다. 혹시 우리 애 보셨나요? 우리 호준이요…….

떠나오기 전전날 하이드파크에서 K 여사를 만났다. 학교를 답사하러 가는 일은 하지 않았다. 아이에게 조기 유학을 시킬 수 없는 진짜 이유는 나에게 있다는 것을 알았기 때문이다. 버스를 개조한 이동 카페에서 뜨거운 커피를 사서 마시고 죽죽 뻗은 나무숲 사이를 걸으면서 나는 솔직하게 내 문제를 털어놓았다. 한동안 진지하게 듣기만 하던 K 여사가 마침내 입을 떼었다.

「엊그제 고국의 후배가 통화 중에 그러더군요. 회사에서 기피 1호 대상이 기러기 아빠라고요. 그이들은 퇴근하는 동료들 물고 늘

어지고, 허구한 날 술자리 만들기 일쑤라고요 하루 이틀도 아니고 다들 대놓고 말은 못해도 곤혹스러워한대요. 후배의 가까운 동료가 1년을 그렇게 기러기 아빠로 살았는데 그 사람은 밤마다 불 꺼진 집어 열쇠 따고 혼자 들어가기가 죽기보다 더 싫다고 하더래요. 현관에서 구두를 벗다가 슬쩍 거울에 비친 자신의 모습을 보노라면 더럭 무서운 생각이 들고 저게 진짜 나인가 싶기도 하고……. 그러던 어느 날 그는 그만 한밤중에 거실 바닥에 퍼질러 앉아 대성통곡을 했다지요. ……솔직히 남 얘기 같지 않았어요. 후배가 내 남편 얘기를 에둘러서 한 건지도 모른단 의심도 했고요.」

집으로 가는 길이 비행기를 타고 온 시간만큼 멀게 느껴졌다. 마침내 동네에 이르렀다. 버스에서 내리자 아스라이 비안개어 휩싸인 동네가 아늑하고 친근감 있게 느껴졌다. 우산을 받쳐 들고 캐리어를 끌며 걸음을 재촉했다. 플라타너스가 우거진 가로수를 지날 때 보일 듯 말 듯 약한 바람이 지나가고, 그때마다 후두둑후두둑 우산 위로 빗방울 소리가 요란했다. 집이 가까워질수록 이상하게 가슴이 뛰었다.

「네 엄마가 죽기 전에 남긴 말로 나는 크게 상처를 받았단다. 네 아버지는 없던 일로 하자고 했지만 나는 너네 집에 오만 정이 다 떨어졌지. 언니가 사람을 착각한 걸까. 아님 잠깐 정신이 이상해진 걸까. 그도 아니면 방금 꾼 꿈 얘기를 한 걸까. 그런데…… 이곳에 온 뒤의 어느 날 돌연 그런 생각이 들더구나. 언니는 내가 너네 식구들한테서 정 떼게 하려고 그랬던 게 아닐까……. 어쨌거나 그 일을 계기로 나는 다른 삶을 살게 된 거니까. 세월이 좀 더 지나고 나니까 문득 이런 생각이 들더구나. 말로는 그렇게 언니와 조카들을 사랑한다고 했으면서 그 정도의 오해에 삐쳐 달아나다니……. 내 사랑이 고작 그 정도였구나…….」

어젯밤 이모의 말이 머릿속을 떠나지 않았다. 집에 가면, 남편과 마주치면 말하리라. 쑥스럽더라도 용기를 내어 꼭 말하리라. 미안하다고…….

「와, 집이다 집! 난 우리 집이 제일 좋아!!」

집 안으로 들어서자 호준은 만세를 외치면서 풀쩍풀쩍 뛰고 난리법석이다. 녀석의 그런 모습을 보자 비로소 되찾은 일상의 소중함을 실감한다. 주방이며 거실을 휘둘러본다. 별로 달라진 게 없다. 안방 문을 연다. 그런데…… 이건 뭐지. 침대에 흩어져 있는 남편의 옷가지들, 빈 서랍, 짐을 챙겨 나간 흔적. 그리고 화장대 위에 놓인 짧은 편지 한 장…….

텅 빈 집에 우두커니 앉아 있자니 그동안 내가 무엇을 위해 그토록 많은 밤을 새우고 그토록 힘들게 뛰어다녔나 싶더군. 나도 이제 지쳤나 봐. 쉬고 싶어. 그냥 아무 생각 없이. 어디로 가는지 언제쯤 돌아올지는 나도 모르겠어.

메모지를 든 내 손이 파르르 떨렸다. 호준은 그런 나를 멀뚱한 표정으로 올려다보았다. 쉬고 싶다면서…… 남편은 어디로 갔을까. 그도 구름 사이에서 집을 찾고 있는 것일까. 거울 속에서 천장 모서리가 기우뚱 흘러내린다.

■ 해설

끔찍한 생의 구멍과 내면의 심안

문흥술(서울여대 국문과 교수·문학평론가)

1

박현경의 첫 소설집 『네 마음을 보여 줘』의 주조음은 상처받은 영혼들의 아픔을 드러내면서 동시에 그것을 감싸 안고 극복하는 것이다. 수록된 열 편의 작품들은 삶에서 상처받은 가여운 영혼들의 아픔을 다루고 있기에 가슴 아리고 시리다. 그 아픔을 따뜻하게 감싸 안고 치유하면서 진정 인간다운 삶을 갈구하기에 따뜻하고 푸근하다. 그리고 그 내용을 정제된 어조와 탄탄한 서사 구조, 세련된 묘사를 통해 그려 내고 있기에 안정감이 있다.

이 소설집의 전체 맥락을 파악하기 위해서는 먼저「모치코 케이크를 산 것은 네 잘못이 아니다」라는 작품에 주목할 필요가 있다. 결혼한 주부가 있다. 여자는 불의의 사고로 사랑하는 아이를 잃는다. 그리고 그 상처로 인해 정상적인 삶을 영위하지 못하고 병적인 증세를 보이다가 급기야 바람난 남편을 살해한다. 어찌 보면 다소 익숙한 줄거리인 듯이 보이지만, 그 속에는 이 작가만이 지니고 있는 특유의 소설적 무늬가 채색되어 있다. 그것은 아이를 잃게 되는 사고의 원인, 그리고 그로 인한 상처를 드러내고 극복하는 방식에 대한 탐색과 관련이 있다.

이 작품은 아이를 잃게 되는 직접적인 사고의 원인이 무엇인지를 분명하게 제시하지 않고 있다. 다만 사고가 일어난 정황을 통해 그 원인을 유추할 수 있는데, 그것은 (i) 가정에 불성실한 남편 때문에 백화점에 쇼핑을 하러 여자와 아이 단둘이 갔다는 것, (ii) 남편이 좋아하는 케이크를 사다가 지갑을 두고 나왔다는 것, (iii) 어린아이를 자동차 안에 두고 지갑을 찾으러 다시 백화점으로 갔다는 것, (iv) 에어컨이 고장이 나 아이가 뜨거운 자동차 안에서 질식사했다는 것으로 정리할 수 있다.

물론 작품에서 '게놈 프로젝트'에 의한 '주문형 아기 생산', '터미네이터형 사이보그 아기', '우성 인자의 튼튼한 복제 아기'라는 언급을 통해서, 그리고 다른 작품들에 나타나는 '초고속의 시대', '하이퍼 문화의 시대', '속도' 등의 언급을 통해서, 아이의 사고사 원인이 정보 사회의 비인간화 혹은 물질 만능주의에 의한 생명 경시 풍조 등과 관련이 있는 것으로 파악할 수도 있다. 그러나 그러한 언급에도 불구하고 아이의 사고사 원인은 정보 사회라는 특수한 측면에 한정되지 않는다. 작가는 그 원인을 정보 사회를 넘어 자본주의 사회 일반이라는 보다 보편적인 영역으로 확대시킨다.

살다 보면 '어느 날 우연히 자신의 의지와는 상관없이 닥쳐오는 불행'을 겪곤 한다. 그럴 때 대부분 '재수 없이 왜 나만'이라는 식으로 반응하다가, 그 불행에 쉽게 자포자기하기 마련이다. 그런데 '우연한 사고'를 우리가 살아가는 사회와 연관시켜 보면, 문제는 심각해진다. 자본주의 사회는 과학적, 수학적 계량화에 기초하고 있다. 자연재해나 질병 등을 비롯한 예기치 못한 불행들은 과학 기술에 의해 어느 정도 예측이 가능하고 예방도 가능하다. 무질서한 모든 것에 인위적인 질서를 부여하고 그 질서를 유지하기 위해 확실한 시스템을 갖추고 있는 것이 자본주의 사회인 것이다. 그리고 그런 질서를 담지하는 것이 '만물의 영장'인 인간이다. 데카르트의 '코기토'와 칸트의 '선험적 이성'에서부터 출발된 의식의 명증성, 의지의 자율성에 기초한 인간, 그 인간이 창출한 질서 정연하고 예측 가능한 수량화된 사회. 그것이 오늘 우리가 살아가는 사회인 것이다. 그런 사회에서 우연한 사고라는 것이 과연 가능한 일인가. 작가는 이러한 우리의 통념에 대해 반기를 든다.

(i) 가로수와 가로등은 규칙적인 간격으로 서 있다. 간지럽다. 이처럼 질서정연하고 늘 변함없으며 단 한순간도 자리를 이탈한 적이 없는 것들은 언제나 여자의 얼굴을, 손바닥을, 옆구리와 등을 간지럽게 한다. 그것들은 때때로 여자의 숨이 차오르게 하고 눈앞을 어지럽게 한다. (101쪽)

(ii) 푸르스름한 형광등 불빛 아래 드러난 어설프고 낯선 집기들. 미세한 공기의 흐름, 적막감, 알 수 없는 불안, 그리고 미묘한 긴장감……. 문득 발밑의 무늬가 눈에 밟힌다. 큰 삼각형 안에 보다 작은 삼각형, 그 안에 더 작은 삼각형, 그 안에 더 작은 삼각형……. 여자는 고개를 끄덕인다. 프랙털 구조였어. 단순한 모양이 반복되면서 복잡하고 거대한 모양을 만드는 프랙털. 사람과 사람 사이의 관계, 일상의 반복, 우연과 필연의 교차, 그리고 보이지 않는 인간의 마음도 어쩌면 이와 닮지 않았을까. (110쪽)

프랙털 이론에 대한 논의가 많지만, 여기서는 작품과 관련하여 '자기 유사성'과 '순환성'에 주목할 필요가 있다. 세 개의 동심원을 상정하자. 제일 바깥쪽에는 사회라는 큰 단위가 있고, 그 중간에 가정이라는 단위가, 제일 안쪽에는 인간이라는 단위가 있다고 하자. 물론 프랙털 이론에 따르면, 동심원의 안쪽과 바깥쪽은 무한대로 열려 있다. 하지만 논의의 단순화를 위해 이 세 가지 단위만을 고려하자. 세 개의 동심원은 동일한 논리와 체제로 이루어져 있으며, 그런 상태에서 동심원 제일 안쪽에 자리 잡은 인간은 사회와 가정이라는 보다 큰 단위의 논리와 체제를 똑같이 재생산(자기 유사성)하고, 또 그것을 반복(순환성)한다는 것이다. 곧 사회를 유지하는 과학적이고 수학적인 질서와 계량화가 인간의 마음과 의식과 행위를 통해 재생산되고, 그 재생산이 끝없이 반복된다는 것이다.

그렇다면 과학적, 수학적으로 획일화된 질서란 과연 인간다운 삶과 어떤 관련이 있는 것인가? 과학 기술에 의한 질서는 '차이와 배제의 원리'에 기초하고 있다. 곧 과학 기술에 바탕을 둔 자본주의 사회는 인간/자연, 물질/정신, 육체/영혼, 남성/여성을 구분하여, 전자를 중심부로, 후자를 주변부로 차이 지우고 중심부에 의해 주변부를 지배하고 배제한다. 그런 차이와 배제에 기초한 질서에 길들여진 인간은 그것을 재생산하고 반복한다. 비유하자면, 사회라는 큰 틀이 있고, 그 큰 틀 속에 인간이라는 작은 틀이 있으며, 작은 틀은 큰 틀의 논리에 그대로 길들여진다. 큰 틀이 과학 기술 만능주의와 물질 만능주의, 인간 중심주의, 개인주의, 이기주의에 입각한 것이라면 작은 틀도 그 논리를 재생산하고 반복한다. 모든 인간관계나 일상의 삶, 인간의 마음도 큰 틀의 논리에 길들여진다. 획일화된 질서에 익숙해진 인간은 진정 인간다운 삶을 위해 필수적인 것이라 할 수 있는 정신과 영혼의 순수함과 소중함을 망각한 채 살아간다. 그러면서 자본주의의 제반 측면들, 사회 제도나 각종 문명의 이기들이 제공하는 획일화된 질서와 육체적, 물질적 쾌락과 풍요로움과 편리함에 만족하면서 살아간다.

그러나 그것이 삶의 전부는 아니다. 정신적 순수함이나 영혼의 교감을 상실한 삶은 따뜻한 인간의 정이 넘치는 삶이 아니라, 기계화되고 사물화된 삶에 불과하다. 지극히 물질 중심적이고 개인 중심적인 사회의 논리가 가정과 그 구성원에 의해 재생산되고 반복되는 과정에서, '흉기'로 돌변해 우리에게 큰 상처를 입히곤 한다. 가족의 유대감을 허무는 부부간의 무관심이나 배우자의 외도, 부모 자식 간의 끈끈한 혈연관계를 망각하는 일련의 행위, 여성에게 폭력을 휘두르는 남성의 모습 등은 모두가 흉기의 변형물에 해당된다. 삶에서 그 흉기는 '나락 같은 구덩이', '뚜껑 열린 맨홀', '끔찍한 생의 구멍'이 되어 도처에서 우리에게 상처를 입힌다.

 이처럼 획일화되고 사물화된 사회 질서가 유폐적 그물망처럼 직조해 놓은 '끔찍한 생의 구멍'이 바로 아이를 죽게 만드는 주범인 것이다. 사고사의 원인으로 추정되는 것들이 모두 이와 관련이 있다. 가정에 무관심하고 외도를 하는 남편이 개인적이고 육체적인 쾌락만을 중시하는 큰 틀의 논리를 표상한다면, 백화점, 자동차, 에어컨 등은 그런 큰 틀을 지탱하는 중요한 메커니즘에 해당된다. 요컨대, 큰 틀을 지탱하는 논리와 체제, 메커니즘, 그리고 그것에 길들여진 인간과 인간의 마음이 총체적으로 결합되어 아이를 죽음으로 몰고 간 것이다.

 큰 틀의 논리에 길들여져 그 모순을 인지하지 못하는 이들은 사고사를 단순한 우연적 사고로 치부하고 그 상처를 쉽게 잊거나, 빨리 잊으려고 노력한다. 그러나 이 작품의 여자는 그런 상처 때문에 고통스러워하며, 큰 틀의 논리가 갖는 모순을 간파한다. 그 순간 큰 틀의 질서와 획일성에 길들여진 사회와 가정은 여자에게 '불모의 땅'으로 다가온다. 여자가 자신의 삶을 '네모반듯한 시멘트 상자 속에 갇혀 있는 일' 혹은 '좁고 어두운 관 속에 누워 있는 것'으로 인식하는 이유가 여기에 있다. 그런 황폐한 곳에서 여자는 '죽은 사람처럼' 살아가면서, 다른 한편으로는 큰 틀의 논리에 대항할 수 있는 '애벌레'를 마음속에 잉태한다. '애벌레'는 틀의 논리에 길들여진 명료한 의식과 정신을 가진 '나'가 아니다. 그것은 틀의 논리를 거부하고 틀에 의해 배제된 정신적 가치와 영혼의 교감을 되찾으려는 '나' 속의 또 다른 '나'의 상징물이다.

그 대항은 병적 증세로 표출된다. 병적 증상은 공격성과 자학성으로 구체화되는데, 자신이 낳은 새끼를 죽이는 햄스터를 생매장하는 것과 남편을 살해하려는 것이 전자에 해당되고, "살 위의 가늘고 투명한 애벌레들을 떼어 내거나 죽이느라고 철수세미로 문지르고 살점을 쥐어뜯고 바늘로 찌르고 라이터 불을 들이"대는 것, 밤마다 운동장을 미친 듯이 달리는 것 등이 후자에 해당된다. 이런 병적 행위는 여자가 당한 정신적, 육체적 상흔이 얼마나 크고 고통스러운 것인가를 잘 보여 주고 있다.

이를 통해 여자는 틀의 모순을 간파하고 그 논리에 길들여지기를 거부하며 일탈과 탈주를 꾀한다. 틀로부터의 일탈과 탈주에 이어 나오는 "네 잘못이 아니다"라는 여자의 절규는 틀의 비밀을 알아차린 자의 절규이자, 그 비밀을 늦게 인지하고 그로 인해 아이를 죽음으로 내몬 것에 대한 자책감과 절망감에 빠진 자의 절규이다. 그러기에 그 절규에는 상처로 고통받은 여자의 절망적인 내면 심리가 아주 생생하게, 그리고 아프게 담겨져 있다.

네 아기는 오랫동안 땡볕에 세워 둔 차 안에서 안전벨트에 묶인 채로 사지를 뒤틀며 울었어. 차창은 완벽하게 닫혀 있고 그 안은 뜨겁고 건조했어. 저 소리가 들리니. 네 아기가 자지러지게 울고 있어. 가지 마. 거기 그 자리에 멈춰. 돌아와, 어서. 아기의 온몸에 작약처럼 붉은 열꽃이 피어었어. 빨리 달려와. 그래 그렇게…… 쉬지 말고 달려. 계속 달려. 너는 뒤돌아본다. 아기를 기억해 낸다. 그리고 무조건 달려온다. 이제 됐어. 아무 일도 없을 거야. 아기는 괜찮을 거야. 울지 마. 그렇게 흐느끼지 마. 백화점에 간 것은 네 잘못이 아니야. 모치코 케이크를 산 것도 네 잘못이 아니야. 모치코 케이크를 사면서 너는 설레었지. 남편이 이 케이크를 먹을 때 휴가 얘길 꺼내 볼까. 생각에 골몰한 나머지 너는 지갑을 두고 왔다. 그건 네 잘못이 아니야. 에어컨이 고장 난 건 더더욱 네 잘못이 아니야. 고장을 알아차리지 못한 것도 네 잘못이 아니야. (114~115쪽)

2

인간 중심적, 물질 만능적, 개인적, 이기적인 틀의 논리가 만들어 놓은 '생의 끔찍한 구멍'은 이번 소설집에서 주로 교통사고와 배우자의 외도와 배신 등으로 변용되고 있다. 그리고 그런 끔찍한 구멍에 희생당하는 인물들은 우리 사회에서 소외되고 힘없는 여성, 자폐아, 맹인, 노인 등으로 제시되어 있다. 「네 마음을 보여 줘」는 사랑하는 손자를 교통사고로 잃고 고통스러워하는 노인과 자폐증에 걸린 어린아이와의 만남을, 「섬 안의 섬」은 애지중지 키운 아들 부부가 노모를 홀로 둔 채 캐나다로 이민을 떠나게 되고, 그로 인해 외롭게 살아가는 노인의 고달픈 삶을, 「자루」는 아버지의 외도로 힘들게 살아가는 어머니와 남편의 외도로 괴로워하는 딸, 그리고 유학 간 아이의 자살로 고통받는 윗집 여자의 모습을, 「소리 나는 꿈」은 맹인 청년이 사랑하는 맹인 여자를 교통사고로 잃고 괴로워하는 모습을 그리고 있다.

  작가는 이처럼 틀이 가하는 상처와 그 상처가 주는 고통을 다루면서, 나아가 상처를 극복하는 방식에 주목한다. 그 방식은 「숨어 있는 눈」에 잘 드러난다. 「숨어 있는 눈」은 두 가지 서사 구조를 지니고 있다. 하나는 맹인을 대상으로 책을 읽어 주는 채원과 관련된 서사이고, 다른 하나는 채원의 어린 시절의 기억 속에 있는 숙이 언니와 관련된 서사이다. 먼저 채원의 서사에서 주목되는 것은 '내면의 심안'이다. 3년을 사귀던 우석과 헤어진 채원이 맹인을 대상으로 책을 읽어 주면서 만나게 된 한 맹인 청년을 통해 '몸속 어딘가에 숨어 있던 눈'으로 세상을 보게 되는 것이다.

  그가 그녀를 본다. 그녀의 마음을 읽는다. 모든 감각을 열어 놓고, 그의 방식대로, 그의 보이지 않는 또 다른 눈으로 그녀를 낱낱이 보고 있다. 그녀 안에 가득 찬 혼란과 떨림, 그것마저도 꿰뚫고 있는 느낌이다.

  우석에게서 헤어지자는 말을 들었을 때 그녀는 마냥 혼란스러웠다. 그런 말을 아무렇지도 않게 던질 수 있는 그는 그녀가 지난 3년간 보아 왔던 우석이 아니었다. 네가 나를 안다고? 후후…… 잘못 보았겠지. 그녀는 우석이 냉소와 함께 남긴 그 말을 오래오래 곱씹었다. 그녀는 과연 그의 무엇을 보아 왔던 걸까. 우석에 대해 속속들이 다 알고 있다고 생각했지만 어쩌면 그녀는 그의 허상만을 보았던 건지도 몰랐다. 잠시 눈이 멀었던 것일까, 아니면 내면의 심안이 없는 탓일까. 그녀는 말할 수 없이 씁쓸했다. (172~173쪽)

  틀의 논리에 길들여진 인간의 눈은 틀의 논리에 충실할 뿐이다. 자기 중심적이고 이기적인 눈으로는 가시적인 영역 너머 깊은 곳에 숨어 있는 내면의 순수함이나 영혼의 울림을 볼 수가 없다. 맹인처럼, 눈이라는 감각 기관을 닫고, 틀의 논리에 길들여지지 않은 '내면의 심안'을 통해서만이 정신적 순수함과 영혼의 소중함을 느끼고 볼 수 있다. 그리고 그런 교감을 통해 진정으로 인간적인 유대감을 나눌 수 있다. 상대방의 아픔과 고통과 기쁨을 진정으로 함께 공유할 수 있는 그런 눈으로 세상을 볼 때, 비로소 "세상의 그 모든 날카로운 모서리를 제 안에서 아픈 줄 모르고 깎아 내어 넉넉하게 헤아려 품을 줄 아는 지혜와 여유"를 지닐 수 있는 것이다.

숙이 언니의 서사에서 주목되는 것은, 식모살이를 하는 숙이 언니가 건달 같은 친오라비가 찾아와 돈을 요구하면 선선히 돈을 내주고, 친오라비가 교통사고로 눈이 멀게 되자 친오라비와 함께 전라도 시골로 내려간다는 내용이다. 이 내용은 채원의 서사에서 눈먼 맹인 남녀와 연결된다.

그녀는 이곳에 막 드나들기 시작하던 무렵, 계단에서 마주쳤던 맹인 남녀를 떠올린다. 그들이 부부인지 오누이인지 그녀로서는 알 수 없었다. 여자는 다리를 절었으며 화상으로 인한 흉터 때문에 한쪽 눈꺼풀이 심하게 찌그러져 들러붙어 있었다. 그래도 성한 한쪽 눈은 볼 수가 있는지 여자가 앞장을 서고, 뒤에 선 남자는 팔을 길게 내뻗어 여자의 한쪽 어깨를 잡은 모양새로 걸었다.

좁은 계단 위에서 그들과 맞닥뜨렸을 때 그녀는 벽 쪽으로 몸을 바짝 붙이고 선 채 길을 내주었다. 그들은 무슨 노래인가를 나지막하게 흥얼거리고 있었다. 그녀 앞을 스쳐 갔으며 금세 계단 저 아래로 모습을 감추었다. 그러나 그들의 읊조림은 여전히 그녀 곁에 남아 있었다. 구불구불한 나선형 층계를 따라 올라온 메아리가 빈 벽의 모서리를 때리며 황홀한 저음으로 울려 퍼졌다. (155~156쪽)

맹인 남녀는 틀로부터 배제되고 소외된 이들이다. 그러나 그들은 자신들의 상처를 묵묵히 받아들이고, 그 상처를 '내면의 심안'으로 감싸 안아 극복하려 한다. 화상을 입은 여자나 맹인은 틀의 논리에 오염된 눈으로 서로를 대하는 것이 아니다. 그들은 서로를 따뜻하게 사랑할 수 있는 '내면의 심안'으로 대하면서, 서로의 진정한 동반자가 되어 '생의 끔찍한 구멍'을 이겨 내고 있는 것이다. 그러기에 그들이 부르는 나지막한 노랫소리는 '황홀'할 수밖에 없다. 틀의 논리에 오염되지 않은 '내면의 심안'으로 따뜻한 세상을 보고, '황홀한 노래'를 세상에 울려 퍼지게 하는 것, 그것이 상처를 극복하는 방식이다.

획일화되고 삭막한 세상의 논리에 길들여지기를 거부하고, 정신과 영혼의 교감으로 서로를 진정으로 이해하고 사랑하면서 아픔과 기쁨을 함께 하는 동반자가 되어 참된 인간다운 삶을 지향하는 것, 그것이 이 소설집을 이끌어 가는 주조음이다. 이러한 주조음은 소설집 전편에 걸쳐 상처를 극복하는 방식으로 제시되어 있다. 가령 「네 마음을 보여 줘」에서, 교통사고로 손자를 잃고 괴로워하는 노인이 맨홀에 빠졌던 이웃집 자폐아를 엎고 가는 장면을 보자.

「허니머트 허허, 허어니머어트 음, 비와씨, 수퍼마케, 에-에—.」
아이는 같은 단어를 서너 번쯤 반복하여 읊조린다. 중간 중간에 허밍을 넣어 마치 노래 같은 아이의 언어. 높낮이가 터무니없는 간극으로 벌어지고 앞뒤가 전혀 연결되지 않는 이 알 수 없는 단절음들은 아이가 사용하는 유일한 이 세상의 언어다. (……) 그는 이 이상스러운 단어들, 아무런 연결 고리도 없어 보이는 아이의 말을 토씨 하나 빠뜨리지 않고 그대로 따라해 본다. 마치 무슨 주문이라도 되는 듯이 말이다. 어느 별의 언어일까. 이렇게 아이의 말을 따라하다 보면 언젠가는 아이의 말을 알아들을 수 있게 되지 않을까. 언젠가는 소통이 이루어지지 않을까. 이런 희망을 슬쩍 품어 보기도 한다. (31쪽)

틀의 논리에서 볼 때 자폐아는 비정상인으로, 그들의 언어는 비정상적인 언어로 치부된다. 그러나 '내면의 심안'으로 자폐아의 마음을 읽고 그것을 진정으로 이해할 수 있을 때, 양자의 소통이 가능해지며 자폐아와 정상인의 차이도 사라진다. 그 사라짐의 자리가 확대되면, 틀의 논리도 붕괴될 것이며 상처의 아픔도 치유될 것이다. 정상/비정상의 구분이라는 차이와 배제의 논리를 떠나, 도든 인간이 서로에게 진정한 동반자가 되는 것이 삶의 고통과 상처를 이겨 내고 참된 인간다운 삶을 영위할 수 있는 첩경임을 작가는 거듭 강조하고 있는 것이다.

3

「도둑」은 소설에 대한 작가의 생각이 무엇인지를 읽을 수 있는 작품이다. 남편과 아이를 둔 소설가 지망생 '나'가 있다. 어느 날 이웃집에 이사 온 소영이라는 강사와 친해지고 아이들도 소영을 이모라 부르면서 친하게 지낸다. 그러다가 남편도 소영과 가깝게 되고, 급기야 남편과 소영이 불륜의 관계를 맺는다. '나'는 그 사실을 알면서도 오로지 습작에만 매달리고, 결국 죽은 명 선배의 작품을 표절해서 작가로 등단한다.

소영의 옆에 남편이 서 있다. 결코 우연은 아니리라. 아이들과 소영의 노래에 화음을 맞추고 있는 남편. 소영은 고개를 들어 남편을 쳐다본다. 둘이 마주 보며 웃는다. 점차 내 앞으로 다가오는 그녀의 행복한 표정을 바라보며 나는 나직이 읊조렸다.
'명 선배, 마지막으로 만났을 때 내게 읽어 보라고 준 선배의 소설. 하룻밤에 다 썼다는 그 소설을 읽고서 내가 얼마나 지독한 열등감에 시달렸는지, 질투심으로 들끓었는지…… 선배는 상상도 못할 거야. 까맣게 잊고 있었는데 소영을 처음 보던 날 돌연 그 작품이 떠오르더군. 그거, 이젠 누가 뭐래도 내 거야!' (87쪽)

여기서는 두 가지가 주목된다. 먼저 일상의 행복을 포기하고 소설을 택한다는 것이다. 일상은 '간통과 도둑질이 난무'하는 곳이다. 곧 남편과 소영이 불륜을 맺고, 소영이 '나'의 남편과 아이를 도둑질해 가는 곳, 그것이 일상이다. 그런 일상에서 행복을 찾는 것과 소설은 무관한 자리에 있다. 소설은 그런 '바람난 세상'을 비판하고 일상의 행복을 포기하는 자리에 있다. 그러면서 그런 일상에서 상처받은 이들의 아픔을 담아내는 것이어야 한다.

또 하나는 소설을 도둑질하는 것이다. '초고속의 시대' 내지 '하이퍼 문화의 시대'인 오늘날에는 찰나적이고 엽기적이고 감각적이고 말초 신경을 자극하는 멀티미디어 상상력이 지배하고 있으며, 그것은 무서운 속도로 변화하면서 늘 그 모습을 현란하게 바꾼다. 그런 시대의 변화를 따라가지 못하는 '느린' 소설은 점차 외면당하고 왜소해지고 있다. 위기에 처한 소설이 살아남기 위해 큰 틀의 논리를 대표하는 멀티미디어 상상력을 표절하고 있다. 그래서 지금의 소설판은 '엽기적인 발상'과 '천박하고 남루한 상상의 세계'가 횡행하고 있다. 그런 현상이야말로 일상에서 벌어지는 '간통과 도둑질'의 복사판이 아닐 수 없다. 그것은 타락한 일상의 틀을 그대로 표절하는 것에 다름 아니다. 그럴 때 소설은 일상을 비판할 수 없고, 그 존재 의의를 상실하게 된다. 일상의 틀을 비판할 수 있는 소설을 쓰는 것, 그것이 우리 시대 소설의 몫이다. 이를 두고 작가는 '혁명과도 같은 작품을 훔쳐 오는 것'이라 명명하고 있다. '혁명' 같은 소설은 일상의 틀에 오염되지 않은 '내면의 심안'으로 일상의 모순을 투사할 때 획득할 수 있는 것이다. 틀의 논리에 길들여진 이들이 놓치고 있는 내용들을 '내면의 심안'으로 '훔쳐 와' 쓰는 소설이야말로 가치 있는 소설이라는 것, 그것이 이 작가의 소설관이다.

일상의 행복을 포기하기, 혁명과도 같은 작품을 훔쳐 오기가 작가의 소설관이라면, 이 소설집은 이런 소설관이 잘 투영되어 있다.

그러기에 환상적이고 엽기적이고 찰나적이고 감각적이고 쾌락적인 내용들을 '형식 실험'이라는 미명하에 서사 구조를 마구잡이로 헝클어 버린 채 다루고 있는 작품들이 난무하는 지금, 박현경의 소설집은 단연 돋보인다. 삶에서 상처받은 가련한 이들의 아픔을 작가 특유의 섬세한 감각으로 그려 내면서, 그 아픔을 순수하고 아름다운 영혼의 빛으로 치유함으로써, 진정 인간다운 삶이 무엇인지를 깨우쳐 주고 있다. 더불어 그런 내용을 탄탄한 서사 구조와 구체적이면서 유려한 묘사, 절제된 어조로 형상화하고 있다. 아마도 이 작가는 '끔찍한 생의 구멍'에 대한 천착과 '내면의 심안'에 대한 개안을 더욱 깊고 넓게 하면서, 우리가 목말라 하는 '혁명과도 같은 작품'을 이후 지속적으로 산출해 낼 것이다. 큰 기대를 가지고 이를 지켜보자.

네 마음을 보여 줘

초판 1쇄 인쇄일 • 2006년 10월 20일
초판 1쇄 발행일 • 2006년 10월 25일
지은이 • 박현경
펴낸이 • 임성규
펴낸곳 • 문이당

등록 • 1988. 11. 5. 제 1-832호
주소 • 서울시 성북구 동소문동 4가 111번지
전화 • 928-8741~3(영) 927-4990~2(편)
팩스 • 925-5406
ⓒ 박현경, 2006

홈페이지 http://www.munidang.com
전자우편 webmaster@munidang.com

ISBN 89-7456-349-5 03810

값은 뒤표지에 표시되어 있습니다.

잘못된 책은 바꾸어 드립니다.
저자와의 협의로 인지는 생략합니다.
이 책의 판권은 지은이와 문이당에 있습니다.
양측의 서면 동의 없는 무단 전재 및 복제를 금합니다.